ARCHE

JENNY BÜNNIG

MEINE FREMDE FREUNDIN

Roman

ARCHE

MIX
Papier aus verantwortungsvollen Quellen
FSC® C014496

Originalausgabe
1. Auflage 2020

Gesetzt aus der Calluna
Satz: Dörlemann Satz, Lemförde
Druck und Bindung: GGP Media GmbH, Pößneck
Printed in Germany
ISBN 978-3-7160-2789-9

www.arche-verlag.com
www.facebook.com/ArcheVerlag
www.instagram.com/arche_verlag

Ich bin's. Mehr hast du nie gesagt. Ich bin's. Als hätten alle sofort wissen müssen, wer du bist. Als müssten wir dich immer gleich erkennen. Wenn ich am Telefon gesagt habe: Hier ist Josephine, hast du geantwortet: Wir sind nicht mehr in den Neunzigern, ich hab gesehen, dass du es bist. Das hat mich geärgert. Und gleichzeitig habe ich dich bewundert. Weil du sicher warst, wer du bist, und sicher sein konntest, dass alle anderen das auch wussten.

Hallo, sage ich jetzt in die Gegensprechanlage.

Nur hallo.

Es folgt ein Schweigen, in dem der Regen hinter mir lauter wird.

Ich habe ihn kommen sehen, den Regen. Das ist selten. Meistens ist er einfach da, aber ich bin auf ihn zugelaufen. Keine Wasserwand, eher etwas Durchlässiges, feines Gewebe, das die Farben verschwimmen lässt, vielleicht zwanzig Meter entfernt, zehn, fünf, Farben und Formen werden gräulich, seltsam unklar, irgendwie weich. Ein Regennetz, hinter dem sich die Welt versteckt. Anfangs ist es ein Rauschen, das anschwillt, erst als ich mitten im Regen stehe, kann ich hören, dass er nicht immer gleich klingt, sondern satt und schwer, wenn er auf Erde trifft, hart und hohl auf Asphalt, dunkel und dumpf auf Autodächern, hell und hoch, wo er Glas berührt. Das Fallen selbst höre ich nicht. Das hört man nie. Fallen ist Fallen. Es macht keine Geräusche.

Kalt hängt das Wasser in meinen Kleidern (ein Hoch auf den deutschen Sommer). Erst habe ich noch jeden einzelnen Tropfen gespürt, der durch den Stoff meines T-Shirts gesickert ist, konnte fühlen, wie er über meine Schultern gelaufen, meiner Wirbelsäule hinab gefolgt ist, in meine Unterhose, erst in der Kniekehle habe ich seine Spur verloren. Mittlerweile ist alles nass. Der Regen hat sich in meinen Schuhen gesammelt, schmatzt zwischen meinen Zehen, hat gemeinsam mit dem Matsch jeden meiner Schritte schwer gemacht, schwerer noch.

Inzwischen ist es fast dunkel, ich habe zu lange gewartet, bis dem Himmel das Licht ausgegangen ist. Es gewittert nicht mehr. Kein Blitzen, nur vereinzeltes, sehr entferntes Grollen. Der Regen ist geblieben.

Ich blicke zu den Wolken, tief hängenden Wolken, zu schwer für die Höhe, aus dickem dunklen Kartongrau, verwischt wie damals, als wir uns an Aquarellmalerei versucht haben, nach unserer Seidenmalereiphase und vor meinen stümperhaften Experimenten mit Ölfarbe, Kreide, Bleistiften und Tusche, ehe ich einsehen musste, dass ich für nichts davon Talent besitze, während du für alles zu viel Talent besessen hast, und wir darum wetteiferten, was das unglücklichere Los ist.

Der Summer ertönt, die Tür springt auf.

Ich kann hineingehen, nicht hinauf.

Tropfend stehe ich im Hausflur. Um mich bildet sich eine Pfütze aus Schlamm und Wasser, und ich warte, dass ich die erste Stufe nehme, und tue es nicht. Die ganze Zeit wusste ich, dass ich hierherkommen würde, in den letzten

Wochen, unterwegs, jeden Tag, von Anfang an, auch als ich es noch nicht wusste, habe ich es gewusst. Die Tür fällt hinter mir ins Schloss. Mit einem lauten, scheppernden Geräusch wird plötzlich das Licht eingeschaltet, der Hausflur wird hell. Ich wäre auch im Dunkeln gelaufen. Er kennt mich zu gut.

Ich muss an dich und mich denken. Wie wir beim Spielen im Wald von einem Schauer überrascht worden sind. Mit eurem Hund Mücke, der Regen gar nicht mochte. Ich war da wie er und wollte mich unter einen Baum stellen und warten, bis das Schlimmste vorbei war.

Wozu haben wir Gummistiefel?, hast du gesagt.

Die sind schon voller Wasser.

Das ist doch das Schönste daran.

Endlich gehe ich die Treppe hoch, die kurze Hose klebt an meiner Beinvorderseite, mein Rucksack zieht mich nach hinten, das Zelt noch ein bisschen mehr, ich zähle jeden Schritt, jede Stufe, wie ich es früher immer getan habe, als würde es irgendwas ändern, wenn ich weiß, wie groß die Anstrengung ist, als würde es irgendetwas leichter machen. Ich bin unsportlich. Selbst jetzt noch, nachdem ich jeden Tag gelaufen bin, einen so weiten Weg zurückgelegt habe. Mein Herz klopft.

Als die letzten neun Stufen vor mir liegen, hebe ich den Kopf. Die Wohnungstür ist geöffnet, der Raum dahinter hell erleuchtet, er ein dunkler Schatten davor. Wir sehen einander an.

– Ich hab mich schon gefragt, wann du zu mir kommst.

– Ich weiß nich … Brauchense noch wat?

– Nein, vielen Dank.

– Wirklich nix? Gar nix? Undse sind sicher, datse hier draußen schlafen wolln? Ich hab auchn Gästezimmer, wissense?

– Das ist sehr nett, aber …

– Is natürlich nix Besonderes, aber frisch bezogen. Nich dat ich in letzter Zeit viele Gäste gehabt hätte. Oder überhaupt. Trotzdem mach ichs imma wieder frisch. Nur fürn Fall. Und na ja … vielleicht isses schöner als hier draußen auffer Isomatte.

– Es ist eine gute Isomatte, behauptete ich. (Es ist die billigste gewesen.)

– Es wird sehr dunkel. Undse sind ganz allein. Man hört ja doch so einiges.

– Hm.

– Vielleicht wirds heut Nacht kalt.

– Ich hab einen Schlafsack.

– Reicht dat denn? Se könnten doch vielleicht …

– Ihr Angebot ist wirklich nett. Aber machen Sie sich bitte keine Umstände.

– Dat wärn keine Umstände.

– Ich bin Ihnen sehr dankbar, dass ich in Ihrem Garten schlafen darf. Und ich mache das jetzt schon eine Weile.

– Dat hamse gesagt, ja.

– Es ist gar nicht so schlimm, wie es vielleicht aussieht. Eigentlich ist es sogar … irgendwie nett, denke ich.

– Wenigstens solls trocken bleiben.

– Sehen Sie? Dann ist doch alles gut.

– Wennse meinen. Dann geh ich jetz rein. Aber ich lass die Tür offen. Nee, ich lass die Tür lieber nich offen. Dat is wahrscheinlich keine gute Idee. Dat kannste heute nich mehr machen. Ich geb Ihnen nen Schlüssel. Hier. Dann könnense reinkommen, wennse Durst ham oder aufs Klo müssen oder sichs doch anders überlegen. Also, dann … Ne gute Nacht wünsch ich Ihnen.

Etwas unbeholfen streckte Frau Koslowski eine kleine, aber kräftige Hand nach mir aus, drückte meine in einer schnellen, festen Berührung, wischte sich die Finger an ihrer Hose ab, stand stöhnend auf, nickte mir zu, drehte sich halb um, nickte noch einmal und ging dann zum Haus zurück, tauchte in den Schatten ein, den das Gebäude warf und der länger und länger wurde, bis er, in einigen Minuten, mich erreicht haben würde. Ich sah zu, wie sie die wenigen moosbewachsenen Treppenstufen zur Kellertür hinabging und verschwand.

Ich blieb allein in ihrem Garten zurück.

Sollte ich mir die Mühe machen, das Zelt aufzubauen? Wenn es trocken blieb, wäre es vielleicht nicht nötig. Dann könnte ich die Nacht unter freiem Himmel verbringen. Das stellte ich mir schön vor. Ich hatte es mir schon einmal schön vorgestellt und den Rest der Nacht pitschnass und zitternd unter einem alten, halb kaputten Sonnenschirm verbracht, von dessen Rändern sich der Regen als Wasserfall auf die Terrasse hinabgestürzt hatte. Dir hätte das gefallen.

Ich machte mich daran, die Zelttasche aus meinem Rucksack und das Zelt aus seiner Tasche zu befreien. Mittlerweile hatte ich Übung, es ging schneller als an den ersten Abenden, ich breitete es an der Stelle aus, die mir Frau Koslowski gezeigt hatte, nicht zu nah an den Rosen, weit genug entfernt von den Dahlien und Chrysanthemen, schob die Stäbe durch die Öffnungen, bog sie nach oben, befestigte einige Schlaufen und Ösen, drückte sechs von acht Heringen in den weichen, feuchten Boden (die übrigen zwei waren verloren gegangen, der eine direkt beim ersten Abbauen, der andere wahrscheinlich vorgestern), spannte die Leinen. Anschließend kletterte ich mit der Isomatte, die alte Luftmatratze hatte schon am dritten Tag ein Loch gehabt, und meinem Rucksack voran durch den Eingang ins Innere.

An die Zeltluft, in der ich möglichst kurz und nicht zu tief einatmete, hatte ich mich gewöhnt, genau wie an das Umziehen im Liegen, Mückenstiche, krabbelnde Tierchen, die ihren Weg durch die kleinste Ritze fanden, stinkende Socken und die Sorge, dass das Zeltdach ein weiteres Mal über mir einstürzen könnte. Neu waren die Scheuerstellen an meinen Schultern. Daumengroße und daumenlange Striemen, da, wo die Rucksackträger lagen, rot und schmerzhaft. Zwei neue Blasen waren dazugekommen. Vielleicht hätte ich doch Geld in Wanderschuhe investieren sollen. Aber ich ging nicht wandern, ich lief, das war ein Unterschied, nicht ausgeschilderten Routen folgend, sondern Straßenzug um Straßenzug, in einem seltsamen Zickzack meiner eigenen Karte nach, die ein vollkommenes Durcheinander war, über Asphalt und Kopfsteinpflaster.

Im Sitzen, mit krummem Rücken – hätte ich doch ein größeres Zelt kaufen und nicht dein altes aus dem Keller klauen sollen? –, schob ich mir die Hose von den Beinen, schlüpfte aus T-Shirt, dann BH, legte beides zur Seite an den Rand, zog einen Schlafanzug über, rollte die Isomatte vollständig aus, legte meinen Schlafsack darauf, der Garten war abschüssig, senkte sich nach rechts, ich würde nicht gut schlafen. Steine und harter Boden machten mir nichts aus, abfallender Untergrund brachte mein Gleichgewicht durcheinander, das hatte ich schon als Kind gehabt. Erinnerst du dich? In letzter Zeit war es schlimmer. Nicht nur deshalb war Frau Koslowskis Angebot verlockend gewesen. Was hätte ich für ein weiches Bett mit frisch gewaschenen Bezügen gegeben. Daran war nicht zu denken. In Räumen hielt ich es noch immer nicht lange aus.

Ich rieb mir die schmerzenden Schulterstellen mit einer Creme ein, die ich unterwegs bei einem dm gekauft hatte, ein wenig tat ich auch auf die neuen Blasen und die alten, obwohl ich wusste, dass das nicht half. Die Zähne putzte ich mir mit einem Schluck Wasser, das ich auf einer Imbisstoilette abgefüllt hatte, und spuckte es zurück in die Flasche, darin hatte ich Routine, dann kramte ich Block und Stift heraus.

Kannst du mal aufhören, aus allem eine Geschichte machen zu wollen, Josephine?

Das hast du an diesem einen Abend zu mir gesagt. Schrecklich wütend bist du da gewesen, Inken. Ich weiß gar nicht mehr, warum. Oder will ich das nur glauben? Das Leben ist kein gutes Buch. Nein. Darin waren wir einer Meinung. Der Unterschied ist nur, dass du es für gar kein Buch gehalten hast und ich für ein schlecht geschriebenes ohne Stringenz, echte Tiefe und Happy End. Du und ich sind mehr als eine Geschichte. Aber eigentlich wusstest du, dass ich das Schreiben zum Überleben brauche, weil nur du solche Dinge von mir wusstest.

Jetzt vielleicht dringender als jemals zuvor.

Ich schaltete mein Handy ein, ein altes Gerät, kein Smartphone, es konnte gerade so SMS empfangen, trotzdem hatte ich es tagsüber immer aus. Meine Mutter hatte geschrieben. Dass sie mich liebte. Nicht mit diesen Worten, weil sie es nicht mit diesen Worten sagen konnte, das konnte sie nie. Ich musste es hineinlesen, das konnte ich mal besser, mal schlechter, früher hatte mir auch meine Brille nicht geholfen, heute konnte ich es manchmal entziffern, ohne die Augen zusammenzukneifen. Meine Mutter fragte, wo ich sei (wenn ich das wüsste), und schrieb, dass ich mich melden solle. Und dass sie mich liebte. Nur nicht mit diesen Worten. Die anderen neuen Nachrichten las ich nicht, weil sie nicht von dir waren, sondern wahrscheinlich über dich oder an dir vorbei, absichtlich, und das konnte ich noch immer nicht ertragen.

Aus der Seitentasche meines Rucksacks nahm ich Opa Schmittis schwarzen Mühlestein, den ich eingesteckt hatte, als Opa Schmitti kurz in die Küche gegangen war, stellte den Stein vor mich auf das Papier, betrachtete ihn. Mit der Zeigefingerspitze fuhr ich die feinen Rillen entlang, im Kreis, im Kreis, immer im Kreis.

Ich musste auf die Toilette.

Ich versuchte, es zu ignorieren, las ein bisschen, aber das Licht war schon zu schlecht, und ich war heute nicht dazu gekommen, neue Batterien für die Taschenlampe zu kaufen, außerdem war das eine der Sachen, die ich in den letzten Wochen verstanden hatte: Wenn man nicht gehen will und nicht gehen kann, muss man umso dringender. Ich drehte mich um, krabbelte zum Eingang, faltete mich zusammen, stand auf, faltete mich auseinander. Sollte ich wirklich durch den Keller ins Haus gehen? Die Fenster waren schon dunkel. Es war spät. Ich hatte mich immer bemüht, bereits nachmittags einen Platz zum Zelten zu finden, weil ich niemanden aus dem Bett klingeln wollte. Aber heute war es anders gewesen, und Frau Koslowski hatte sehr müde ausgesehen, als ich vor ihrer Tür gestanden hatte, trotzdem hatte sie mich hereingebeten.

Könnte ich einfach irgendwo hier draußen …?

Ich blickte mich um. Der Garten hing voller Schatten, die größer wurden, länger und breiter und sich zueinander ausstreckten. Vielleicht neben dem Gartenzwerg mit der Pfeife im Mund? Eine gewisse Verrohung hatte ich an mir festgestellt, die mich überrascht hatte, und noch mehr überraschte mich, dass ich sie erleichternd fand. Ich trug seit einer Woche dieselbe Kleidung, hatte nicht einmal die Unterwäsche gewechselt, hin und wieder wusch ich mich, bisher hatte ich kein einziges Mal geduscht, ich kämmte mir nicht die Haare, rasierte mir nicht die Beine und knabberte mir die Fingernägel kurz, statt sie zu schneiden. An manchen Abenden war das meine Lieblingsbeschäftigung. Das und das Knibbeln und Zupfen und Kratzen an neuen Stichen, Blasen und Wunden. Früher hatte mich mein Äußeres ständig verunsichert, war ich schick genug angezogen oder zu schick, saß die Jeans richtig, sahen meine Beine dick darin aus, waren Turnschuhe nicht angebracht, sollte ich flache Schuhe tragen, um nicht noch größer zu wirken, konnte man in der Bluse meine Schweißflecken sehen, oder meinen BH, war das Top zu eng oder nicht eng genug, stand ich mit halb nacktem Hintern da, wenn ich mich vorbeugte, hätte ich doch das Kleid von H&M kaufen sollen, das ich zurückgeschickt hatte, oder ein ganz anderes, würde ich mich darin besser fühlen, hätte mir eine Hose Sicherheit gegeben, sollte ich den Bauch einziehen, war der Schnitt unvorteilhaft, hätte ich besser eine Nummer größer genommen, stand mir die Farbe nicht, hätte ich für den Rock auch meine Oberschenkel rasieren sollen? Überhaupt diese albernen Albträume, wenn ich meine Beine länger nicht rasiert hatte, ich ging dann im Schlaf ins Schwimmbad oder in einem Minikleid auf eine Party oder krempelte mir in einer überfüllten U-Bahn die Hose bis zu den Knien hoch, eigentlich total dämlich, aber man konnte die Uhr danach stellen. Jetzt faszinierte mich der Prozess der Verwahrlosung und wie schnell er voranschritt, doch ich ahnte, dass ich ihn begrenzen musste, wenn ich weiter an Türen klingeln und um einen Zeltplatz für die Nacht bitten wollte. Neben einen Gartenzwerg mit Pfeife ins Gras zu pinkeln, ging zu weit.

Ich nahm Frau Koslowskis Schlüssel.

Das Haus war von innen so finster, wie es von außen ausgesehen hatte. Im Keller tastete ich nach dem Lichtschalter, betätigte ihn und war fast erschrocken, als die Helligkeit in den Raum sprang. Die Decke war niedrig, Regale reichten bis hinauf, es roch muffig, wie es in den meisten Kellern muffig riecht, links gab es ein großes Waschbecken, übrig geblieben aus einer Zeit, in der man Hosen und Hemden noch von Hand wusch. Dunkler Schmutz hatte sich auf dem Boden abgesetzt. Ich schlängelte mich zwischen Eimern und Kisten und Müllsäcken hindurch zur steilen Treppe, ging nach oben. Der Lichtschein folgte mir ein Stück hinauf, bis die Dunkelheit im Erdgeschoss ihn aufhielt.

Es war ein kleines Haus in einer kleinen Straße, dem man

ansah, dass nur die Dinge repariert worden waren, für die es Geld gegeben hatte, und dass das nicht viele gewesen waren in den letzten Jahren. Ein paar Fenster waren ausgetauscht worden, Risse zugespachtelt, aber nicht überstrichen, Treppenstufen ausgebessert, Kacheln ersetzt, Läufer bedeckten die abgewetzten Teppichstellen. Das Erdgeschoss bestand aus einer engen Küche, in die man sich zwischen zwei Schrankreihen hineinschieben musste, außerdem einem Wohnzimmer, mittelgroß, und einer winzigen Toilette unter dem Treppenaufgang, die nachträglich eingebaut schien und deren Decke sich schräg unter die Stufen duckte, als würde sie den Kopf einziehen. All das hatte ich vorhin nur kurz gesehen, als mich Frau Koslowski herein- und in den Garten geführt hatte, es reichte, um mich jetzt halbwegs zu orientieren. Erst als ich aus dem gebückten Badezimmer zurück in den Flur kam, bemerkte ich den schmalen Streifen bläulich gefärbten Lichts, der durch den Türspalt aus dem Wohnzimmer in die dunkle Diele fiel. Ich zögerte, überlegte, trat näher heran.

Der Fernseher lief, ohne Ton, warf stumm seine bewegten Bilder in den Raum, auf einen gemusterten Teppich, der an einigen Stellen dick, an anderen sehr dünn war, eine Hügellandschaft aus Wollfasern, bergig an den entlegeneren Stellen, abschüssig, wo die Wege ausgetreten waren, über einen Sessel, einen wuchtigen Couchtisch, das Sofa, auf dem Frau Koslowski schlief. Aus Erzählungen wusste ich, dass mein Vater früher immer morgens auf dem Sofa eingeschlafen war, ein Nachtwandler, der gearbeitet hatte, wenn alles still und dunkel gewesen war, das Negativ zum Leben meiner Mutter. Frau Koslowski war nicht einfach eingeschlafen, sie hatte sich das Bett hier unten gemacht, mit Bettlaken über dem hellbraunen Kratzpolster, mit Kopfkissen und Bettdecke. Sie lag seitlich, ein Arm unter dem Kopf, das Gesicht dem schweigenden Fernsehgerät zugewandt, dessen Licht über ihre Züge huschte, die Falten tiefer und dunkler erscheinen ließ. Ihre Haut erinnerte an eine Mandarine, die man in der Obstschale vergisst und die erst uneben und runzlig wird, in ihrer Unebenheit und Runzeligkeit dann trocken und hart. Ihre rechte Wange bewegte sich bei jedem Atemzug.

Obwohl ich mich wie ein Eindringling fühlte, blieb ich einen Moment länger im Türrahmen stehen, betrachtete den Fernseher (es lief ein Film im Ersten, in dem zwei Leute wortlos miteinander stritten), betrachtete den Raum, dessen Wände nicht mit Tapeten, sondern mit dunklen Schränken und Regalen verkleidet waren, an jeder Seite, sogar rechts und links des Fensters, als wollten sie das Zimmer und die Menschen darin in der Mitte zusammenschieben. Alles passte. Jemand hatte sich die Mühe gemacht, diesen Raum, vielleicht das ganze Haus, sorgfältig einzurichten, mit aufeinander abgestimmten Farben und Holzsorten und Stoffmustern, das schien lange her, und in den letzten Jahren hatte offenbar die Zeit oder das Geld oder die Fähigkeit gefehlt, sich mit Möbeln eine Zukunft zu entwerfen.

Die bestimmende Farbe war Braun, sogar im Dämmerlicht war unübersehbar, dass sich selbst die verlorene Vase auf dem Fensterbrett, die kleinen geschnitzten Figuren neben dem Fernseher, die Ansammlung von Kissen auf dem Sessel, die dort für die Nacht aufgetürmt waren, an diese Vorgabe hielten. Einzige Ausnahme war ein Bett. Ein Krankenbett, weiß und wuchtig, das jemand mit Mühe zwischen

Sofarückenlehne und hintere Schrankwand gezwängt hatte und dessen Aufstehhilfe nach oben ragte; sie erinnerte mich an das einzige Instrument, das ich zur Enttäuschung meiner Mutter in der Grundschule neben den Klangstäben hatte spielen können. Mit seiner kantigen Form, den grauen Metallstreben, dem hellen, abwaschbaren Kunststoff war es ein Fremdkörper in einer Welt aus verschrammten braunen Holzflächen. Wie ein Unfall kam es mir vor. Ein Unfall mitten im Raum. Ich musste mich abwenden, weil ich Angst hatte, eine von denen zu sein, die das Leid fremder Leute begaffen.

Als ich an der Treppe vorbeikam, warf ich einen Blick hinauf, der erste Stock lag dort oben wie ein schwarzes Loch, dann drehte ich mich um, tastete mich in den Keller und zurück in den Garten. Es war bereits so finster, wie Frau Koslowski angekündigt hatte, aber noch warm. Beinahe blind kletterte ich in mein Zelt, stellte die Schuhe, die in den zwei Wochen bereits gelitten hatten, die schmutzig und deren Sohlen abgelaufen waren, vor den Eingang und zog die Reißverschlüsse zu, mit denen ich die Welt aus- und mich in dieser kleinen Kapsel aus silikonbeschichteter Nylonzelthaut einschloss.

– Wie trinkense Ihrn Kaffee?

– Das müssen Sie nicht machen.

– Mit Milch und Zucker?

– Ja, gerne.

– Wie viel?

– So viel, dass es nicht mehr nach Kaffee schmeckt.

Warum trinkst du dann überhaupt Kaffee?, hättest du mich gefragt, wenn du hier gewesen wärst, Frau Koslowski aber nickte nur, goss Milch nach und schüppte Zucker aus der Dose, als würde sie auf einer Baustelle ein Loch ausheben.

Wie erwartet, hatte ich schlecht geschlafen. Jetzt saß ich mit Kopfweh in Frau Koslowskis kleiner Küche an ihrem kleinen Küchentisch und sah ihr zu, wie sie die Kaffeetasse vor mir abstellte und mir gegenüber Platz nahm.

Die Küche passte ins Haus.

Man erreichte sie über Teppichbrücken – dieses Wort schien einzig und allein für Frau Koslowskis Diele erfunden worden zu sein –, die den Weg von einer Tür zur anderen wiesen, in der Küche führten sie zum Kühlschrank und zur Spüle, wollte man sich setzen, musste man sich auf die offene See des fleckigen, leicht pappigen Linoleumfußbodens hinauswagen, in den sich die Tisch- und Stuhlbeine als scharfe quadratische Formen tief eingedrückt hatten. Die Tischplatte war in eine Plastikdecke eingeschlagen wie ein Geschenk. An den Kanten war sie mit diesen Klammern festgesteckt, die ich von meiner Oma kannte. Frau Koslowski hatte mit einem nassen Lappen über die Oberfläche gewischt, bevor sie zwei Platzdeckchen vor uns hingelegt und Teller und Besteck dazugestellt hatte. Die Messer, das Geschirr, der gesamte Raum war auf eine oberflächliche Art sauber, geputzt von jemandem, der zum Putzen eigentlich eine Lesebrille gebraucht hätte. Um die kleine Plastikblume, die ich heimlich anfassen musste, um sicher zu sein, dass sie wirklich aus Plastik war (diese Blumen sehen heute viel echter aus als früher bei meiner Oma), hatte sich ein schmaler Ring gebildet, der etwas dunkler war als der Rest der Tischdecke und an dem der Reinigungsschwamm seit Jahren knapp vorbeiging, auch heute. Die Vertiefung zwischen Schneide und dem Griff meines Messers säumte ein schmaler Rand aus winzigsten vergessenen Essensresten, alter Kaffee hatte die Innenseite der Tassen bräunlich verfärbt, das Holzbrettchen, auf dem Frau Koslowski das Brot schnitt, glänzte leicht speckig.

– Und wie lang machense dat schon?

Frau Koslowski sah aus, als hätte sie länger über diesen Satz nachgedacht, und sprach die Worte auf eine Weise beiläufig aus, die nichts Beiläufiges hatte. Ich hätte so tun können, als wüsste ich nicht, was sie meinte, wie ich es noch vor zwei Wochen getan hatte, als ich meine schmerzhaft prickelnde Wut dadurch bekämpfte, dass ich anderen Leuten das Zusammensein mit mir so unangenehm machte wie mir selbst. Aber ich war seitdem so weit gegangen, dass die Müdigkeit immer öfter gegen die Wut gewann.

– Seit zwei Wochen, sagte ich deshalb wahrheitsgemäß.

– Ach so.

Frau Koslowski schien überrascht, vielleicht sogar enttäuscht. War der schmale Grat zwischen tolerierbarer und untolerierbarer Verwahrlosung möglicherweise doch schon überschritten? Verschämt strich ich mir die Haare aus dem Gesicht, versuchte, mir in der stumpfen Oberfläche des Brotmessers einen Eindruck von meinem Äußeren zu verschaffen. Als mir das nicht gelang, sah ich mir stattdessen Frau Koslowski zum ersten Mal genauer an.

Sie war eine kleine, korpulente Frau, die sich bewegte, als wäre sie früher einmal sehr zierlich gewesen, auf eine leichtfüßige Art, bei der sie ständig anstieß, an Türrahmen, Tischkanten, Stuhllehnen, wie eine Katze, die dicker ist als ihre Schnurrhaare lang und in einem Fensterspalt stecken bleibt. Frau Koslowskis Haarfarbe erinnerte mich an Angela

Merkel in jüngeren Jahren, zu dunkel für Blond, zu hell für Braun, im Ton noch zu kräftig, um als ergraut durchzugehen. Ihre Lippen waren dünn und hatten etwas von einem Vogelschnabel. Besonders waren ihre Augen, die mich an die Farbe der Hallenbadfliesen unserer Kindheit erinnerten und die in jedes andere Gesicht besser zu passen schienen als in dieses. Wie alt Frau Koslowski war, konnte ich nicht sagen (damit tat ich mich immer schwer. Du musst nicht von dir auf andere schließen, Josi, hättest du gesagt. Manche Menschen sind so alt, wie sie aussehen), vielleicht fünfzig, vielleicht sechzig, mit Sicherheit trug sie jedoch Kleidung, die zu alt für sie war – eine Bundfaltenhose, eine Bluse mit Schulterpolstern, eine Brosche mit Kettchen – und die wirkte, als hätte sie ihre eigene Mutter an.

– Is dat ne Art ... ähm ... Urlaub?, fragte mich Frau Koslowski.

– Nein, also eigentlich ... nein, ist es nicht.

– Aha. Und laufense nur hier in Essen rum, oder ...?

Ich überlegte.

– Ich war schon in Duisburg, Mülheim, Essen, Recklinghausen, Hagen, Düsseldorf, Gelsenkirchen, Krefeld.

– So hinternander? Da sindse ja die ganze Zeit Umwege am Machen.

– Vielleicht ... aber eigentlich nicht.

– Und wo wollense hin?

– Weiß ich nicht.

– Wie lang laufense denn noch?

– Bis ich ankomme, schätze ich.

– Und wo wollense ankommen?

– Weiß ich auch nicht.

– Wird dann schwierig.

– Wahrscheinlich.

– Ich hab die Butter vergessen, sagte Frau Koslowski und erhob sich, stieg über die Teppichbrücke, geschützt vor den Linoleumuntiefen, zum Kühlschrank. Dat is nix weiter als Streichfett, aber Butter macht alles besser. Findense nicht?

Ich nickte, weil sie recht hatte und weil ich mich fragte, ob dieses Gefühl aus Frau Koslowski die Katze mit den zu kurzen Schnurrhaaren gemacht hatte. Seit unserem elften Lebensjahr haben du und ich kein Fleisch mehr gegessen, wenn man von den Gemüsefrikadellen absieht, die meine Oma mal für uns gekocht hat und die zu gut für echte Gemüsefrikadellen schmeckten. Das haben wir eigentlich gewusst, oder? Eine Weile haben wir uns sogar vegan ernährt (ich allerdings weniger lang, als du gedacht hast), weil ich deine Argumente überzeugend fand, wie ich dich meistens überzeugend fand. Aber Butter bleibt Butter. Und beim Brunchen am Seehaus mache ich mir jedes Mal den Teller mit Rührei voll, weil ich mir dann einreden kann, dass jemand anderes für den Tod von Millionen männlicher Küken und leidender Hennen in Legebatterien verantwortlich und es auch keine Lösung ist, wenn das ganze gute Rührei weggeschmissen wird, während irgendwo Kinder verhungern.

Das ist doch ein Neunziger-Jahre-Argument, müsstest du jetzt sagen.

Und ich würde antworten: Die Neunziger waren ja auch die bessere Zeit.

– Machense schön dick drauf, sagte Frau Koslowski und stellte die Butterdose vor mich hin.

Dass Frau Koslowski Butter in einer Butterdose aufbewahrte, kam mir folgerichtig vor. Du dagegen hast dir mal diese wunderschöne weiße Porzellandose gekauft, auf dem

Trödel, als wir übers Wochenende in Kopenhagen waren, ohne zu wissen, dass es eine Butterdose war, und ohne jemals Butter hineinzutun. Sie stand nutzlos herum, weil dir wichtiger war, dass sie gut aussah und zu den anderen Dingen passte. So warst du nämlich auch schon immer.

Als ich meine Graubrotscheibe mit einer großzügigen Schicht Butter beschmiert hatte, wartete ich auf Frau Koslowskis Zustimmung. Nachdem sie zufrieden genickt hatte, bedeckte ich das hellgelbe Fett mit Käse, schnitt das Brot in zwei Hälften, die ich aufeinanderlegte, zusammendrückte, bis die Butter an den Seiten leicht hervorquoll.

Du hast dich mal von kaum mehr als zehn abgezählten Reiscrackern ernährt. Damals hatte ich Angst um dich, Inken. Nur erzählt habe ich dir das nie.

– Sie haben ein schönes Haus, sagte ich, weil andere Leute das gerne hörten, ich in Wahrheit auch, obwohl ich mir gerne einredete, dass es mir vollkommen egal war und dass mich das von allen anderen (zum Beispiel dir) unterschied, die zu viel Wert auf materielle Dinge legten. Vielleicht war es ein Selbstschutz, weil es niemals jemand gesagt hätte.

– Is nich mein Haus, antwortete Frau Koslowski.

– Wem gehört es?

– Weißich nich.

– Warum nicht?

Frau Koslowski hatte den Butterrest von ihrem Messer am Rand der Dose abstreichen wollen, entschied sich um, nahm stattdessen mehr Streichfett auf und verteilte es als zweite Schicht auf ihrem Brot. Konzentriert fuhr sie mit der Klinge über die Kruste, bis die rostfreie Oberfläche der Schneide sauber war und nur ein schmieriger Film darauf zurückblieb.

– Erst hats der Bank gehört, sagte sie. Dann hamses versteigert. Wems jetzt gehört, weißich nich. Nur raus mussich. Dat weißich.

– Sie müssen hier raus?

Ich deutete ungenau um mich, indem ich den Zeigefinger im Kreis drehte, was mir dämlich vorkam und unpassend und unhöflich auch.

– Hm, machte Frau Koslowski nickend, bedeckte die Butter mit Wurst, noch mal mit Wurst, noch mal mit Wurst.

An ihrem Zeigefinger klebte ein weicher unförmiger Butterklecksrest. Sie bemerkte es nicht. Ich mochte es nicht sagen.

– Wann?

– Bald. Inner Woche. Wat weißich.

– Wieso?

Für den unhöflich kreiselnden Finger hatte ich mich geschämt, für die Frage noch mehr. Zum Glück antwortete Frau Koslowski darauf nicht, biss in ihr Brot, kaute, biss erneut, spülte mit einem großen Schluck Kaffee nach, der zu heiß schien, sie verzog leicht das Gesicht, stopfte ein weiteres Graubrotstück hinterher.

– Wahrscheinlich is dat auch gut so. Is ma ne schöne Gegend gewesen. Aber schon lange nich mehr. Vergessen hamse uns hier.

Als wäre ich mir nicht peinlich genug, drehte ich mich mit meinem Käsebrot in der Hand auf dem Stuhl zum Fenster um, spähte mit zusammengekniffenen Augen angestrengt durch die weißen Häkelgardinen, als könnte ich hinter der Glasscheibe nicht nur erkennen, was nicht mehr, sondern auch, was irgendwann mal schön gewesen war.

– Jede Menge Einbrüche gibt's hier. Und geklaut wird

auch. Dat kannich Ihnen sagn. Sind aber nich nur die Türken. Meine Mutter hatte wat gegen die. Ständig hatse auf die Türken geschimpft. Datse uns die Arbeitsplätze wegnehm und nich mal richtig Deutsch sprechen tun und dat alles. Aber dann habich ihr gesagt: Dat sind alles fleißige und ehrliche Leute, die auch nur dat Beste versuchen. Und mein Vatter is ja damals mit seiner Familie auch noch aus Schlesien gekommen. Da hattense auch nix, sogar weniger, und schwer hamses ihnen hier auch gemacht, aber so richtig. Dat wolltese alles nich hören. Is einfach ne andere Generation. So wat kriegste da nich mehr raus. Aber der Türke von nebenan isn ganz Netter. Der hat mir schon öfters ma geholfen. Und seine Frau isn Kopftuch am Tragen, ja, aber sonst is dat ne Frau wie Sie und ich. Hin und wieder schwätzen wir wohl. Und wie ihr Kleener, der Ali, da vorne ...

Frau Koslowski legte ihr Brot ab, stand auf, ging zum Fenster und blickte unter der halben Gardine hinaus auf die Straße, klopfte mit dem Butterfinger leicht gegen die Scheibe.

– Wie der Ali da vom Auto totgefahren worden is, habich denen einen Kuchen gebacken. Sonen Streuselkuchen mit Äpfeln ausm Garten. Und sogar meine Mutter is mit rüber. Weil ... wenns um so wat geht, da kannste ja nich ... Dat geht nich. Wir sind ja alles Menschen. Dat sindwer. Und der Ali war auchn ganz Putzigen, sehr höflich, der wusste noch, watsich gehört, und süß warer. Wirklich. Ganz süß.

Sie zögerte, hatte mit der Gardine gesprochen, drehte sich wieder in den Raum und zu mir.

– Nee, nee, die Türken sind nich dat Problem. Aber die ganzen Rumänen, bei denen musste aufpassen. Als Frau trauste dich gar nich mehr, die Tür aufzumachen. Wat weiß-ich denn, wer da draußen auffer Matte steht? Aber eigentlich habich nix gegen die. Die ham dat einfach auch nich anders gelernt, da, wo die herkommen. Mit dem ganzen Müll, dense einfach auffe Straße stellen, dat die Ratten kommen und dat alles …

Frau Koslowski deutete in einer Geste hinter sich, die mich an Meine-Tante-aus-Marokko erinnerte, das Kinderlied, hiphop, schwubbeldiwupp.

– Wie ich noch klein war …

– Sie sind hier aufgewachsen?

– Dat Haus hat noch mein Vatter gekauft. Vom Geld vonner Montage. Achtundfuffzig Jahre wohnich schon hier. Achtundfuffzig.

Frau Koslowski schüttelte den Kopf, als könnte sie es selbst nicht glauben.

– Und dann setzense dich einfach vorde Tür. Mirnixdirnix.

– Und was …

Ich zögerte, sah Frau Koslowski an, durch die Küche, in der sie stand und ich saß, die Einmachgläser auf dem Regal gegenüber, die Blechdosen für Salz, Mehl und Zucker, die über dem Herd aufgereiht waren.

– Was machen Sie jetzt?

Als Kind war ich neidisch auf dich, Inken. Eigentlich war ich immer neidisch auf dich. Aber als Kind konnte ich Nächte damit verbringen, wach zu liegen und stumm aufzuzählen, was ich alles nicht hatte, was du hattest und ich gern gehabt hätte (ein Kinderzimmer unter dem Dach, was mir beinahe märchenhaft vorkam, einen Bruder, der mit mir Fußball spielte, zwei Mütter, die einen liebten, und nicht nur eine, bei der ich mir nicht immer sicher war, glänzende, dunkle Haare, die nicht wie vertrocknetes, ausgedörrtes Gras aussahen, einen Vater, der jeden Morgen im selben Haus wie ich aufwacht, eine schöne Handschrift, ordentlich und schwungvoll, einen neuen blauen Pferdeputzkasten und nicht den komischen gebrauchten, den meine Mutter von der Freundin einer Freundin besorgt hatte, die drei Mark Taschengeld, die du bekamst und von denen du dir jede Woche die *Wendy* kaufen konntest, während ich in der zweiten Klasse eine Mark fünfzig hatte und für die *Wendy* zwei Wochen sparen musste, perfekt eingepackte Geschenke, wenn wir zu einem Kindergeburtstag eingeladen waren, die bunt gemusterte Badekappe, die du immer getragen hast, damit deine glänzenden, dunklen Haare nicht nass wurden), ein bisschen so, wie ich als Dreizehn-, Vierzehn-, Fünfzehnjährige, sogar bis heute, intensiv darüber nachdenken kann, was ich an meinem Körper alles verändern würde, wenn ich Wünsche frei hätte (reinere Haut und weniger blass, mehr Busen, blaue Augen statt braune, schönere Füße, ein paar Zentimeter weniger in der Höhe, Haare, die nicht trocken oder fettig oder fusselig aussehen, kleinere Hände mit wohlgeformten Fingernägeln, Ohren, die weniger spitz aussehen, geradere und weißere Zähne, vollere Lippen, keine Brille).

– Nix.

Bei den meisten Menschen gibt es einen Moment, in dem man sehr genau sagen kann, wie sie als Kind ausgesehen haben, selbst wenn man sie als Kind gar nicht gekannt hat. Bei Frau Koslowski war es die Art, wie sie Nix sagte, entschlossen, trotzig, ohne Rücksicht auf Verluste, ich esse meinen Spinat nicht, ich gehe nicht ins Bett, ich knalle die

Tür, wie es mir passt, ich mache keine Hausaufgaben, ich räume nicht mein Zimmer auf, du kannst mich nicht dazu zwingen.

– Sollense doch versuchen, mich hier rauszukriegen. Nur über meine Leiche. Wennich dat Haus meiner Eltern verlasse, dann aber inner Kiste. Vorher hauich innen Sack.

– Kann ich Ihr Bad benutzen?, fragte ich, hatte das letzte Stück Butterbrot mit einem klatschenden Geräusch auf meinen Teller fallen lassen, plötzlich hektisch, fahrig, schob bereits den Stuhl zurück.

– Sicher. Sehr gerne könnense auch duschen, sagte Frau Koslowski, unüberhörbar nachdrücklich.

Ich stand auf.

Der Wechsel von Linoleum zu Teppich ließ mich stolpern, so wenig konnte ich gerade die Füße heben, trotzdem war ich erleichtert, die Brücke erreicht zu haben, dem gemusterten Wollfaserweg nur folgen zu müssen, um zur Tür zu gelangen, in die Diele. Frau Koslowski folgte mir, ich hörte ihre Schritte, sie klangen wie etwas, das einem auf den Fersen ist.

– Nehmense ruhig dat Bad oben, sagte sie. Dat is größer. Hier unten hamwer zwar auch eins, aber dat is ... Zur Not geht dat auch.

Wir hatten den Treppenaufgang erreicht, waren beide stehen geblieben, als hätten wir uns abgesprochen. Im Tageslicht, das durch das schmale Fenster über der Eingangstür fiel, wirkte es oben weniger tief und schwarz, ich konnte die Stufen sehen, angeordnet als Spirale, die sich nach oben drehte, erahnen, wo sie endeten, trotzdem wurde ich das Gefühl nicht los, am Ufer eines kalten Sees zu stehen, unsicher, ob ich den ersten Schritt hinein machen sollte, und mit der Gewissheit – woher ich sie nahm, wusste ich nicht –, dass Frau Koslowski nicht schwimmen konnte.

– Wennse nach oben kommen, isset die zweite Tür links.

Sie hatte mit der einen Hand an das Geländer gegriffen, hielt sich fest, mit der anderen wies sie nach oben.

– Duschense ruhig. Dat is kein Problem.

Ich nickte, kam mir vor wie ein Kind, das allein auf die Reise geschickt wird, nahm die erste Stufe, die zweite, die dritte, ging hinauf, während Frau Koslowski unten blieb, zu mir rauf- und ich zu ihr runterschaute, bis sie aus meinem und ich aus ihrem Blickfeld verschwunden war, die obere Etage erreicht hatte.

– Die zweite Tür links, rief sie. Sehenses?

– Ja, murmelte ich, zu leise, um von Frau Koslowski gehört zu werden, aber sie würde nicht nachkommen, damit ich meine Antwort lauter wiederholte, so viel war klar.

Das obere Stockwerk lag in einem blassgrauen Dämmerlicht, das von geschlossenen Türen, geschlossenen Gardinen und heruntergelassenen Jalousien erzeugt wurde. Auch hier eröffnete sich ein vor Jahren gut genutztes Wegenetz aus Teppichen, die sich zur Mitte hin absenkten, wo die Fasern dunkel und dünn geworden waren, an einigen Stellen schimmerte sogar das Gummigitter durch. Es lag eine Stille in den Räumen, die mehr war als das Fehlen von Geräuschen.

– Hamses gefunden?, drang es von unten zu mir herauf.

– Ich denke schon.

Wieder zu leise.

Einen Moment spürte ich diese kribbelnde Neugier, die man empfindet, wenn man weiß, dass man von niemandem außer sich selbst beobachtet wird. Ich hätte mir die einzelnen Räume ansehen, auch noch weiter nach oben gehen können, Frau Koslowski würde nicht einmal kommen, wenn ich anfinge, alle Wertsachen aus dem Fenster zu werfen (wenn es hier oben überhaupt so etwas wie Wertsachen gab), das hatte ich verstanden. Aber ich wusste, was ich hier finden würde, ein mit Bettlaken zugedecktes Leben, und irgendwie wollte ich das nicht sehen, weil ich das selbst zu gut kannte, ich wollte nur ins Badezimmer gehen und die Tür hinter mir schließen.

Der Dienstag im Mai, an dem sich Josephine und Inken das erste Mal trafen, ist zu einer von diesen Geschichten geworden, die sich Menschen erzählen, um den Dingen in ihrem Leben eine Form von Logik, Stringenz und Folgerichtigkeit zu geben und zu sagen: Damit hat alles angefangen.

In Inkens und Josephines Fall war dieser Anfang eine Kleinkindrangelei im Sandkasten um ein Fischförmchen aus blauem Plastik, die ohne Bedeutung hätte bleiben können, wenn nicht Josephine, die Schubserin, von ihrem eigenen Schubsen aus dem Gleichgewicht gebracht worden und auf ihren Po gefallen wäre und angefangen hätte, entsetzlich zu weinen, woraufhin Inken, die Geschubste, die Schubserin tröstete, wie Kinder einander trösten, eine Hand auf die Schulter des anderen Mädchens gelegt, die zweite Hand voller Sand auf dem Weg zum eigenen Mund.

Darüber kamen die Mütter der beiden Kontrahentinnen ins Gespräch.

Auf dem Spielplatz war Maggie meist schweigsam, sie ging noch nicht wieder arbeiten und verbrachte viel Zeit mit Inken allein, wodurch sie das Gefühl hatte, ihre Fähigkeit, mit Erwachsenen zu reden, von Tag zu Tag mehr einzubüßen. Richard war keine Hilfe, er sprach in der Schule so viel, dass er abends sein Wortkontingent aufgebraucht hatte, nur für Inken machte er eine Ausnahme, für Maggie blieben unvollständige Sätze. Selbst Smalltalk erinnerte sie zunehmend an das Spielen mit Bauklötzchen, an das Aufstapeln von groben hölzernen Einzelteilen, die durch eine leichte Berührung in sich zusammenfallen konnten. Wenn sich andere Mütter – denn der Spielplatz war eine Mütterwelt – neben sie setzten, selbstverständlich ihre Möhren- und Apfelstückchen auspackten und von ihrem Tag oder dem Tag ihrer Kinder erzählten, was oft dasselbe war, saß Maggie meist stumm da, nickte, lehnte die angebotenen Möhren- und Apfelstückchen ab und nickte wieder, wenn es ihr passend erschien. Den Morgen über fiel ihr Wortschatz in sich zusammen, und oft kam ihr der Spielplatz wie eine Dekompressionskammer vor, ein Ort, an dem sie vorschriftsmäßig angepasst wurde an den atmosphärischen Luftdruck außerhalb der Inken-Welt, in der sie von morgens um sieben bis mittags um zwei lebte. Inken war an diesem Maidienstag drei Jahre und fünf Monate alt, Maggie wusste das und konnte trotzdem ihre eigene Zählweise wie eine Uhr in ihrer Brust ticken hören: zweihundertsiebenunddreißig Tage.

Inken war als Zweijährige zu Maggie und Richard gekommen. Viel wussten sie nicht über ihre leiblichen Eltern, die Frau vom Jugendamt hatte sich sehr vage geäußert, Allgemeinplätze, die wahrscheinlich auf zu viele der Kinder passten, die sie in anderen Familien unterbrachte. Erst später erfuhren sie mehr über Antonia, die Mutter, aber da nützte ihnen dieses Wissen auch nichts mehr. Von Anfang an war Inken kein schwieriges Kind, dabei hatten sich Maggie und Richard auf Schwierigkeiten eingestellt, und irgendwie (Maggie versuchte selbst, das zu verstehen) war es dadurch schwieriger für sie geworden. Sie hatte sich auf ein Kind vorbereitet, wie sie selbst eins gewesen war, das schlechte Erfahrungen gemacht hatte, das misstrauisch war, sie zurückweisen würde und dessen Vertrauen sie Stück für Stück gewinnen müsste. Doch vom ersten Tag an schenkte ihr Inken ihr Herz.

Als sie ihr bereits am zweiten Abend nach dem Vorlesen die Arme um den Hals legte und ihr einen Gutenachtkuss gab, musste Maggie sich im Badezimmer auf den Toilettendeckel setzen, den Kopf zwischen die Knie, um Luft zu bekommen. Als Inken auf der Straße ihre Hand nahm, ihre kleinen, etwas dicklichen Finger in ihre schob und so neben ihr her den Gehweg entlangging, musste Maggie das Gesicht abwenden, damit Inken nicht sah, dass sie nicht mehr lachte, sondern weinte. Und als Inken sie das erste Mal Mama nannte, obwohl sie ihr erklärt hatte, dass sie natürlich nicht ihre Mama war, Inken stattdessen vielleicht irgendwann, vielleicht sogar sehr bald zu ihrer richtigen Mama zurückgehen würde, wurde ihr so schlecht, dass sie eine Weile über dem Waschbecken hing und nicht aufhören konnte zu würgen.

Ein Pflegekind war eine Herausforderung. Maggie und Richard hatten das gewusst. Sie hatten viel und lange darüber gesprochen, hatten sich informiert, waren zu Beratungen gegangen, von denen es damals nicht viele gegeben hatte, hatten sich sogar mit einem Ehepaar und deren zwei Pflegekindern getroffen, um alles aus erster Hand zu erfahren. Richard hatte sich viel früher bereit gefühlt als Maggie. Er war ein Mensch, der viel aus dem Bauch heraus entschied, als Lehrer, später als Schuldirektor, aber auch sonst.

Maggie sammelte lieber Informationen, recherchierte, sammelte noch mehr Informationen und schrieb sich alles auf, um auf dieser Basis eine Entscheidung zu treffen. Aber bevor der Anruf gekommen war, hatten sie beide den Eindruck gehabt zu wissen, worauf sie sich einließen.

Von ihren eigenen Gefühlen war Maggie überrascht worden.

Als Frau Wöllner vom Jugendamt Inken ihr und natürlich nicht Richard in den Arm gedrückt hatte (was Maggie weder für Inken noch für sich selbst richtig vorgekommen war), hatte sie im ersten Moment Angst gehabt, sich falsch anzustellen, unter den Blicken der Jugendamtsfrau auf Anhieb zu versagen und dadurch zu erkennen zu geben, dass sie als Pflegemutter, als Mutter, als Frau – die Gedankenkette hatte sich von selbst in Gang gesetzt – vollkommen ungeeignet war. Sie musste einige Male nachfassen, weil Inken schwerer war, als sie erwartet hatte, versuchte, das zu verheimlichen, was es noch offensichtlicher machte, und fürchtete die ganze Zeit, dass ihr dieses kleine Mädchen mit den großen Augen in der nächsten Sekunde wieder weggenommen würde, weil sie es nicht einmal in den Armen halten konnte. Hatte Frau Wöllner nicht komisch und sehr kritisch geguckt? Hatte sie nicht die Nase gerümpft? Die Augenbraue gehoben? Den Mund verzogen?

Natürlich Quatsch. Aber zu Hause war es nicht besser geworden. Offenbar brauchte sie Frau Wöllners Blick nicht, sie brauchte überhaupt keine fremden Blicke, um sich bei allem, was sie mit Inken tat, beobachtet zu fühlen. Und sie sah Richard zu, der mit dem Mädchen umging, als hätte er nie etwas anderes gemacht. Erst Jahre später, als Richard und Maggie sich für acht Monate und sieben Tage trennten, eine Zeit, in der er sich eine eigene Wohnung zwei Straßen weiter nahm und regelmäßig in Kunstausstellungen ging und sie anfing, Saxofon zu spielen und einen Bauchtanzkurs zu besuchen, erzählte ihr Richard im Rahmen der Paartherapie, wie unsicher er sich im Umgang mit Inken in der ersten Zeit gefühlt hatte und dass er distanziert geblieben war, aus Selbstschutz, für den Fall, dass sie Inken wieder hätten abgeben müssen, wozu es ja tatsächlich gekommen war, und wie sehr er Maggie beneidet hatte, und Maggie sagte ihm, dass sie von dieser Distanziertheit nichts gemerkt habe, im Gegenteil, fragte sich dann aber, noch weitere Jahre später, ob vielleicht Inken seine Distanziertheit und ihre Unfähigkeit bemerkt hatte und ob das der Grund gewesen war. Denn dass auch sie schuld waren, daran bestand ja kein Zweifel.

Wie eingesperrt kam sich Maggie in den ersten eineinhalb Jahren vor, mit Inken, mit sich selbst. Sie wohnten zu diesem Zeitpunkt bereits in der Prinz-Albrecht-Straße, und Richard war einer von diesen engagierten Lehrern, was ihn für Maggie liebenswert und unerträglich machte. Wenn Inken und sie ihm zum Abschied winkten und sie die Tür hinter ihm schloss, wurde Maggie das Gefühl nicht los, dass sie sich damit einschloss. Es war selbstverständlich gewesen, dass sie mit Inken zu Hause bleiben würde, sie hatten nie darüber gesprochen, und erst Jahre später war es zu einem der Gründe für ihre zeitweise Trennung geworden, weil sie ihm nicht verzeihen konnte, dass es für sie beide selbstverständlich gewesen war.

Das Problem waren weniger die Stunden, die sie mit Inken allein verbrachte, sondern dass die Stunden hätten schön sein müssen, aber nicht schön waren. Und für diese Erkenntnis schämte sich Maggie so sehr, dass sie jedem Menschen, der sie danach fragte oder sie nicht danach fragte, mit angestrengtem Lächeln erzählte, wie schön es war, ganz besonders Richard, wenn er nachmittags nach Hause kam. Schließlich war sie es gewesen, die vorgeschlagen hatte, ein Pflegekind aufzunehmen, oder nicht? Sie hatte all die Informationen zusammengetragen. Sie hatte die Beratungstermine organisiert. Sie hatte Kontakt mit den anderen Pflegeeltern, einem netten Pärchen aus Oberhausen, aufgenommen. Sie hatte sich alles aufgeschrieben, mit ihrer eigenen Mutter gesprochen und sich Rat geholt. Sie hatte auf dieser Basis eine fundierte und gut durchdachte Entscheidung getroffen. Niemand hatte sie gedrängt. Oder überredet. Sie hatte es so gewollt. Sie war keine Sechzehnjährige, die ungeplant schwanger geworden war, sie war keine Mittzwanzigerin, die während ihres Studiums ein Kind bekommen hatte, sie war Anfang dreißig, und eine richtige Mutter war sie eigentlich auch nicht. Durfte sie sich trotzdem überfordert und verloren und einsam fühlen? Musste sie nicht gerade deshalb stark und liebevoll und sicher sein? Das war es, was Inken brauchte. Das war es, was Inkens richtige Mutter ihr nicht hatte geben können. Das war es, was Maggies Aufgabe, wofür sie überhaupt da war. War sie sonst nicht vollkommen nutzlos? Sie musste nicht nur eine gute Pflegemutter für Inken sein, die keine gute Mutter hatte, sie musste die beste Mutter sein.

Und deshalb durfte niemand wissen, dass es nicht schön, sondern manchmal, gerade am Anfang sogar sehr oft, schrecklich war, weil ihr Inken sonst natürlich zu Recht wieder weggenommen und das kleine Mädchen mit den großen Augen, das ihr gleich am zweiten Abend einen Gutenachtkuss gegeben, auf der Straße ihre Hand genommen und sie Mama genannt hatte, einer anderen Frau gegeben würde, die all das besser und all das schön finden konnte.

Der Spielplatz war der Ort, an dem sie den Vormittag hinter sich lassen und sich auf den Nachmittag vorbereiten konnte. Zwischen den vielen fremden Müttern, die auf den Bänken saßen und ihren Kindern beim Spielen zusahen und sich unterhielten, wurde sie wieder etwas mehr die Person, die sie eigentlich war, herzlich, verständnisvoll, selbstbewusst, gelassen, freundlich, geduldig. Sie wusste nicht genau, woran es lag, es konnte mit der schlichten Erkenntnis zu tun haben, dass man ihr die Gefühle nicht am Gesicht ablesen konnte. Du kannst den Leuten eben nur vor den Kopf gucken, hatte Richards Mutter früher gesagt, zu der Maggie ein unkomplizierteres Verhältnis gehabt hatte als zu ihrer eigenen. Niemand schloss sie aus, weil sie nicht Inkens leibliche Mutter war, einmal wurde ihr sogar gesagt, wie ähnlich ihre Tochter ihr sähe, was auf so offensichtliche Weise Unsinn war, dass Maggie es rührend gefunden hatte. Niemand wusste, welche Ängste und Traurigkeiten sie von sieben bis zwei Uhr bereits ausgestanden hatte. Niemand sah das dünne Eis unter ihren Füßen, dessen Brüchigkeit sie selbst sich seit dem Augenblick, da Frau Wöllner ihr Inken in den Arm gedrückt hatte, bei jedem Schritt bewusst war.

Und als sich Elisa an diesem Maidienstag bei ihr entschuldigte, weil ihre Tochter Josephine Inken in den Sand geschubst hatte, war Maggie beinahe zu ihrer vollen Größe angewachsen (die ganzen hunderteinundsiebzig Zentimeter, die in ihrem Pass standen, erreichte sie in dieser Zeit jedoch nie) und hatte deshalb großmütig die Schultern heben und sagen können, dass Kinder nun mal so seien.

Für Elisa war die Spielplatzwelt eine hermetisch abgeriegelte.

Wie bei den meisten Dingen in ihrem Leben konnte sie nicht sagen, ob sie keinen Zugang fand, weil sie keinen finden wollte, oder keinen finden wollte, weil sie keinen fand. Selbst wenn sie sich sicher war, keinen Wert auf die anderen zu legen, konnte sie sich trotzdem ausgeschlossen fühlen, vielleicht sogar mehr.

Elisa hatte ein Kind bekommen, als sie selbst noch fast eins war, aber wenn sie sich vorgestellt hatte, wie sie als Erwachsene sein würde, hatte sie sich nie als Mutter gesehen. Für sie war das Muttersein wie ein hochgeschlossenes, zu oft gestärktes Kleid mit Rüschen und Puffärmeln und knöchellangem Rock, das an den entscheidenden Stellen zu eng saß, und sie musste es nicht anprobieren, um zu wissen, dass es ihr nicht stand.

Ihre eigene Mutter war eine einfache, hart arbeitende Frau, die mit beiden Beinen so fest auf der Erde stand, dass ihre Absätze tiefe Kerben im Boden hinterließen. Elisas Vater hatte als sehr junger Mann im Krieg seine Stimme verloren und bis zu seinem sehr frühen Tod, als Elisa keine zehn Jahre alt gewesen war, nicht wiedergefunden, aber – zumindest warf ihm das die gesamte Familie vor – auch nicht ernsthaft danach gesucht. Ganz selbstverständlich hatte Elisas Mutter seine ungenutzten Worte übernommen und es verstanden, sie für ihre Zwecke einzusetzen, um ihre Kinder zu höflichen, gottesfürchtigen, bescheidenen Menschen zu erziehen, die wussten, wo ihr Platz im Leben war und, noch wichtiger, wo auf keinen Fall. Sie hielt nichts vom Träumen, nicht bei sich, nicht bei anderen und schon gar nicht bei ihrer einzigen Tochter. Träumereien bringen kein

Essen auf den Tisch, sagte sie oft. Und: Träume muss man sich leisten können. Erst viel später fragte sich Elisa, ob das Leben ihrer Mutter das Träumen ausgetrieben hatte, aber da war die schon lange tot, und Elisa konnte sie nicht mehr fragen, und obwohl sie wusste, dass sie für diese Frage nie den Mut aufgebracht hätte, fühlte sich Elisa um diese Möglichkeit betrogen, wie sie sich um so viele Möglichkeiten betrogen fühlte. Sie setzte diesen Punkt auf die lange Liste von Dingen, die das Leben ihr schuldig geblieben war.

Elisas Mutter war eine gläubige Katholikin, die sich selbst nicht wichtiger nahm als eins der kleinen Teelichter, die sie jeden Sonntag in der Kirche anzündete und die nicht selten bereits abgebrannt waren, ehe die Messe zu Ende war. Ihre Enkelin gewöhnte sich viele Jahre später an, für ihre Oma Kerzen in jeder Kirche anzuzünden, die sie besuchte, weil sie sich vorstellte, ihrer Oma damit eine Freude zu machen, und weil sie sich von diesem Gedanken getröstet fühlte. Ihre eigene Anspruchslosigkeit und ihren pragmatischen Realismus versuchte Elisas Mutter, an ihre Kinder weiterzugeben. Elisa entschied jedoch schon als kleines Mädchen, diesen Glauben gemeinsam mit dem Glauben an Gott nicht aufzutragen wie die Kleidung ihres großen Bruders, und je öfter ihre Mutter und später das Leben ihr beharrlich versicherten, dass sie nichts Besonderes war, desto mehr überzeugte sie sich selbst vom Gegenteil.

Elisa begann, sich ihre eigene Geschichte als eine Aschenputtelgeschichte zu erzählen, was ihr besonders gut gelang, wenn sie den Küchenfußboden schrubben oder für ihre Mutter Besorgungen machen musste oder mit schmerzendem Hintern auf dem Bett lag, weil sie beides nicht mit der Sorgfalt erledigt hatte, die ihre Mutter von ihrer einzigen

Tochter erwartete. Dass die Geschichte eines Tages mit einem Und-sie-lebten-glücklich-bis-an-ihr-Lebensende-Ende ausgehen würde, daran hatte Elisa keinen Zweifel. Sie war eine gute Schülerin, fleißig und interessiert, und schon früh stellte sie sich vor, eines Tages in eine große Stadt zu ziehen und zu studieren und etwas zu werden, was in ihrer Familie noch niemand vor ihr geworden war. Ihre Mutter hatte jedoch andere Pläne und bestand darauf, dass Elisa nach der achten Klasse eine Pflegevorschule und anschließend eine katholische Schwesternschule besuchte und etwas Anständiges lernte, was einer Frau nützlich war. Sie war sich sicher, dass strenge Nonnen, klare Regeln und drei Gebete am Tag ihrer Tochter die Flausen aus dem Kopf treiben würden.

Wie hätte sie ahnen können, dass genau dieses Umfeld (wie es sich für eine gute Aschenputtelgeschichte gehörte) sie in ihren Träumereien nur bestärkte? Denn je fester Elisa Türen verschlossen wurden, desto beharrlicher suchte sie nach Fenstern.

Elisas Fenster hieß Achim.

Sie lernte ihn in einer Studentenkneipe kennen, obwohl Achim kein Student, sondern Künstler war und Elisa als OP-Schwester in einem nahe gelegenen Krankenhaus arbeitete. Es imponierte ihr, wie leicht ihm die Worte bolschewistisch, Gesellschaftstheorie, Marxismus und konkrete Utopie über die Lippen kamen oder wie er über bedeutende Maler, von denen sie als Kind einfacher Leute oft nicht einmal gehört hatte, sprechen konnte, als würde er sie persönlich kennen, was sie anfangs sogar glaubte. Noch am selben Abend zeigte er ihr in seinem Atelier, einer kalten, feuchten Garage neben kalten, feuchten Garagen in einem Hinterhof, die Gemälde, an denen er arbeitete und von denen sie beeindruckt war, großformatige Bilder von halb fertigen Landschaften und Stadtansichten, deren Farben kräftig und leuchtend waren und die Farben der Wirklichkeit ins Gegenteil verkehrten. Kunst war etwas, das in ihrem Leben bisher nicht vorgekommen war, unvorstellbar schien es, dass im Kopf eines ganz normalen Menschen so etwas entstehen konnte. Vor den Leinwänden hockend, auf denen manchmal nur Skizzen zu sehen waren, manchmal Schattierungen oder der Hintergrund, selten mehr als Häuser- oder Baumreihen, konnte Achim ihr genau erklären, wie das Bild am Ende aussehen würde, so detailreich und präzise, dass Elisa den Eindruck hatte, es bereits vor sich zu sehen, obwohl der weiße Stoff bis auf wenige Pinselstriche vollkommen leer war. Es ist alles hier drin, hatte Achim gesagt und mit dem Finger an seine Schläfe getippt, in einer seltsam schnellen, nervösen Geste, die ihr damals energisch und geniehaft vorgekommen war. So albern es klingen mochte, aber Elisa war sich in diesem Augenblick sicher gewesen, dass das Leben an der Seite eines Künstlers ein bunteres sein würde, so voller Farben, wie sie es sich immer gewünscht hatte. Nicht nur deshalb, aber auch deshalb hatte sie ihn geküsst und auf dem Boden der kalten, feuchten Garage mit ihm geschlafen, wo alles nach Terpentin gerochen hatte, was wahrscheinlich, wie sie dabei dachte, das Schlimmste war, was ihre Mutter sich hätte vorstellen können.

In der ersten Zeit war Terpentin so etwas wie der Dunst sich erfüllender Träume, und sie liebte es, ihn in Achims Kleidung und auf seiner Haut zu riechen, schon nach wenigen Wochen musste sie jedoch alle Fenster aufreißen, um nicht daran zu ersticken. Dass Achim alle seine Bilder im Kopf hatte und keines davon jemals vollständig auf die Leinwand brachte, erkannte sie erst später. Da war sie bereits bei ihm eingezogen, in sein Zimmer unterm Dach, mit den undichten Fenstern und einem Kohleofen, dessen Gestank selbst noch in ihren Wollpullovern steckte, wenn sie nach einer anstrengenden Schicht im Krankenhaus aus ihrer Schwesternkleidung schlüpfte. Sie begann, sich zu ärgern. Zunächst über Dinge – nur einmal benutzte und vertrocknete Pinsel im Badezimmer neben den Zahnbürsten, fiebrig gezeichnete Skizzen, die Größeres angedeutet hatten und nun neben ungespültem Geschirr verstaubten, Farbtuben, die nach einem bestimmten Schema angeordnet werden mussten, weil Achim gewisse Rahmenbedingungen brauchte, wie er sagte, um kreativ werden zu können –, dann über ihn, den sie an einem Abend, nach der Arbeit, in einem Blättermeer von Zeichnungen wiederfinden konnte, die er ihr unbedingt bei kaltem Eintopf und Bockwürstchen einzeln erklären wollte, an einem anderen Tag dagegen nicht einmal angezogen, sondern noch in Schlafanzug und Hausschuhen auf dem Sofa sitzend und nichts tuend, nichts tun könnend, wie er behauptete. Sie begann, wütend zu werden, zornig, sich mit ihm zu streiten (er stritt nicht, was es noch schlimmer machte), ihn anzuschreien, zu nörgeln, zu giften, ihn zu beschimpfen. Sie begann, ihn zu hassen und das Leben, das sie führten und das nichts mit dem Leben gemein hatte, das er ihr versprochen und das sie sich ausgemalt hatte. Sie verabscheute es, morgens neben ihm in dieser winzigen, verdreckten und kalten Wohnung aufzuwachen. Sie verabscheute es, im Krankenhaus zu schuften, bis sie so müde war, dass sie sich an ihre eigenen Träume nicht erinnern konnte. Sie verabscheute es, anschließend wieder in diese winzige, verdreckte und kalte Wohnung zurückzukehren, die entweder nach blödsinnigen Ideen roch oder nach vollkommener Tatenlosigkeit.

Sie wollte ihn verlassen. Und sie konnte es nicht. Weil sie überzeugt war, ihn trotzdem zu lieben, und weil es wie ein Eingeständnis gewesen wäre und ihre Mutter dann recht behalten hätte, mit allem.

Und gerade als Elisa entschieden hatte, es ihrer Mutter dennoch zu beweisen, indem sie sich eine eigene Wohnung in Köln oder Bonn oder Düsseldorf suchte und ihre Stelle als OP-Schwester aufgab und stattdessen eine Begabtensonderprüfung machte und ein Studium aufnahm, denn sie wäre gern Ärztin oder Ingenieurin oder Richterin geworden, stellte sie fest, dass sie schwanger war.

Über diese Erkenntnis war sie nicht überrascht oder erstaunt, sie war vollkommen fassungslos. Achim und sie hatten nie ernsthaft verhütet. Nicht weil Elisa nicht über Geschlechtsverkehr informiert gewesen wäre, die anderen Mädchen in der Schwesternschule hatten sie mit allem versorgt, was eine junge Frau wissen musste, sondern aus dem einfachen Grund, dass es für sie nie Teil der Geschichte gewesen war, die sie sich selbst von ihrem Leben erzählte, und darum auch nicht wahr werden konnte.

Doch es wurde wahr.

Elisa suchte sich keine eigene Wohnung in Köln oder Bonn oder Düsseldorf, sie machte keine Begabtensonderprüfung, studierte nicht, wurde nicht Ingenieurin oder Ärztin oder Richterin. Stattdessen verließ Achim sie, weil er, der Künstler, sich nicht als Vater sah, sie zog wieder zu Hause ein, bekam ein Kind und wurde Mutter.

Das konnte Elisa dem Leben nie verzeihen.

Und, wenn sie ehrlich war, auch Josephine nicht.

Mit der Geburt ihrer Tochter begann für Elisa ein Ziehen und Zerren darum, wer sie war und sein wollte, und um das, was sie sich für ihre Zukunft vorgestellt und erhofft und erträumt hatte. Vielleicht wäre es für sie leichter gewesen, wenn sie dieses kleine Baby nicht vom ersten Moment an so überwältigend geliebt hätte. Stundenlang hielt sie es in den Armen, sie fand es schön, es anzusehen, sie genoss es, Zeit mit ihm zu verbringen. Aber sie fand es unerträglich, Mutter zu sein. Es schien ihr wie ein winzig kleiner Raum ohne Fenster und Türen, eine finstere Kiste, ein Meter mal ein Meter, und sie hätte zusammenschrumpfen und sich vollkommen verrenken müssen, um überhaupt hineinzupassen. Sie versuchte, Überlebensstrategien zu entwickeln, indem sie so tat, als würde sie Josephine nicht hören, wenn sie nach ihr rief, oder sie nicht bemerken, wenn sie morgens an ihr Schlafsofa kam, um sie zu wecken. Wenn sie spürte, dass ihr die Luft ausblieb, fuhr sie ihre Tochter an, machte ihr Vorwürfe und schrie herum, und wenn sie es gar nicht mehr aushielt, ging sie abends aus und blieb mehrere Tage weg. Die Schuldgefühle danach waren so schrecklich, dass sie schwor, es nie wieder zu tun, Josephine mit Liebe und Küssen und Versprechungen überhäufte und jeden Moment mit ihr verbrachte, bis der Sauerstoff erneut knapp wurde.

Auf den Spielplatz ging sie nur, wenn es sich nicht vermeiden ließ, und einige Male behauptete sie, nicht die Mutter ihrer Tochter, sondern lediglich eine Freundin der Familie zu sein, weil sie sich in dieser Rolle besser gefiel, doch an dem Dienstag im Mai log Elisa nicht. Und weil die

Luft an diesem Nachmittag so frisch und klar war, verabredete sie sich mit Maggie sogar für den kommenden Freitag, ein Treffen, dem Maggie mit Freude entgegensah und bei dem es Elisa gelang, nur eine halbe Stunde zu spät zu kommen.

Ein Regionalzug bretterte an mir vorbei.

Die Morgenluft war fest, dünn und klar, und das blassgelbe Sonnenlicht, das den breiten Asphalt entlang auf mich zufloss, schmerzte in meinen müden Augen. Ich hatte kaum geschlafen. So schwer hatte ich es mir nicht vorgestellt.

Ich war am Vortag nicht sehr weit gekommen, kaum bis zur Grenze von Mülheim, die Schuhe hatten gedrückt, ich hatte mehrmals anhalten und sie ausziehen und neu binden müssen, der Rucksack hatte zu viel Gewicht gehabt, ich hatte die Trageriemen länger eingestellt, kürzer, wieder länger, ich hatte Pausen eingelegt, zum Trinken, zum Sitzen, zum Luftholen, zum Pausemachen, ich war in eine Bäckerei gegangen für ein belegtes Brötchen und einen Schweizer Wecken, ich hatte mir eine weitere Flasche Wasser gekauft, weil ich befürchtete zu verdursten, ich war eine Weile in die falsche Richtung gelaufen, suchte eine andere Weile nach einem Mülleimer für die vielen Bonbonpapiere, die ich in meine Hosentasche gestopft hatte, ich war ohne Grund in eine Drogerie gegangen, wie du und ich als Teenager häufig ohne Grund in eine Drogerie gegangen sind, und hatte schließlich eine Rolle Traubenzucker mit Brombeergeschmack aufs Band gelegt, ich hatte Pferden auf einer Wiese zugesehen, ein helles mit einer langen weißblonden Mähne hatte mir besonders gut gefallen, und mir auf dem angrenzenden Feld für fünfzig Cent eine Dahlie abgeschnitten, die ich, weil ich dachte, das wäre eine schöne Idee und passend für den Anfang meiner Reise, die keine Reise war, an meinen Rucksack steckte und natürlich kurze Zeit später wieder verlor, ich hatte Pommes in einer Pizzeria irgendwo in Saarn gegessen und mich schon kurz darauf nach einer Möglichkeit umgesehen, mein Zelt aufzuschlagen.

Der Plan war, an Haustüren zu klingeln und fremde Leute zu bitten, mich in ihrem Garten übernachten zu lassen. Der Plan war Mist. Eine alberne, romantische Vorstellung vom freien, ungebundenen Leben. Ich bin nicht der Typ, der an fremden Haustüren klingelt. Du vielleicht. Ich nicht.

Straße um Straße war ich abgelaufen, bevor ich mir das eingestehen konnte.

Zunächst redete ich mir ein, dass es an den Vorgärten lag, der eine war zu spießig, und spießige Menschen erlaubten anderen nicht, auf ihrem Rasen zu zelten, der andere war zu ungepflegt, der nächste zu vollgestellt, der übernächste sah nach Großfamilie aus. Dann entschied ich es an den Türen, wer mehr als ein Schloss hatte, würde niemanden von der Straße in seinen Garten lassen, dann an den Fenstern, Spitzengardinen waren kein gutes Zeichen, am Briefkasten, besonders individuelle machten mich genauso misstrauisch wie das weiße Alu-Standardprodukt, den Klingeln, ein glänzender Metallknopf, über den der Name eingraviert war, ging es noch protziger? Ich entschied es an den Vordächern und Dächern, den Lampen, den Fassaden, sogar an den Gehwegen, den angeschlossenen Fahrrädern, den Bäumen vor dem Haus – sprachen Hier-ist-kein-Hundeklo-Schilder nicht für sich? Bei einigen Straßen fiel mir erst nach der Hälfte auf, dass ich bereits durchgekommen war, dieses Mal jedoch neue Argumente gegen die Bewohnerinnen und Bewohner gefunden hatte, ich lief also im Kreis, und irgendwann war klar, dass ich nirgendwo schellen und meine Bitte vorbringen würde.

Was hatte ich mir gedacht?

Ich war feige, konnte in den unpassendsten Momenten entsetzlich schüchtern sein, ich war nicht wie du, ich hatte kein einnehmendes Wesen, andere mochten mich nicht auf Anhieb. Und überhaupt. Wie naiv war ich? Die Deutschen waren nicht für ihre Herzlichkeit bekannt. Die meisten Leute waren so misstrauisch wie ich. Wie konnte ich erwarten, dass sie sich freute, wenn auf ihrer Willkommen-Fußmatte eine fremde Frau stand und fragte, ob sie ihr uraltes, geklautes Aldi-Zelt, das nach Keller roch, zwischen ihren Blumenbeeten aufschlagen dürfe? Außerdem hatte ich, entgegen dem, was ich meiner Mutter versichert hatte, keine Ahnung, wie man dieses verdammte Zelt aufbaute, das ist Jahre her, wie du weißt.

Da hatte ich zum ersten Mal geheult, nicht geweint, das ist ein Unterschied, und geahnt, dass es nicht das letzte Mal sein würde.

Wir hatten mal diesen Unfall zusammen, nichts Schlimmes, nur ein kleiner Rums, als wir in eine Einbahnstraße eingebogen sind, aus der ein Mann mit seinem silberfarbenen Minivan falsch herum herauskam, wir hatten den Führerschein da kein halbes Jahr. Ich bin gefahren. Und obwohl wir beide, er und ich, sofort gebremst haben, sind wir zusammengestoßen. Ich habe mich erschrocken, klar. Du hast dich auch erschrocken. Aber ich hab gleich vor Schreck geheult. Deshalb bist du raus, hast mit dem Mann gesprochen, der sich tausendmal entschuldigt hat, er hätte das Schild einfach übersehen, und hast mit ihm Nummern und alles für die Versicherung ausgetauscht, während ich weiter hinter dem Lenkrad saß und euch zugesehen habe. Später habe ich mich dafür geschämt, weil ich nicht reagieren konnte, und mich gefragt, was ich ohne dich getan hätte.

Du hättest das alles auch allein geschafft, hast du gesagt.

Bin ich mir nicht sicher.

Ich schon. Du hättest vielleicht genauso geheult, aber du hättest es heulend getan. Wenn du musst, kannst du das auch. Was bleibt dir anderes übrig?

Weil ich mir nach wie vor nicht vorstellen konnte, an irgendeiner Tür um einen Zeltplatz zu bitten, ging auf Umwegen zu der Pferdeweide zurück, an der ich zuvor vorbeigekommen war. Mittlerweile war es nach sieben, und die Wiesen waren leer. Elektrozäune umspannten sie und unterteilten sie in längliche Rechtecke, jeweils drei weiße Bänder übereinander, doch ich probierte es, der Strom war abgestellt. An den Weiden führte ein öffentlicher Feldweg vorbei, der auch um diese Zeit noch von Fahrrädern, Familien mit Kinderwagen und Spaziergängern genutzt wurde, etwas weiter weg sah ich Reiterinnen auf ihren Pferden. Wenn ich hier übernachten wollte, musste ich mir einen geschützteren Platz suchen, um nicht entdeckt zu werden. Zwischen zwei Wiesen floss ein schmaler Bach, am Ufer wuchsen Bäume und Sträucher, die den hinteren Teil der Wiese vor Blicken abschirmten. Ich lief einige Meter am Wasser entlang, folgte einem Reitweg mit weichem Boden und Hufabdrücken, die mir das Gehen beschwerlich machten. Als ich das Gefühl hatte, weit genug gelaufen zu sein, trat ich nahe an das steile Ufer heran, warf erst meinen

Rucksack auf die andere Seite und sprang hinterher, überstand den Flug aber nicht so unbeschadet wie mein Gepäck. Ich rutschte ab, landete mit dem linken Fuß im Wasser und schlug mir bei dem Versuch, mich abzustützen, das Knie an einem Stein auf und fasste mit der Hand in Brennnesseln. Mit einem blutenden Bein und einem nassen, matschigen Turnschuh kroch ich auf den Knien unter dem Zaun hindurch und humpelte schließlich ans äußerste Koppelende, zerrte dabei den Rucksack nur noch hinter mir her und begann, mein Zelt aufzuschlagen.

Oft hatten du und ich als Kinder in diesem Zelt geschlafen, ich konnte mich nicht erinnern, dass es damals so schwer war, die schmalen Stangen in die Stofflaschen zu schieben, sie so zu biegen, dass sich das Zeltdach in die Höhe wölbt, ihre Enden in die flachen Plastikvorrichtungen zu haken und diese wiederum mit den Heringen in den Boden zu drücken und die Schnüre zu spannen. Ich fand nicht die richtigen Öffnungen. Ich riss ein Verbindungsstück ab. Ich schlug mir mit der Dose, die ich als Hammer verwendete, auf die Finger. Es dauerte eine entnervende Ewigkeit, bis das Zelt halbwegs stand und halbwegs aussah wie ein Zelt, und weil es bereits dunkel wurde, verzichtete ich darauf, den Regenschutz noch aufzuspannen.

Zum Glück blieb es in dieser Nacht trocken, trotzdem machte ich kaum ein Auge zu.

Ich hatte mein Knie notdürftig mit Batman-Pflastern versorgt, doch sobald ich ausgestreckt dalag, begann es zu pochen. Die Matratze war nur halb aufgepustet, zu mehr hatte mir die Kraft gefehlt (warum hatte ich nicht an einen Blasebalg gedacht?). Meine Finger schmerzten, doch ich wusste nicht, ob das von den Brennnesseln oder meiner

Ungeschicktheit beim Zeltaufbau kam, außerdem hatte ich wieder dieses Problem mit meinem Hals, der mit jedem Atemzug enger wurde, bis ich glaubte zu ersticken. Auch der Schwindel war zurück. Ich musste mich gegen meinen Rucksack lehnen, mich mit den Händen an den Matratzenrändern festhalten, als umklammerte ich eine Schiffsreling, damit das Zeltdach aufhörte, sich über mir zu drehen, und den Eingang offen lassen. Aber auch das machte es kaum besser. Hatte ich wirklich gedacht, ich müsste nur draußen schlafen, außerhalb eines Hauses, nicht umzingelt von Steinwänden, und alles würde gut? Es gab so viele Geräusche, einige besorgniserregend nah. Immer wenn ich kurz einnickte, weckte mich ein seltsamer Laut, der sich anhörte, als säße das, was ihn erzeugt hatte, mit mir im Zelt. Es wurde ein unablässiges Spiel. Zelt zu, Zelt auf, Zelt zu, Zelt auf. Mit der Dunkelheit schien die Welt zu wachsen, erschreckend tief und breit zu werden, zu etwas, in das man hineinfallen und aus dem man nie wieder auftauchen konnte, und das Zelt um mich dafür kleiner und kleiner, als würde es so langsam über mir zusammenbrechen, dass ich es erst richtig bemerken würde, wenn ich längst hoffnungslos gefangen war. Und als ich mir irgendwann, da wurde der Himmel, den ich durch das geöffnete Viereck sehen konnte, schon langsam grau, die Frage stellte, ab wann Pferde morgens auf die Weide gebracht werden, entschied ich aufzustehen.

Eine Stunde lief ich durch den Morgen.

Ich hatte Durst und Hunger, aber das wertete ich als gutes Zeichen. In den letzten Wochen hatte ich Tage ohne das Gefühl verbracht, etwas essen oder trinken zu müssen, vom Atmen ganz zu schweigen. Unter den Batman-Pflastern hatte sich inzwischen eine glänzende, nasse Haut über der Wunde gebildet, ich bemühte mich, das Knie nicht zu stark einzuknicken, um sie nicht zu spannen. Die Schmerzen in meinen Fingern hatten sich beruhigt, dafür waren mir aus der schlaflosen Nacht vier heftig juckende Mückenstiche geblieben, einer direkt über dem Auge, zwei am Unterarm, ein weiterer am Knöchel. Erinnerst du dich an diesen einen Urlaub in Italien, in dem ich dir beim Versuch, einen besonders aggressiven Blutsauger abzuwehren, ein Veilchen geschlagen habe?

Für nichts hatte ich ein richtiges System. Beim Einpacken fehlte mir ein Hering, der unauffindbar blieb, obwohl ich ewig im taufeuchten Gras suchte, ich bekam das bisschen Luft, das ich unter größter Kraftanstrengung am Abend zuvor in die Matratze gepustet hatte, nicht mehr vollständig raus, deshalb klemmte ich sie mir unter den Arm, anstatt sie zurück in den Rucksack zu falten. Ich hatte zu spät daran gedacht, mich umzuziehen, da waren alle Zeltschnüre schon aus ihrer Verankerung gezogen und das Zeltdach eingesunken wie eine löchrige Hüpfburg. Auf das Wechseln der Unterwäsche hatte ich deshalb ebenso verzichtet wie auf frische Socken, außerdem hatte ich von beidem ohnehin nur eine dürftige Auswahl eingepackt. Ich trug ein neues T-Shirt, das nicht mit Tränen und Blut und Rotz getränkt war, aber dieselbe Hose wie gestern. Ich wusch mich nicht. Vielleicht würde ich heute Abend irgendwo unterkommen, wo es eine Dusche, mit ein wenig Glück sogar eine Badewanne gab, dann konnte ich das nachholen, denn obwohl ich erst gestern Morgen aufgebrochen war, fühlte ich mich extrem schmutzig. Das Zähneputzen ohne fließendes Wasser gestaltete sich ebenfalls schwieriger als gedacht, zwar ging es erstaunlich gut, meine Zähne mit einer trockenen Bürste und Zahnpasta zu bearbeiten, aber im Anschluss wusste ich nicht, wohin ich den Schaum spucken sollte. War so etwas biologisch abbaubar? Machte es mich zur Umweltsünderin, wenn ich ihn ins Gebüsch entließ oder mit dem Bachwasser fortspülte? Und was war mit den Pferden? Konnten die an einer Kolik sterben, weil sie auf ihrem Weg über die Weide einen Grashalm mit Zahncremehaube erwischten? Schließlich entschied ich, das Speichel-Pasten-Gemisch aus meinem Mund seitlich über den Zaun zu spucken und dabei alles, was nicht flüssig, sondern dick und weiß war, mit den Fingern aufzufangen und mir mit einem Taschentuch von den Händen zu wischen, das ich in meine Hosentasche stopfte und das auch Stunden später noch einen intensiven Minzgeruch verströmte.

Die Mittagswärme kündete sich bereits an, als ich mich am Rand des Radwegs niederließ. Durch den Stahlzaun und seine gleichmäßigen Rechtecke hindurch blickte ich auf die Gleise, drei, vier, vielleicht fünf nebeneinander, dort, wo die Schwellen mir direkt gegenüberlagen, konnte ich genau sehen, wie viel Abstand sie zueinander hatten, nach links und rechts rückten sie dichter zusammen, bis sie eine gemeinsame glatte Oberfläche hatten. Die Schienen glänzten im Morgenlicht. Erst jetzt, da ich angehalten hatte, spürte ich, dass mein T-Shirt unter dem Rucksack nass war, meine Füße in den Schuhen selbst von den wenigen Kilometern, die ich bisher zurückgelegt hatte, brannten. Ein weiterer Zug fuhr vorbei, kam als ratterndes Geräusch auf mich zu, das anschwoll und schließlich an mir vorbeikrachte und gerade, als ich es nicht mehr aushalten konnte und mir die Ohren zuhalten wollte, wieder langsam leiser wurde, bis es vollkommen verschwand und ich das sanfte Rollen von Inlineskates in der Nähe hören konnte.

Ich sah zurück in die Richtung, aus der ich gekommen war, auf das gleichmäßig graue Asphaltband, das geduldig dem Verlauf der Gleise folgte, dann nach vorne, es machte keinen Unterschied.

Es war ein Rütteln und ein Klopfen an der Zeltwand, das mich weckte. Bereits seit Stunden musste die Sonne über der großen Rasenfläche des Wohnparks stehen, auf der ich gestern, wenige Schritte entfernt von einer alten, wenig funktionstüchtig aussehenden Schaukel und einem rostigen Schaukeltier, mein Zelt aufgeschlagen hatte. Nun drückte die Wärme schwer auf das Dach, die Luft war stickig und roch nach Bier, und ich hatte Kopfweh. Ich blinzelte. Meine Zunge fühlte sich dick und pelzig an, ich schwitzte, nicht auf diese nasse, sondern auf eine klebrige Art, bei der man seinen eigenen Körper nicht berühren möchte und nichts anderes tun kann, als sich breitbeinig und mit ausgestreckten Armen regungslos hinzulegen. Dafür war kein Platz in deinem winzigen Einfrauzelt, in das früher einmal zwei Kinder gepasst haben. Und dazu nun auch noch das Rütteln und Klopfen.

Ich grunzte leise, das hatte ich mir schon am dritten Tag und nach der ersten schmerzhaften Nacht auf meiner kaputten Luftmatratze angewöhnt – eines von den Geräuschen, die man macht, wenn man allein ist und einen niemand hört, vielleicht ein Instinktlaut aus der Urzeit oder einfach ein Geräusch der Einsamkeit.

Dieses Mal hörte mich jedoch jemand.

– Da ist was drin, sagte eine Stimme, eindeutig eine Kinderstimme, neugierig und aufgeregt, wie nur Kinder neugierig und aufgeregt sein können.

– Oder jemand.

– Wie ein Bär hat es sich angehört.

Ein Bär? Das gefiel mir.

– Dann nich wach machen.

– Warum nicht?

– Vielleicht frisst es uns sonst.

– Quatsch.

– Gar nix Quatsch. Bären fressen Menschen.

– Aber Bären wohnen nicht in Zelten.

– Lasst uns Stöcke holen, sagte eine neue Stimme.

Stöcke? Das ging zu weit.

Erschöpft und langsam, aber darauf bedacht, keinen weiteren tierischen Laut von mir zu geben, setzte ich mich auf, mit eingezogenem Kopf, mir tat jeder Knochen, jeder Muskel weh, und bewegte mich, seitlich wie eine Krabbe, zum Zeltausgang.

– Es kommt.

– Da kommt was.

– Ich sag doch, wir brauchen Stöcke!

Energisch zog ich den Reißverschluss auf. Die Sonne traf meine müden Augen scharf und hell und hart.

– Scheiße!, entfuhr es mir, ich verbarg das Gesicht in den Händen.

– Das ist kein Bär.

– Riecht aber wie einer.

Ich musste lachen, zwang mich, trotz der unerträglichen Helligkeit, hochzusehen.

Vor mir standen vier Kinder, zwei Mädchen und ein Junge und eins, bei dem ich mir nicht sicher war. Das eine

Mädchen hatte langes braunes Haar, mit einzelnen Strähnen, die zu dünnen Zöpfen geflochten waren, es trug einen Rock, der ihm etwas zu groß war, ein *Frozen*-T-Shirt und Flipflops, auf den Fußnägeln hatte es lilafarbenen Nagellack. Ihm fehlte vorne ein Schneidezahn. Das andere Mädchen war sehr zart und klein, vielleicht jünger als die anderen Kinder, vielleicht sah es auch nur so aus, hatte glatte glänzende schwarze Haare, die ihm bis zum Kinn reichten, und große dunkle Augen. Es trug klimpernde Armreifen und goldene Ohrringe. Warum erinnerte es mich an eine Pusteblume? Der Junge war etwas kräftig, hatte einen blonden Igelschnitt und runde rote Wangen, seine Wimpern und Augenbrauen waren so hell, dass sie beinahe durchsichtig wirkten, seine Fußspitzen zeigten nach innen, wodurch die Beine von den Knien abwärts eingedreht waren, an den Fingern hatte er Pflaster, die mich an deine Warzenpflaster von früher erinnerten. Das vierte Kind konnte nicht still stehen, es wippte nach vorne bis zu den Zehen und zurück zu den Fersen, knibbelte an einer Kruste an seinem Unterarm, kratzte sich die Kopfhaut, knibbelte erneut. Nie zuvor hatte ich ein Kind gesehen, auf das die Beschreibung drahtig besser gepasst hätte, seine Hosen waren schmutzig und seine Turnschuhe vielleicht irgendwann einmal weiß gewesen.

– Was machst du hier?, fragte das Mädchen, das Elsa auf der Brust trug.

– Bis gerade eben habe ich geschlafen, erwiderte ich. Meine Stimme klang rau und kratzig, Alkoholreste rieben über meine Worte.

– Und warum schläfst du in einem Zelt?

– Warum nicht?

– Hast du kein Zuhause?

– Doch ... also. Irgendwie schon, denke ich.

Wenn ich übermüdet war, fiel es mir noch schwerer, mich zu erklären, vor allem einer Gruppe von Kindern, die nicht jede Antwort gelten ließen.

– Wie kann man irgendwie ein Zuhause haben?, fragte das Krustenkind.

Ich konnte kaum hinsehen, wie das Kind mit den Fingerspitzen an der dicken braunen Schicht zupfte. Dabei machte ich es selbst, fast jeden Abend.

– Das kann passieren, wenn man älter ist, sagte ich.

– Bist du ein Flüchtling?

– Wahrscheinlich schon, antwortete ich und schämte mich, als Elsa sagte: Nesrin ist mit ihren Eltern aus Afghanistan geflohen.

Sie deutete auf das zarte Mädchen neben sich.

– Von wo bist du geflohen?

– Nein ... Das hätte ich nicht sagen sollen. Das war total dämlich und ... Ich bin kein Flüchtling. Ich bin nur dumm und egozentrisch und sollte nicht ...

– Was heißt egozentrisch?, fragte der Junge.

– Es bedeutet, dass ich ausschließlich um mich selbst kreise, als wäre ich meine eigene beschissene Sonne, auch wenn gerade alles ziemlich finster ist. Im Grunde bin ich meine eigene scheißbeschissene Sonnenfinsternis.

– Man sagt nicht scheißbeschissen, flüsterte die Pusteblume.

– Da hast du vollkommen recht. Natürlich. Das sagt man nicht. Das müsste ich eigentlich wissen.

– Wie heißt du?, fragte Elsa.

– Josephine.

– Das ist ein doofer Name, sagte das vierte Kind.

– Findest du?

– Klingt wie eine Oma, fügte der Junge hinzu.

– Ich wurde auch nach meiner Oma benannt. Meiner Oma Fine. Aber eigentlich fand ich das immer schön.

– Josephine ist auch schön, erwiderte Elsa mit einem breiten Lächeln, ihre Lippen formten einen Rahmen um die eine Stelle, an der zwischen weißen Milchzähnen einer fehlte, wie Auslassungsklammern.

– Wie heißt du?, fragte ich sie.

– Kalina.

– Das ist auch ein sehr schöner Name.

Elsas Lächeln wurde noch größer, beide Zahnreihen wurden sichtbar, ihr Gesicht strahlte.

– Und ihr?, wandte ich mich an die anderen. Du bist Nesrin, richtig?

Die kleine Pusteblume nickte mit einer Ernsthaftigkeit, die etwas Rührendes hatte. Bei solchen Kindern hatte ich oft das Bedürfnis, sie in meinen Rucksack zu packen. Vielleicht, weil sie mich an mich selbst erinnerten. Oder an dich.

– Ich bin der Pavel, sagte der Junge.

– Ich heiße Bibi und Tina, kam es vom vierten Kind.

– Stimmt nicht. So heißt du nicht, widersprach Elsa.

– Doch, wohl.

– Gar nicht wahr.

– Dann Rico und Oskar.

– Du kannst nicht zwei Namen haben.

– Meine Schwester ist die Cheyenne-Marie, sagte Pavel. Das sind auch zwei Namen.

– Aber nicht mit einem Und, blieb Elsa hartnäckig. Du kannst keine zwei Namen mit einem Und haben.

– Aber vielleicht heute schon, versuchte ich sie zu beschwichtigen. Vielleicht entscheiden wir einfach, dass wir heute so heißen dürfen, wie wir wollen.

– Das geht nicht.

– Natürlich geht das. Weil wir das so wollen.

– Und wie heißt du dann?, fragte Bibi und Tina.

– Inken.

– Kenne ich nich, sagte Pavel.

– Warum Inken?, wollte Kalina wissen.

– Einfach so, ohne Grund, log ich. Wie möchtest du heißen?, fragte ich die Pusteblume.

– Feuerwehrmann Sam, antwortete sie, wieder sehr leise.

– Also Feuerwehrmann Sam. Und du, Pavel?

– Ronaldo.

– Gut. Kalina?

– Ich will Kalina heißen.

– Willst du dir keinen anderen Namen ausdenken? Irgendeinen? Die bezaubernde Jeannie oder Kelly Taylor oder Prinzessin Diana oder so?

– Wer? Elsa verzog das Gesicht. Ich will Kalina heißen. Weil es der weltbeste und schönste Name ist, den es gibt. Prinzessin Kalina.

– Gut, Prinzessin Kalina, wie spät haben wir's?

– Hast du keine Uhr?

– Irgendwo da drin. Ich deutete hinter mich. Das wäre jetzt etwas sehr …

– Wer ist Kelly Taylor?, flüsterte die Pusteblume.

– Als ich klein war, gab es eine Fernsehserie, und da war Kelly Taylor das Mädchen, das …

– Wie alt bist du?

– Mit dem Alter ist es wie mit dem Wetter. Es gibt eine tatsächliche und eine gefühlte Jahreszahl.

– Ich finde dich komisch, sagte Elsa.

– Da bist du nicht die Einzige. Habt ihr schon gefrühstückt?, wollte ich wissen, um nicht mein Komischsein diskutieren zu müssen.

– Ich schon, antwortete sie.

– Ich tu nie frühstücken, kam es von Pavel.

– Was haltet ihr von Eis?

Die Augen der kleinen Pusteblume leuchteten auf.

– Man kann doch nicht Eis zum Frühstück essen! Elsa machte ein vorwurfsvolles Lehrerinnengesicht.

So ist das, manche Menschen werden mit so einem Gesicht geboren. Du hattest vielleicht nicht das Gesicht, aber trotzdem war von Anfang an klar, dass du Lehrerin werden würdest. Zumindest dir.

– Warum nicht?

– Frühstück ist die wichtigste Mahlzeit des Tages. Das sagt meine Oma. (Meine auch. Es scheint einer von diesen Omasätzen zu sein wie: Zieh dir warme Socken an, einen Baumwollschlüpfer und nicht zu kleine Schuhe, damit die Zehen nicht krumm werden.) Deshalb kann man zum Frühstück keine Süßigkeiten essen.

– Wenn du größer bist, wirst du merken, dass man manchmal sogar Süßigkeiten zum Frühstück essen muss, damit man nicht frustriert und griesgrämig und depressiv wird, sagte ich und wusste, dass es deine Worte waren, die ich wiederholte.

Vielleicht hätte ich jeden Tag Eis zum Frühstück essen und dafür weniger Opipramol und Sertralin nehmen sollen. Das galt für uns beide.

Elsa schien nicht überzeugt, aber als ich sagte, dass ich bezahlen würde – ein etwas leichtfertiges Angebot, weil ich keine Ahnung hatte, wie viel von meinen zweiundsechzig Euro achtzig noch übrig war –, zuckte sie die Schultern, als wäre sie zwar nicht überzeugt, könnte unter diesen Umständen aber nicht ablehnen. Ich beugte mich zurück in mein Zelt, was sich anfühlte, als würde ich in dickes, warmes Gelee tauchen, kramte mein Portemonnaie aus meiner Jeans, warf sie zurück und über die leeren Flaschen und bugsierte mich ungelenk aus dem Zelteingang, weil ich nach sechs Tagen noch keine elegante Strategie gefunden hatte, mich aus meiner Höhle zu befreien. Als ich stand, schwankte alles um mich herum, ein Überbleibsel meiner Schwindelanfälle aus dem letzten Monat, und ich hatte mich noch nicht daran gewöhnt, so flach und auf unebenem Boden zu schlafen. Mittlerweile hatte ich aber mehr Geduld und konnte warten, bis alles an seinen Platz zurückkehrte und das Weltenwackeln aufhörte.

– Willst du dich nicht umziehen?, fragte Elsa.

Ich warf einen prüfenden Blick auf mein Ramones-T-Shirt, das der Typ in der Pizzeria in Kopenhagen so gemocht hatte. Die ganze Zeit wollte er mich überreden, es ihm zu schenken, obwohl du dir sicher warst, dass er das nur sagte, um meine Brüste zu sehen, während ich sicher war, dass er einfach der größte Ramones-Fan auf Erden war, und über meine Exfreund-Boxershorts, die ich Sebastian nach keiner unserer vielen Trennungen zurückgegeben habe. Die Sache mit dem Waschen hatte ich schon aufgegeben. Meine Beine waren pieksig und kratzig.

– Nein.

– Aber du hast deinen Schlafanzug an.

– Das merkt doch keiner, sagte ich, obwohl ich mir da nicht sicher war und auch nicht wusste, ob mir das so egal war, wie ich tat.

Ich hatte zu diesem Zeitpunkt erst Stufe zwei der Verwahrlosungsskala erreicht und redete mir noch ein, mein Äußeres wäre mir gleichgültig. Später war es das dann tatsächlich. Oder ich wurde besser im Einreden.

– Man geht nicht mit dem Schlafanzug auf die Straße.

Wie konnte sich ein Kind so alt anhören? Waren wir auch so? Du bestimmt nicht. Und ich? Du hast mal gesagt, ich wäre eine alte Frau im Körper einer jungen. Dabei komme ich mir immer eher wie ein kleines Mädchen vor, das sich mit Klamotten aus Mamas Schrank als Erwachsene verkleidet.

– Wenn man in einem Zelt schläft, ist alles anders. Dann gelten solche Regeln nicht.

– Wirklich?, fragte die Pusteblume mit einer Mischung aus Entsetzen und Bewunderung, die ich von mir selbst so gut kannte.

Ich sah mich um. Im blassscharfen Licht der Vormittagssonne wirkte die Fläche größer als gestern und gleichzeitig weniger wie ein Spielplatz, weil sich das Angebot auf eine Schaukel, zwei schäbige Wipptiere und eine krumme Rutsche beschränkte, deren verbeultes Silber schmerzhafte Blitze über den Platz warf, wenn die Sonne darauf traf. Die Hochhäuser des Wohnparks hatten etwas von alten zurückgelassenen Riesen, deren Familien weitergezogen waren, die Fassadenplatten waren Teppiche aus einzelnen Steinen, in Weiß und Grau und Braun, an einigen Stellen sahen sie locker aus, an anderen fehlten sie ganz. Sie erinnerten mich an die losen, klappernden Bodenplatten an der

Bochumer Uni, auf denen man mit der richtigen Technik Beethovens Neunte hätte spielen können. Die zahlreichen quadratischen Fenster wirkten wie Einstichstellen, schwarz und tief. Hier draußen war es warm, die Sonne stand hoch, keine Wolke zu sehen. Dafür, dass ich an einem Tag aufgebrochen war, an dem der Himmel dick wie die Erbsensuppe meiner Oma gewesen war, hatte ich seit vorgestern Glück mit dem Wetter. Die Hitze machte den Weg zwar beschwerlich, aber noch hatte ich das Gefühl, dass es genau so sein müsste.

– Wollen wir los?, fragte ich.

– Und wohin gehen wir?

– Zur Bude, erwiderte ich, wies in die Richtung, aus der ich am Abend zuvor gekommen war, und versuchte, nicht daran zu denken, dass ich dabei nicht nur meinen schweren Rucksack, sondern auch das Bier getragen hatte.

– Du musst noch Schuhe anziehen, sagte Elsa.

Sie würde mit ihrer Klugscheißerinnenart später vielen Leuten auf die Nerven gehen, so viel war sicher.

Zum Glück bin ich ein ausgeglichener und toleranter Mensch, hätte ich jetzt zu dir gesagt, und wir hätten beide gelacht, und du hättest gesagt: Ja, Fiesefine, das ist ein Glück.

Du musst damit aufhören, Josi.

Womit?

Das Leben ist kein Kindergartenspiel, bei dem du entscheiden kannst, wer was wann tut. Und es ist auch keine deiner Geschichten, in denen du den Figuren die Worte in den Mund legen kannst, wie es dir passt. Und was du ihnen nicht sagst, wissen sie auch nicht.

– Ich brauche keine Schuhe, sagte ich, etwas trotzig, obwohl ich mich dafür schämte, bei einer Achtjährigen trotzig zu werden. Außerdem habe ich schlimme Blasen, fügte ich hinzu, winkelte zum Beweis ein Knie an und hielt meine Ferse hoch, sodass die Kinder sie inspizieren konnten.

– Oh, machte die Pusteblume.

Pavel verzog das Gesicht.

– Das sieht schlimm aus, sagte Bibi und Tina.

Das kindliche Mitleid tat gut.

– Passen deine Schuhe nicht?

– Doch, eigentlich schon. Aber ich bin in den letzten Tagen viel gelaufen.

– Wie viel?, wollte Elsa wissen.

– Fast dreihundert Kilometer, rundete ich sehr großzügig auf. Es war eine imposantere Zahl.

– Boah!, machte Pavel.

– Wie weit ist das?, fragte Bibi und Tina.

– Von hier bis nach New York?

– Nicht ganz. Aber fast, antwortete ich und erfreute mich an den staunenden Gesichtern. Damit konnten sie was anfangen. Und irgendwie gefiel mir der Gedanke, in den ersten sechs Tagen meiner Reise bis nach New York gelaufen zu sein. Erinnerst du dich an unsere Zeit in New York? Natürlich nicht, wie auch?

– Vielleicht musst du da ein Pflaster draufmachen, flüsterte die kleine Pusteblume mit ihrer Pusteblumenstimme.

Ich nickte und sagte nicht, dass mir Pflaster längst nicht mehr helfen konnten.

Als wir losgingen, erst über den warmen Rasen, der von zu vielen Kinderfüßen und zu wenig Pflege hart und trocken war, dann einen schmalen Asphaltweg an den Hochhäusern entlang, kam mir die Barfußsache noch wie eine gute Idee vor, doch dann traten wir aus dem Schatten der Wohnparkkörper auf den dahinter liegenden Parkplatz mit einem Boden aus rechteckigen Steinen, deren Oberfläche die Sonnenhitze aufgesogen hatte und sich an meiner Sohle anfühlte wie etwas, auf dem Pizza gebacken wird. Von dort bogen wir auf einen Weg ab, dessen Schotter ebenfalls schmerzhaft heiß und noch dazu spitz und kantig war. Wärst du bei mir gewesen, hätte ich wahrscheinlich gejammert und gequengelt wie ein kleines Kind, weil ich bei dir immer das Gefühl hatte, jammern und quengeln zu können, so war das zwischen uns, aber mit Pusteblume, Pavel und dem vierten Kind an meiner Seite, die mich bewunderten, weil ich es zu Fuß bis nach New York geschafft hatte, und neben Elsa, die erwachsener war als ich und es besser gewusst hatte, wollte ich mir keine Blöße geben, sagte nichts, gab keinen Laut von mir, versuchte nur, auf die Stellen zu treten, an denen sich Gras zwischen die Steine geschoben hatte.

– Hast du auch Sommerferien?, fragte Pavel, der einen Kiesel vor sich herstieß, ein kleines Stück, wieder ein kleines Stück und wieder.

Die kleine Pusteblume lief seitlich und schräg hinter mir und machte dabei kaum Geräusche, was ich nicht anders erwartet hatte. Elsas Schritte dagegen wirkten, als wären sie jedes Mal ein kleines bisschen zu lang für ihre Beine, der große Abstand zwischen dem vorderen und dem hinteren Fuß brachte sie fast aus dem Gleichgewicht und ließ sie sich selbst nachspringen, während sich Bibi und Tina dicht an den Sträuchern hielt, die den Weg säumten, und von allen am schnellsten lief, die rechte Hand war ausgestreckt und streifte an den Blättern entlang. Die Beine des vierten

Kindes hatten die Besonderheit, dass sie an den knochigen Knien sogar noch dünner aussahen. Ich dagegen habe knubbelige Knie, Kartoffelknie hat Robin das früher genannt und mich damit dazu gebracht, dass ich erst geweint, ihn dann gehauen und dann wieder geweint habe.

– So ähnlich, antwortete ich.

– Ich hasse die Schule, sagte er.

– Ich auch, stimmte ich ihm zu.

– Du bist doch viel zu alt, um in die Schule zu gehen. Elsa sah mich an, als hätte sie mich bei einer Lüge erwischt.

Wie schnell sie mir die Rolle der Erwachsenen abgenommen hatte. Ich fand mich im Mittelfeld wieder. Da fühlte ich mich ohnehin wohler.

– Erstens, erwiderte ich, wieder mit leicht peinlichem Trotz in der Stimme, bin ich noch gar nicht so alt. Ich hab gestern zu viel getrunken und schlafe in einem winzigen Zelt und praktisch auf dem Boden, dadurch wirke ich älter, als ich bin. Eigentlich werde ich nämlich immer jünger geschätzt. Das war schon früher so. Wenn meine beste Freundin und ich für Schwestern gehalten wurden, hat man immer gedacht, ich sei die Jüngere von uns beiden.

Elsa blieb unbeeindruckt.

– Und zweitens?, fragte sie.

– Und zweitens bin ich Lehrerin.

– Du siehst nicht wie eine Lehrerin aus, sagte Bibi und Tina. Das Kind war stehen geblieben, um mich prüfend anzusehen, bevor es das Sträucherstreifen wieder aufnahm.

– Danke.

– Das glaube ich nicht, widersprach Elsa, die mich langsam zu nerven begann.

Vielleicht hätte ich das Zelt nicht öffnen und mich stattdessen tot stellen sollen. Das kam meinem aktuellen Zustand ohnehin viel näher.

– Warum nicht?

– Du bist kein Mensch, vor dem man Respekt hat.

Ich kniff die Augen zusammen, nicht wegen der Sonne, zumindest nicht nur. Gestern war mir der Weg zur Bude nicht so weit vorgekommen.

– Da hast du wahrscheinlich recht, antwortete ich, mehr durch die Zähne als durch die Lippen. Das erklärt auch einige der Probleme, die ich im letzten Jahr hatte. Und wenn ich das vor fünf Jahren schon gewusst oder mir zumindest eingestanden hätte und wenn mir da schon klar gewesen wäre, dass ich Unterrichten hasse wie die Pest, hätte ich mir das Lehramtsstudium und das furchtbare Referendariat vielleicht gespart. Aber ich neige dazu, an Fehlern festzuhalten, bis ich mich so tief in die Scheiße geritten habe, dass man mich nicht einmal mit einem Kran wieder rausziehen kann.

– Scheiße sagt man nicht, flüsterte die Pusteblume.

– Scheiße tut man machen, fügte Pavel hinzu.

– Und wenn du Lehrerin wärst, wüsstest du das, ergänzte Elsa.

– Wenn ich eine gute Lehrerin wäre, wäre es mir vielleicht nicht scheißegal, antwortete ich, fühlte mich einen Moment gut, bis mir klar wurde, dass ich mir einer Gruppe Grundschulkinder gegenüber überlegen vorkam.

Ich war mir nicht sicher, ob ich mich entschuldigen sollte, Bibi und Tina kam mir zuvor.

– Aber als Lehrerin hast du auch Sommerferien. Und nicht nur so ähnlich, erinnerte mich das Kind an meine eigenen Worte.

Wo blieb diese dämliche Bude?

– Unter normalen Umständen hätte ich Sommerferien, erwiderte ich. Aber ich bin aktuell gewissermaßen ... Ich meine, ich habe zurzeit keine Stelle, keinen Job.

– Ha!, machte Elsa. Dann bist du doch keine Lehrerin.

– Bin ich wohl, sagte ich. Ich bin nur eine arbeitslose Lehrerin. Das ist was anderes.

– Und warum bist du arbeitslos?, wollte Pavel wissen.

– Das hat mit der beschiss..., ich zögerte, bescheuerten, korrigierte ich mich mit Blick auf die kleine Pusteblume, die bei jedem Kraftausdruck zusammenzuckte, als wäre er gegen sie gerichtet, Bildungspolitik des Landes NRW zu tun und damit, dass man uns Lehrkräfte wie Spielfiguren nach Lust und Laune hin und her schiebt und es nur noch befristete Verträge gibt, die am Ende des Schuljahrs enden, damit wir über die Sommermonate dann selbst sehen können, wo wir bleiben. Inken ist natürlich noch verbeamtet worden. Aber vom sicheren Beruf des Lehrers ist nicht mehr viel übrig geblieben, das kann ich euch sagen. Hätte ich das vorher gewusst, hätte ich auch eine arbeitslose Theaterwissenschaftlerin bleiben können, oder Optikerin, was ich danach versucht habe, was aber auch nicht der Bringer war. Der Vollständigkeit halber. Jedenfalls ...

Ich sah in vier verständnislose Kindergesichter.

– Und was macht ihr in euren Sommerferien so?, fragte ich schließlich.

Bis wir die Bude erreicht hatten, erzählte mir Elsa davon, dass sie nächste Woche zu ihrer Oma fahre, weil ihre Mutter wieder arbeiten müsse, aber dass ihre Oma nicht weit weg wohne, nur zwanzig Minuten mit dem Bus, Pavel sagte, dass er draußen sei, aber er sagte nicht, ob nur heute oder immer und wie lange, und ich traute mich nicht zu fragen, vom vierten Kind erfuhr ich, dass es an einem Kinderlager teilnehmen würde, das nach Stadtranderholung klang (so hieß das früher), und die kleine Pusteblume schüttelte nur den Kopf, als ich fragte, ob sie wegfahren oder zu Hause bleiben würde.

– Urlaub zu Hause ist auch schön, sagte ich aus Verlegenheit.

Ich erinnerte mich, wie schmerzhaft es sein konnte, auf etwas verzichten zu müssen, das für andere selbstverständlich war, und schämte mich.

An der Bude kaufte ich eine gemischte Tüte für zwei Euro und den Kindern und mir je ein Eis. Unsere gemischten Tüten für eine Mark waren mir früher viel größer vorgekommen, aber vielleicht lag das auch nur daran, dass wir kleiner gewesen waren, wie es mit den meisten Dingen ist.

Wir gingen den Weg ein Stück zurück, während wir unser Eis aßen, setzten uns schließlich auf den Bordstein nebeneinander wie Vögel auf der Stromschnur, die Füße auf die leere Fahrbahn des Parkplatzes gestreckt. Die Sonne hatte angefangen, die Luft zu kochen, obwohl es wahrscheinlich noch keine zwölf Uhr war. Ich reichte die weiße Papiertüte herum, die jedes Mal leichter wurde, wenn sie zu mir zurückkam. Irgendjemand suchte sich die lilafarbenen Smileys und Schuhe und sauren Zungen heraus, wie du früher, weil wir beide Lila am liebsten mochten.

– Warum hasst du die Schule?, fragte ich Pavel, während ich zwei grüne Rattenschwänze umeinanderdrehte, zusammenfaltete und mir in den Mund stopfte. Der saure Geschmack ließ mich leicht das Gesicht verziehen.

– Weil man immer so viel lernen muss, sagte er, ihm klebten Ed-von-Schleck-Überreste an der Wange.

– Und man muss immer still sitzen, fügte Bibi und Tina hinzu. Und wenn man zu laut ist oder rumläuft, bekommt man Ärger.

– Aber in deiner neuen Schule nicht, sagte Elsa.

– Wolltest du immer schon Lehrerin werden, wenn du groß bist?, fragte die kleine Pusteblume.

Ich hatte erwartet, dass sie das Weingummi so vorsichtig aus der Tüte nehmen würde, wie sie lief und redete, stattdessen griff sie jedes Mal, wenn sie an der Reihe war, mit der ganzen Hand hinein und zog eine volle Faust Bonbons wieder heraus. Pavel dagegen machte ein Gesicht, als würde er bei jeder Lakritzschnecke und jeder Erdbeere darauf warten, Ärger zu bekommen, und schlang die Stücke so schnell und mit so wenig Kaubewegungen herunter, dass es aussah, als würde er als Einziger von uns gar nichts essen.

Bis auf die lilafarbenen Süßigkeiten, bei denen wir uns beide bemüht hatten, so viele zu bekommen, wie wir kriegen konnten, waren du und ich die perfekte Tütenergänzung, du mochtest nichts Saures, mich hätte man mit Lakritz jagen können, du hast englisches Weingummi geliebt, ich mochte eher die harten Sachen, an denen man sich fast die Zähne ausbeißen konnte. Und einmal haben wir Schnüre um die Wette gegessen und dabei ein Ende heruntergeschluckt, um sie am anderen wieder nach oben zu ziehen. Ziemlich eklig, aber damals kam es uns nicht eklig vor. Weißt du noch?

– Nein, antwortete ich.

– Und warum bist du dann eine geworden?, wollte Bibi und Tina wissen.

– Wahrscheinlich weil ich dachte, dass ich keine andere Wahl hätte. Und weil es wie eine gute Idee klang.

– Und was wolltest du eigentlich werden?

– Weiß ich gar nicht genau, log ich, weil ich dabei immer gelogen habe, von Anfang an. Nur dir gegenüber habe ich mich getraut, es zu sagen, ganz leise, als dürfe mich niemand hören, vielleicht weil es zu anmaßend war, vielleicht weil ich zu große Angst hatte, es würde dann nicht in Erfüllung gehen.

Das war es nicht.

Ich hätte lauter sprechen können.

– Ich werde auch mal Lehrerin, sagte Elsa.

Ach, du Scheiße! Fast wären mir die drei Worte herausgeflutscht. Ich konnte mich im letzten Moment daran hindern und schob einen Smiley hinterher, um sicherzugehen.

– Aha, erwiderte ich stattdessen mit vollem Mund.

– Oder Rechtsanwältin. Oder Ärztin. Meine Mutter sagt, ich kann alles werden, was ich will.

Mach dich darauf gefasst, dass das totaler Schwachsinn ist, und sei nicht überrascht, wenn am Ende nichts so ist, wie du es wolltest, hätte ich gern gesagt, aber ich erkannte selbst in der erwachsenen Elsa das Kind, das sich nichts mehr wünschte, als zu hören, wie schön die Zukunft sei und dass alles besser und vor allem gut werden würde, dasselbe Kind, das mir morgens aus dem Spiegel entgegenstarrte.

– Ja, sagte ich deshalb nur.

Elsa lächelte breit. Auf eine seltsame Art schien sie ebenso erleichtert wie ich.

– Vielleicht werde ich auch Reitlehrerin, fügte sie hinzu.

– Kannst du denn reiten?

– Nein, erwiderte sie, und ich wollte darüber lachen und darüber weinen, weil mir klar wurde, dass nur ein erwachsener Mensch solche Fragen stellen konnte.

– Was möchtest du werden?, wandte ich mich an die Pusteblume.

– Automechaniker.

– Automechanikerin?, fragte ich überrascht.

Sie nickte. Als ich sagte, dass ich die Idee toll fände, lächelte sie ebenfalls, aber verhaltener als Elsa.

– Und du? Ich sah Bibi und Tina an.

– Ich bin zu dumm, um was zu werden.

Es war eine Feststellung, erschreckend nüchtern und sachlich, ohne Bitterkeit, aber auch ohne jeden Zweifel. Das machte es schlimmer.

– Das glaube ich nicht, antwortete ich. Wie kommst du darauf?

– Weil ich auf eine Dummenschule gehe.

– Eine Sonderschule, erklärte Elsa.

– Das sagt man heute gar nicht mehr. Die nennt man Förderschulen oder Integrationsschulen ... oder, na ja, Schulen für Kinder mit besonderem Förderbedarf.

Bibi und Tina sah mich an, schweigend. Ich verstand, dass es Erwachsenenworte waren, die einem Kind wie Bibi und Tina nicht weiterhalfen, sie wollten etwas netter verpacken, mit schönem Papier, vielleicht einer Schleife, doch sie änderten nichts.

– Du bist nicht dumm, sagte ich, obwohl ich wusste, dass es nutzlos war.

Wie hätte es auch anders sein können? Ich war eine arbeitslose Lehrerin, die in ein paar Stunden ihr Zelt abbrechen und weiterziehen würde, einem Weg folgend, der so weit vom richtigen entfernt war, dass ich manchmal keine Pause machte, weil ich befürchtete, ich würde danach nicht weitergehen.

Ein Foto, dessen Ecken rund geworden sind, wie Schultern, die nach vorn sinken, es klebt in einem Album zwischen anderen Fotos von einem Ausflug nach Holland, wie man ihn nur unternehmen kann, wenn man von Scheveningen keine drei Stunden entfernt ist. Zwei Mädchen stehen am Strand, vielleicht acht oder neun Jahre alt, die Füße eingebuddelt, die eine etwas tiefer als die andere, damit sie gleich groß sind, sie tragen Badeanzüge. Auf dem unscharfen Abzug kann man die Gänsehaut nicht sehen, die da gewesen sein muss, denn auch ein Sommertag in Holland am Meer ist ein Tag in Holland am Meer. Der Wind zerzaust ihr Haar. Sie halten sich an den Händen, das ist wichtig, das tun sie immer, und grinsen breit.

– Ihr wusstet, dass ich kommen würde.

Alisah sah mich an, sah ihren Vater an, dann wieder mich. Mit ihren zehn Jahren machte sie ein Gesicht, als wüsste sie nicht, ob sie ihrer kleinen Schwester sagen sollte, dass es den Weihnachtsmann nicht gibt, oder ob sie besser darauf beharrte, dass sie ihn gerade noch in einem Schlitten mit seinen Rentieren am Himmel gesehen hatte.

– Wir wussten es, sagte Jochen und half ihr aus der Klemme.

– Opa Schmitti?

– Opa Schmitti, bestätigte er.

Alisah grinste erleichtert und stellte die beiden Teller, die sie von der Küche ins Esszimmer getragen hatte, auf den Tisch, glitt dann auf einen der Stühle und zog die Beine an, zwängte sie in den schmalen Zwischenraum zwischen ihrem Bauch und der Tischkante, obwohl sie nur ein Stück hätte zurückrutschen müssen, um mehr Platz zu haben. Es war diese Genügsamkeit im Umgang mit der Welt. Wahrscheinlich hätte ich es genauso gemacht. Manchmal hatte ich das Gefühl, dass sich alle Menschen in zwei Kategorien einteilen ließen, in diejenigen, die eine unerschütterliche Sicherheit über den Raum besaßen, der ihnen zustand, die ihn für sich selbstverständlich beanspruchten und den Stuhl nach hinten rückten, und diejenigen, die sich mit dem Vorhandenen arrangierten, es hinnahmen und sich selbst ein- und anpassten, sogar um den Preis der eigenen Verbogenheit. Ich nannte es das Büromöbelphänomen.

Und lass mich raten, hättest du jetzt gesagt, du gehörst zur zweiten Kategorie. Weil du sogar das Opfer der Büroeinrichtung bist.

Ich war mir immer sehr sicher, dass du in dieser Hinsicht nicht so wärst wie ich, weil dein ergonomischer Drehstuhl die perfekte Höhe hatte und deine Beine im rechten Winkel standen, aber vielleicht habe ich nur nicht erkannt, dass du dich noch viel mehr verbiegen musstest.

Alisah war das erste Neugeborene, das ich kennengelernt habe. Du und ich haben sie noch im Krankenhaus besucht, als sie gerade ein paar Tage alt und auf eine erschütternde Weise neu in der Welt war. Ich weiß noch, dass ich fasziniert von ihren winzigen seidenpapierdünnen Fingernägeln war, weil ein so kleines Wesen schon so vollständig sein konnte, und mir ihr Gesicht wie ein herrlich leeres weißes Blatt vorkam.

Du warst für Alisah so etwas wie eine Patentante, ich dagegen nahm an ihrem Leben nur zu ihren Geburtstagen teil, wenn ein ganzes Jahr in einem einzigen Tag zusammenschnurrt. Das änderte sich erst, als sie krank wurde. Wir besuchten sie öfter, auch zu Hause, aber vor allem im Krankenhaus, sahen zu, wie sie zu diesem Kissenabdruck von sich selbst wurde, eine zarte Mulde im Stoff, zu wenig Gewicht für ein tiefes Tal, wie sie die Haare verlor, neue bekam, Schwerstarbeit leistete, um die Mundwinkel zu einem Lächeln zu bewegen, und es irgendwann wieder ganz leicht konnte. Was mich in diesen Monaten am meisten überraschte und worüber ich am längsten nachdenken musste, war die Tatsache, dass Alisah trotzdem größer wurde. Irgendwie hatte ich erwartet, dass ihr Körper eine Pause brauchen würde, die Luft anhalten und warten und ausharren, wie alle um sie herum es machten, Mirjam, Jochen, Alisahs Großeltern, Opa Schmitti, Steffi, deine Eltern, Robin, du. Aber so war es nicht. Alisah wurde größer, weil wir selbst noch wachsen, wenn wir Schlachten schlagen.

– Nimm bitte die Füße vom Stuhl, sagte Mirjam und kam mit einer großen braunen Holzsalatschüssel herein, aus der die Griffe des passenden Salatbestecks herausragten.

Bei Mirjam und Jochen passte alles zusammen.

Die Filzuntersetzer für Gläser zu den Filzuntersetzern für Töpfe und Schüsseln, die Blumen auf dem Tisch zu den Blumen auf der Fensterbank, die Lampen an der Decke zu den Stehlampen in den Ecken, die Teppiche im Flur zu den Teppichen im Wohnzimmer, der Stoff der Gardinen zum Stoff der Sofakissen, das Muster der Platzdeckchen zu den Mustern der Küchenstuhlpolsterung. Es war diese Art von Perfektion, die mich schon immer eingeschüchtert hat. Mirjam gehört zu der großen Gruppe von Menschen, die im Leben einen Plan haben, und zu dem sehr ausgesuchten Kreis derer, bei denen er tatsächlich funktioniert. Sie hat alles in der gewünschten Reihenfolge gemacht: Abitur, Studium, Doktortitel, Karriere Teil eins, Freund, Mann, Hund, Baby, Teilzeit, Vollzeit, der Karriere zweiter Teil. Ihr hätte wahrscheinlich nie ein Mann die Hände hinten in die Hose gesteckt, bevor er sie auf den Mund küsste.

Jochen hatte noch eine Freundin, als Mirjam entschied, dass sie ihn heiraten und eine Familie mit ihm gründen würde, hast du mir mal erzählt.

Wir haben in deinem Auto gesessen, dem grünen Ford Fiesta, den wir Frosch getauft haben, manchmal Kackfrosch, wenn er nicht angesprungen ist, obwohl du das Chokeding gezogen hast. Es war eines dieser Gespräche, die man nur in einem Auto führen kann, nach einer Party, die zu träge war, um zu tanzen und länger zu bleiben, aber nicht träge genug, um schon um neun zu gehen und noch was aus dem Abend zu machen, stattdessen hält man den Wagen nur kurz, am Straßenrand, im eingeschränkten Halteverbot, zwischen geparkten Autos, weil man sowieso gleich weiterfahren und ins Bett will, und dann bleibt man Stunde um Stunde sitzen und redet und redet und redet, bis die orangefarbenen Lichter der Straßenreinigung über den Asphalt huschen und die Nacht unmissverständlich vorbei ist.

Du meinst …?, habe ich angesetzt und die unausgesprochenen Worte in den muffigen Fahrzeuginnenraum entlassen – der Frosch war nicht ganz dicht, was man nach jedem stärkeren Regenschauer riechen konnte. Du fingst meine Worte auf, darauf konnten wir uns verlassen, wir waren wie ein eingespieltes Akrobatinnenteam, das in schwindelerregender Höhe an Trapezen hängt und nach einem doppelten Salto blind die Hände nacheinander ausstrecken kann, nicht nur bei Worten.

Ab einem bestimmten Zeitpunkt sind wir nicht mehr geflogen, sondern gefallen. Das habe ich erst beim Aufprall gemerkt.

Sie wollte ihn, also hat sie ihn sich geholt, hast du auf diese fasziniert empörte Weise gesagt, die einem mit Anfang zwanzig sehr leicht über die Lippen kommt.

Willst du Kinder?

Es war eine Frage, die wir uns in regelmäßigen Abständen stellten und in regelmäßigen Abständen anders beantworteten. Im Alter von sechs bis elf träumten wir davon, zwei Töchter zu bekommen, die genauso gute Freundinnen sein würden wie wir, zwischen zwölf und fünfzehn sollten es ein Mädchen und ein Junge sein, die sich natürlich ineinander verlieben würden, eine Zeit lang wollten wir beide gar keine Kinder, eine kurze Zeit wollte ich drei oder vier und mit einem Minivan durch die Gegend fahren, dann begann die Phase, in der ich mich selbst viel zu kaputt fand, um Mutterschaft überhaupt als Option in Betracht zu ziehen. Wenn ich schon nicht für mich selbst sorgen konnte, wie sollte ich das für jemand anderen tun?

Letztes Jahr hast du dieselbe Frage gestellt, in unserem Badezimmer, kurz bevor es nur noch mein Badezimmer wurde. Ich hatte gerade angefangen, Citalopram zu nehmen, weil sich die Angst regelmäßig auf mich warf wie Gmork aus der *Unendlichen Geschichte*, und ich wurde das Gefühl nicht los, meinen Oberkiefer kaum von meinem Unterkiefer lösen zu können, so sehr war mein gesamter Körper unter Spannung, du hattest das Fluoxetin und später die Pille abgesetzt, aber mir nichts davon gesagt. Und ich habe versucht, dir zu erklären, dass ich mich unmöglich zwischen zwei gleichwertigen, aber einander ausschließenden Leben entscheiden konnte, Kinder oder keine Kinder, weil ich mir das eine genauso sehr wünschte wie das andere, das andere genauso wie das eine fürchtete, ich will meinem Kind beim Spielen auf dem Spielplatz zusehen und nach einem Brunch mit Freunden spontan zum Innenhafen gehen und auf den Graswellen sitzen und Club Mate trinken, ich will, dass meine Tochter sonntags zu mir ins Bett kriecht und sich an mich kuschelt und im Urlaub am Pool einschlafen, weil ich auf niemanden aufpassen muss, außer auf mich selbst, ich will meinen Sohn zum ersten Mal in den Kindergarten bringen und ihm einen Kuss geben und melancholisch werden, weil er so schnell groß wird, und ohne nachzudenken zusagen, wenn ich gefragt werde, ob ich heute Lust auf Kino habe, ich will einer wildfremden Person sagen können, ja, das ist mein Kind, und ich will bei schönem Wetter zum Stand-up-Paddling gehen und danach einfach noch am See rumhängen und gar nichts tun.

Aber du weißt schon, dass keine Entscheidung auch eine Entscheidung ist, hast du gesagt.

Ich habe nichts gesagt. Natürlich wusste ich das. Ich weiß es. Das ist vielleicht das größte Problem.

Ich möchte kein Kind bekommen, nur um es dann abzugeben, hast du gesagt, damals, im Bad.

Wer sagt, dass du es abgeben musst?

Ich bin die Tochter meiner Mutter. Vielleicht liegt das in der Familie.

Meinst du, das ist genetisch, oder was? Müssen wir noch mal die Vererbungslehre durchgehen? Mit den Erbsen und den Fruchtfliegen?

Ich kenne es nicht anders.

Natürlich kennst du's anders. Ganz anders.

Aber der Apfel fällt nicht weit vom Stamm.

Von welchem Stamm? Maggie und Richard sind dein Stamm. Es ist doch nicht wichtig, an welches dürre, schwache Zweiglein man sich als kleine Apfelblüte mal geklammert hat, sondern welcher stabile Ast einen getragen hat, als man zu einem roten prallen Apfel geworden ist.

Das ist ein seltsamer Vergleich.

Das ist eine Metapher.

Angeberin.

Maggie und Richard sind verdammt starke Äste. An die kannst du dich halten. Und du bist ein ziemlich lecker-süßer Apfel, in den man am liebsten sofort reinbeißen will.

Du bist bescheuert.

Nicht bescheuerter als du.

Aber was ist, wenn aus mir trotzdem nie ein starker Baum werden kann? Weil ich das einfach nicht in mir habe? Antonia wollte auch nicht einfach umgeweht werden. Sie hat ja versucht, anders zu sein. Was ist, wenn es vollkommen egal ist, wie sehr ich mich anstrenge und bemühe und so tue, als wäre ich eine Eiche oder einer von diesen Mammutbäumen, wenn ich in Wahrheit eben doch nur ein dürres, schwaches Zweiglein bin und nie etwas anderes sein werde?

Ich lachte. Das weiß ich noch. Ich habe gelacht, weil mir das alles so absurd vorkam, dass ich nicht gemerkt habe, wie ernst es dir war und wie sehr du darunter gelitten hast, dass du es tatsächlich nicht mit Sicherheit wusstest. Ich habe es nicht kapiert.

Es ist vielleicht die größte Enttäuschung meines Lebens, dass wir beide auf Männer stehen, habe ich gesagt. Stell dir vor, was das für eine große Liebesgeschichte hätte sein können.

Wir haben uns angesehen, wie wir uns in solchen Momenten immer angesehen haben. Als wären nur wir im Besitz einer Karte, die zu dem Topf voller Gold am Ende eines Regenbogens führt.

Eine Liebesgeschichte, die wahrscheinlich am Müllrunterbringen und Badsaubermachen scheitern würde.

Nur weil du die Jenga-Meisterin des Müllauftürmens bist.

Und du beim Putzen nicht mal den Zahnputzbecher hochhebst, sondern einfach drum rum putzt.

Aber ganz ernsthaft. Ohne dich könnte ich nie ein Kind großziehen. Das ist eine viel zu große Sache.

Du hast recht. Dafür reicht kein Mann. Dafür brauchen wir uns.

– Guten Appetit, sagte Mirjam in meine Gedanken hinein.

– Ich war mir nicht sicher, ob ihr da sein würdet, sagte ich und bohrte die Zacken meiner Gabel in eine akkurat geschnittene Gurkenscheibe.

– Warum?

– Ich dachte, ihr seid vielleicht im Urlaub.

– Sind wir nicht, antwortete Mirjam, sehr knapp, wie ich fand.

Sie und Jochen gehörten zu den Paaren, die du Powerpaare genannt hast, zwei Menschen, die schon als Einzelperson große Ähnlichkeiten mit Superheldinnen und Superhelden haben und die ihre Kräfte als Pärchen bündeln und verdoppeln oder sogar verdreifachen.

Wie bei Captain Planet, hast du versucht, mir zu erklären, da verfügt jedes Teammitglied über die Gabe, ein Naturelement zu kontrollieren, aber wenn sie nicht mehr weiterwissen und sich einem übermächtigen Gegner gegenübersehen, vereinen sie ihre Kräfte, um Captain Planet herbeizurufen, weil wir gemeinsam immer stärker sind als allein.

Ach ja, damals, habe ich gesagt. Da hatten wir noch die Macht.

Du spinnst!

Was denn? Das hat Captain Planet immer gesagt.

Ich weiß. Du spinnst trotzdem.

So ein Captain-Planet-Powerpaar waren Mirjam und Jochen.

Sie nahmen sich ein Sabbatical, um für ein Jahr durch die Welt zu reisen und in Australien auf einer Hundefarm kleine Welpen aufzuziehen, in Kolumbien Graffiti zu fotografieren, die heute noch gerahmt an ihren Wänden hängen, und in Kanada beim Rindertreiben zu helfen. Alisah war noch kein Jahr alt, als sie mit ihr im Wohnwagen nach Schweden fuhren und auf einem Tanzfestival in der Nähe von Amsterdam in einem Zelt übernachteten, weil alle anderen Schlafmöglichkeiten schon ausgebucht waren. Alles sah bei ihnen leicht aus, das Karrieremachen, das Elternsein, das Lieben.

– Wir haben entschieden, dieses Jahr zu Hause zu bleiben, sagte Jochen. Er war einer von diesen großen bärtigen Männern, die ihre langen glänzenden Haare in einem Knoten und dazu Klamotten tragen, die sehr teuer dafür sind, dass sie nicht teuer aussehen sollen.

– Ist doch auch mal ganz schön, erwiderte ich und fühlte mich, als wäre ich mit dem Fuß in irgendetwas getreten, das jetzt an meiner Schuhsohle klebte. Ich wurde es nicht los.

Mirjams Gabel kratzte zu fest auf dem Porzellan. Als ich sie ansah, lächelte sie sofort.

– Ich freue mich schon auf das Ende der Ferien, sagte Alisah.

Es war erschütternd offensichtlich, dass diese Zehnjährige versuchte, mit ihren Worten einen Staudamm zu bauen, um eine Strömung zu stoppen.

– Sie wird in der Schule wohl sehr gehänselt, oder?

– Nein, wird sie nicht, antwortete Mirjam. Alisah ist in der Klassengemeinschaft sehr beliebt. Sie wurde von ihren Mitschülerinnen und Mitschülern nach ihrer Rückkehr sehr nett aufgenommen und …

– Das war ein Scherz, sagte ich überrascht. Ich wollte damit nicht …

– Josephine hat nur einen Witz gemacht, erklärte Jochen seiner Frau.

Die schwieg.

Ich zögerte.

– Aber die Ferien haben doch gerade erst angefangen, wandte ich mich an Alisah und beteiligte mich am Staudammbauen. Warum willst du, dass sie schon vorbei sind?

– Ich will nicht, dass sie vorbei sind. Ich freue mich nur auf die letzte Woche.

– Da ist Reitcamp, fügte Jochen hinzu.

– Kannst du sie ihre Geschichte allein erzählen lassen? Es ist ihre Geschichte. Sie wird doch wohl ihre Geschichte erzählen dürfen.

– Ich hab doch nur …

– Vergiss es!, zischte Mirjam, drehte sich demonstrativ zu ihrer Tochter, änderte ihren Tonfall und ihren Gesichtsausdruck. Erzähl Josephine von deinem Reitcamp, Erdnuss, sagte sie.

Während der Chemotherapie hatte mich vor allem erschreckt, wie groß ein Kopf im Vergleich zu seinem Körper aussehen kann. Wie bei einer von diesen Kasperlepuppen mit den Hartgummiköpfen, an die bunte Stofftücher mit Armen genäht sind, die sich mit Leben füllen, wenn eine Hand hineingesteckt wird, aber sonst schlaff und reglos herunterhängen. Mittlerweile hatten sich die Proportionen ausgeglichen, wirkten so harmonisch, wie sie bei einem Kind im Wachstum harmonisch wirken können. Alisah hatte wieder Haare, die braunen, weichen, glänzenden Haare ihres Vaters. Sie hatte sehr helle Haut, war aber immer schon ein blasses Kind gewesen. Man hätte deshalb nie gedacht, dass Alisah zwischen ihrem achten und neunten Geburtstag weniger Zeit im Klassenraum als in Krankenhauszimmern verbracht hatte, wäre da nicht, eine Handbreit unter ihrem Schlüsselbein, halb verdeckt vom Träger ihres My-little-Pony-Tops, eine hellrosa Portnarbe.

– Erzähl vom Reitcamp, forderte auch Jochen seine Tochter nun auf.

– Das Reitcamp ist immer am Ende der Ferien, sagte sie.

– An dem Stall, wo sie jetzt auch reitet, fügte Jochen erklärend hinzu.

– In Mülheim, ergänzte Mirjam in einem Tonfall, als wollte sie nichts ergänzen, sondern verbessern.

– Es ist schon ein bisschen teuer, sagte er fast entschuldigend.

– So teuer auch wieder nicht.

– 200 Euro für eine Woche Ponyreiten finde ich schon teuer.

– Aber das ist ja nicht alles, was sie machen, und sie essen da ja auch.

– Ich meine nicht, dass sie es deshalb nicht machen soll.

Aber ich werde wohl noch sagen dürfen, dass 200 Euro für eine einzelne Woche viel Geld sind. Andere Familien können sich das nicht leisten und ...

– Ja. Ja, natürlich darfst du das sagen. Du darfst natürlich alles sagen, oder?, gab Mirjam zurück.

Es war offensichtlich, dass Mirjam und Jochen stritten, zumindest soweit ich das sagen konnte, denn ich hatte sie noch nie zuvor streiten hören. Aber ich hatte keine Ahnung, worum es ging.

– Machst du das dieses Jahr zum ersten Mal?, fragte ich deshalb Alisah.

– Ja, weil ...

Sie zögerte, sah zu ihrem Vater, der ein Salatblatt in Stücke schnitt, sein Haarknoten bewegte sich im Rhythmus seiner Hände.

– Letztes Jahr ging es noch nicht, fügte Alisah leiser hinzu.

– Ach so ... klar ... natürlich. Ich dachte, vielleicht hast du das schon gemacht, bevor du krank geworden bist.

Jochens Messer quietschte auf der Telleroberfläche. Ein grässliches Geräusch.

– Nein, da war ich noch zu klein. Man muss alt genug sein.

– Und dafür machst du es dieses Jahr, und es wird ganz toll, richtig, Erdnuss?, sagte Mirjam.

– Wusstest du, dass ich früher auch geritten bin? Mit ...

– Mama und Papa können auch reiten.

– Reiten ist vielleicht übertrieben, erwiderte Jochen, der den Kopf wieder gehoben hatte. Wir mussten Kühe zusammentreiben. In Kanada. Da hast du versucht, dich im Sattel zu halten, egal wie. Er tat, als würde er sich mit den Fingern in eine unsichtbare Mähne krallen.

Muss ich sagen, dass ich Jochen schon immer mochte? Eine Weile war ich sogar ein bisschen in ihn verliebt. Aber das wusstest du ja.

– So schlimm?, fragte ich lachend.

– Er wäre ein paarmal fast runtergefallen, sagte Mirjam.

– Das ist nicht wahr, gab ihr Mann zurück.

– Natürlich ist das wahr. Du hast da oben gesessen wie ein nasser Sack.

– Und du hast nur gejammert, weil du so Muskelkater hattest.

– Natürlich hatte ich Muskelkater. Man reitet ja nicht jeden Tag sechs Stunden durch die kanadische Wildnis.

– Das war wohl kaum die Wildnis, und sechs Stunden waren das auch nicht. Ich hatte jedenfalls keinen Muskelkater. Du hättest vielleicht vorher ein bisschen Sport machen sollen und dich nicht vom Schreibtisch direkt in den Sattel schwingen.

– Und du hättest vielleicht überhaupt mal Reitunterricht nehmen sollen, dann hättest du dem armen Tier nicht den Rücken gebrochen.

– Den Rücken *gebrochen*? Jetzt übertreib mal nicht. Außerdem war die Rancharbeit deine Idee. Ich hätte lieber was ganz anderes gemacht.

– Und was?

– Was anderes eben.

Meine Augen gingen von ihr zu ihm, zu ihr, zu ihm, wie bei einem Pongspiel.

Ich erinnerte mich gut an eine Familienfeier, es war der Geburtstag deines Onkels Michael, der seinen Geburtstag nicht feiert, aber trotzdem einlädt, was zu der skurrilen Situation führt, dass alle wissen, warum sie da sind, aber niemand darüber redet. Mirjam und Jochen waren gerade aus Rumänien zurück, an Alisah war bereits zu denken, aber das wussten wir noch nicht. Sie erzählten von einer Wanderung durch die Karpaten und das Zelten und von einem Typ, von dem sie die wahre Geschichte über Dracula erfahren hatten, sie hatten keine Schwierigkeiten, fünfzehn Leute am Tisch gleichzeitig zu unterhalten, während wir auf die Geburtstagstorte warteten, die keine Geburtstagstorte war, sie spielten sich die Anekdoten zu wie Bälle, wir alle hingen an ihren Lippen.

– Ich hole den Auflauf, sagte Mirjam.

Als ich fragte, ob ich ihr helfen solle, lächelte sie ein kurzes mechanisches Lächeln, schüttelte den Kopf und war im nächsten Moment durch die Tür verschwunden.

– Sie lässt sich nie helfen, sagte Jochen.

Ich nickte, obwohl ich mir nicht sicher war, wozu ich nickte.

– Nie, wiederholte er.

– Hast du denn, ich meine, wandte ich mich an Alisah, hast du ein Lieblingspferd?

– Ganymed, schoss es aus ihr heraus, auf eine Weise strahlend, wie du früher gestrahlt hast, wenn du über Silver sprechen konntest. Er ist so groß. Alisah reckte die Hand nach oben, stand auf, reckte sie höher.

– Das ist groß. Hast du da keine Angst?

– Nein, lachte sie, nahm wieder Platz, breitbeinig, als wäre der Stuhl unter ihr kein Ding aus Holz und Stoff, sondern ein lebendiger Pferdeleib.

So wie wir damals, weißt du noch? Wenn wir auf eurer Wäschetonne, dem dicken Haflinger Anton, und der nervösen Falbstute Veilchen in Form eures Birkenholzesszimmerstuhls ausgeritten sind, mit Sätteln aus Sofakissen, Steigbügeln aus Transportgurten und Zügeln aus Tüchern und Bademantelgürteln. Heute hasse ich Laufbänder in Fitnessstudios, weil man läuft und läuft und läuft und nirgendwo hinkommt, aber damals sind wir auf der Stelle geritten und hatten trotzdem nie das Gefühl, stehen zu bleiben.

– Alisah hat keine Angst, bestätigte Jochen stolz. Kein bisschen.

Wir durften mit dem Reiten anfangen, als wir in die Schule gekommen sind, ich zunächst an der Longe, du gleich in der Abteilung. Ich glaube nicht, dass du wusstest, wie teuer eine Reitstunde ist, ich wusste es sehr genau.

– Und wie sieht er aus?

– Wie sieht wer aus?, fragte Mirjam, die in diesem Moment eine dampfende Auflaufform hereintrug.

Sie hielt die Glasschale mit dicken Topfhandschuhen, in diesem grellen Grünton, in dem jetzt alles gehalten ist, das modern und hipp sein soll, Mirjams und Jochens gesamte Küche sah so aus, ein bisschen Braun wie das Esszimmer, ein bisschen Weiß, viel Grellgrün.

– Vorsicht! Heiß!, sagte Mirjam, als sie das Essen zwischen uns stellte.

Der goldene Käse warf Blasen, in kleinen Fettfontänen stiegen einzelne Spritzer in die Höhe, durch das Glas konnte man die brodelnde Tomatensauce sehen, die sich gegen die Wände drückte, an einigen Stellen, vor allem in den Ecken und an den Rändern, war sie dunkel festgebacken. Es roch würzig.

Der Reihe nach lud Mirjam uns Portionen auf, erst mir, dann Alisah, dann Jochen links, dann sich selbst. Mich lächelte sie dabei an, Alisah auch, Mirjams und Jochens Blicke berührten sich nicht, blieben zwei Parallelen, die sich nicht einmal im Unendlichen schneiden würden.

Als Jochen einen Bissen nahm und sich die Zunge verbrannte, nach seinem Glas griff und einige Schlucke trank, sagte Mirjam: Ich hab ja gesagt, dass es heiß ist. Da musst du dich nicht wundern.

– Ja, sagte Jochen nur.

– Willst du mal ein eigenes Pferd?, fragte ich Alisah.

Sie hatte das Reiten auf ihrem imaginierten Pferd aufgegeben, war so weit nach vorne gerutscht, dass sich der Stuhl hinten beinahe hob, und hatte ihre Beine von innen um die Stuhlbeine geschlungen, die Füße festgehakt, hielt das Besteck am untersten Ende des Griffs, die Fäuste auf der Tischplatte abgelegt und die Spitze des Messers und die Zacken der Gabel wie Pfähle nach oben gerichtet. Sie hatte noch nichts gegessen, nur das Gemüse auf dem Teller hin und her geschoben, sorgfältig sortiert zu einer Gemüseuhr, Auberginen auf zwei Uhr, etwas später am Tag Mais und Pilze, Zucchini und Spinat zwischen fünf und elf, Kartoffeln nach unten, Käse zu Mitternacht, die Sauce in der Mitte.

– Papa hat gesagt, dass ich vielleicht später, wenn ich besser reiten kann, ein eigenes bekomme. Dann will ich Ganymed, sagte sie in Richtung ihres Vaters über den Tisch hinweg. Nur Ganymed.

– Das hast du ihr versprochen?, fragte Mirjam.

– Ich habe es nicht versprochen.

– Wie kannst du ihr so was versprechen?

– Ich habe ihr *gar* nichts versprochen, antwortete Jochen.

– Es fehlt Salz, sagte Mirjam. Braucht ihr auch Salz?

– Ich nicht, murmelte ich. Mir schmeckt es so, wie es …

Sie beachtete mich nicht.

– Ich hole Salz.

Damit stand Mirjam auf, ging um den Stuhl herum, schob ihn an den Tisch und verließ das Esszimmer. Sie machte dabei Schritte, die aussahen, als würde sie konzentriert darauf achten, sie alle gleich lang zu machen, wie damals in der Grundschule, als wir mit unseren Schritten den Nachhauseweg abmessen sollten und es am anderen Tag in eine große Karte eingetragen haben, um zu sehen, wie weit alle Kinder laufen mussten. Du hast dafür Schritte gemacht, die einen halben Meter lang waren, ich war mir sicher, ich könnte einen Meter lange Schritte machen, aber schon an der Ecke beim Bäcker wurde mir das zu anstrengend und ich gab es auf, zählte aber trotzdem weiter.

– Tut mir leid, sagte ich zu Jochen, der seiner Frau nicht nachgesehen hatte. Ich hätte nicht mit der Pferdesache anfangen sollen.

– Mach dir keine Gedanken, erwiderte er. Mirjam ist im Moment einfach empfindlich, oder, Erdnuss? Mit Mama ist es im Moment ein bisschen schwierig, hm?

– Manchmal. Alisah hatte damit begonnen, das Gemüse noch sorgfältiger voneinander zu trennen und die Stunden auseinanderzuschieben.

– Sie ist ständig wütend. Auf uns, oder, Erdnuss? Auf alle und jeden. Wenn es nicht die Pferde gewesen wären, hätte sie was anderes gefunden. Mach dir keinen Kopf. Er lächelte mich aufmunternd an.

Ich wusste nicht, ob ich zurücklächeln sollte, drückte die Lippen aufeinander, bog leicht die Mundwinkel, mehr wurde es nicht.

Mit der Gabel nahm ich eine Kartoffel auf, pustete, sah zur Tür, pustete, biss hinein, noch heiß, aber es ging, schluckte schwer, richtete den Blick wieder zur Tür, nahm das nächste Stück, wollte weiteressen, konnte es nicht, schaute erneut zur Tür.

– Sie hätte einen anderen Grund gefunden, um mit mir Streit anzufangen, sagte Jochen, der mich beobachtet zu haben schien. Sie beruhigt sich wieder.

– Aber vielleicht gucke ich doch mal …

– Das musst du nicht. Wirklich nicht.

Ich nickte, einmal, zweimal, beim dritten Mal stand ich auf.

– Vielleicht doch, sagte ich.

– Sie stellt sich nur an. Das ist alles.

Etwas verloren stand ich einige Sekunden auf dem Esszimmerteppich, der farblich zur Tischdekoration passte. Irgendwer hatte auf einem grellgrünen Stoffband Holzstücke drapiert, dazwischen standen einzelne Wildblumen in Gläsern.

– Esst ruhig weiter, sagte ich, verließ erst den Teppich, dann den Raum.

Mirjam stand vor der Spüle, das Gesicht zum Fenster, denn natürlich hatten sie eine Spüle unter dem Fenster, das direkt zum Garten ging. Auf dem Fensterbrett standen Kräuter in Keramiktöpfen, Rosmarin, Thymian, Minze, Basilikum, der bei mir immer einging, weil mein Gießrhythmus nicht mit seiner Wasseraufnahme harmonierte. Helles Sommerlicht fiel herein, es musste auf Mirjams Gesicht liegen, ich konnte es nicht sehen, weil sie mir den Rücken zugewandt hatte, die Hände auf dem Waschbecken abgestützt, die Arme komplett durchgedrückt, durch ihre weiße

Leinenbluse zeichneten sich ihre Wirbelsäule, die Schulterblätter und der BH-Verschluss ab.

– Ich komme gleich, sagte Mirjam, als ich die Tür mit einem leisen Geräusch hinter mir schloss.

– Hast du kein Salz gefunden?, fragte ich. Es sollte lustig sein. Kann ich dir irgendwie helfen?

– Ich weiß, wo in meiner Küche das Salz ist, vielen Dank.

Ich sah mich in der Küche um, sie war eine von diesen perfekten Küchen, in der alles so angeordnet ist, dass es effektiv und schön aussieht. Nichts lag herum, nichts war überflüssig, kein Schnickschnack, alles war ordentlich und klug durchdacht in Schubladen und Schränken verstaut. Die Arbeitsplatte war aufgeräumt, hier standen lediglich ein Kaffeeautomat, eine Sodastream-Maschine (ich wusste nicht, dass es die noch gibt) und etwas, bei dem ich keinen Zweifel hatte, dass es ein Thermomix war, obwohl ich noch nie einen gesehen hatte. Auf dem Herd befand sich der Topf, in dem wahrscheinlich die Kartoffeln gekocht worden waren, daneben, auf einem Brettchen, lag ein Löffel, rot von Tomatensauce.

– Soll ich schon mal spülen?, fragte ich.

– Wir haben eine Spülmaschine.

– Aber ich könnte zumindest den Topf spülen, sagte ich.

Jetzt wandte sich Mirjam zu mir um, schwieg und schwieg weiter, als ich einige Schritte auf sie zu machte, den Topf vom Herd nahm und in die Spüle stellte, sie trat zur Seite, damit ich Wasser einlaufen und Biospülmittel in das Waschbecken geben konnte.

– Du solltest den Stöpsel reinmachen, sagte sie. Sonst ist das Wasserverschwendung.

– Ja, antwortete ich, tat es nicht, und Mirjam sagte es nicht noch einmal.

Das Rauschen aus dem Wasserhahn zwängte sich in unser Schweigen. Ich bearbeitete den Topf mit einer Bürste, von der ich ahnte, dass es keine Billigbürste war, obwohl ich keine Ahnung hatte, wie teuer eine Nichtbilligbürste sein mochte. Ich schrubbte erst von innen, dann von außen, dann den Deckel.

– Ich hasse ihn, sagte Mirjam.

– Irgendwann gehen einem alle Menschen mal richtig auf die Nerven.

– Das ist es nicht. Ich hasse ihn! Ich hasse ihn so sehr, wie ich in meinem ganzen Leben noch nie jemanden gehasst habe.

Schlimmer als den Shredder?, hättest du jetzt gefragt, weil das früher unser Maßstab für alles Böse war. Ich fragte es nicht, schrubbte weiter.

– Manchmal halte ich es kaum aus, so abgrundtief hasse ich Jochen, sagte sie sehr leise. Da ist nur noch so ein Hass. Und dann würde ich am liebsten ... Dann will ich ...

Mirjam strich sich durch die kinnlangen Haare, deren vordere Strähnen sie locker am Hinterkopf zusammengesteckt hatte. Was bei mir unordentlich und schludrig ausgesehen hätte, wirkte bei ihr auf eine lässige Art hinreißend uneitel. Sie hatte sich leicht umgedreht, lehnte nun mit dem Rücken gegen die Arbeitsplatte.

Ich wusste nicht, was ich sagen sollte, lauschte in Richtung des Esszimmers, konzentrierte mich auf meine Finger, die die Bürste fest umklammert hielten, und auf das Wasser, das nicht nur über den Topf, sondern auch über meine Unterarme lief, ich spürte den Druck, mit dem es aus der

Leitung kam. Warum brachte ich die einzigen Worte, die angemessen waren, nicht über die Lippen? Nie.

– Wie ist es, im Zelt zu schlafen?, fragte Mirjam und deutete ungenau nach draußen zum Garten, in dem ich meine Schlafgelegenheit bereits aufgeschlagen und mit Heringen gesichert hatte.

– Ein bisschen klein und unbequem. Ein Zelt eben. Aber was wäre die Alternative?

– In einem Bett zu schlafen? In einem Zimmer?

– Das geht nicht.

Ich spürte Mirjams prüfenden Blick, spülte deshalb umso entschlossener, erst als ihre Augen schließlich an mir vorbei in Richtung Garten gingen, konnte ich mich wieder etwas entspannen, schob die Borsten weniger schonungslos über den Topfboden.

– Kann ich es sehen?, fragte Mirjam. Dein Zelt. Von innen, fügte sie hinzu.

– Sicher. Jetzt?, fragte ich, als sie auf mich zu warten schien. Aber wir essen doch noch. Mit einer schaumtropfenden Hand wies ich zur Tür.

– Wir essen nicht. Wir stehen in der Küche. Ich werde sowieso nicht mehr reingehen, sagte sie, seltsam sachlich.

– Aber was wird Jochen denken?

– Mir ist schon lange total egal, was er denkt.

– Und was ist mit Alisah?

Mirjam zögerte, ich hörte sie atmen, es war ein langsames, leicht zittriges Atmen, als würde in ihrer Brust irgendetwas wie ein Absperrband im Wind flattern.

– Es wäre nicht das erste Mal, sagte sie schließlich. Sie kennt das schon.

Ich musterte sie, schließlich nickte ich, obwohl ich

nichts verstand, schrubbte noch einen Augenblick länger, spülte den Topf dann unter dem Wasserstrahl sorgfältig ab und stellte ihn mit dem Boden nach oben auf die Ablage.

– Es ist wirklich sehr klein, sagte Mirjam, als wir draußen im Garten auf dem akkurat gemähten Rasen standen, die heiße Sonne über uns. Es sieht alt aus. Mirjam ging um das Zelt herum, betrachtete es. Es ist keins von diesen Wurfzelten, oder?

– Es ist einfach ein Zelt.

– Wir haben uns das mal vor ein paar Jahren gekauft, als wir mit Alisah beim Appletree-Festival waren. Es ist superpraktisch. Wir könnten es dir leihen, wenn du willst. Wir brauchen es sowieso nicht mehr, fügte sie hinzu, und ihr Tonfall änderte sich von einem fröhlichen Plauderton zu etwas, das klang, als würde man gegen eine hohle Wand klopfen.

Ich war Mirjam ein Stück über den Rasen gefolgt, auf die Stellen getreten, an denen ihre Füße die Grashalme zerdrückt hatten, blieb nun stehen.

– Das ist nett, sagte ich. Aber nicht nötig.

– Opa Schmitti hat gesagt, du schläfst jede Nacht woanders. Da ist das ständige Ab- und Aufbauen bestimmt nervig und anstrengend. Mit unserem Zelt wäre es leichter. Es klappt sich einfach auf und fertig. Es muss nicht so schwer sein, Josi, weißt du?

Sie drehte sich halb zu mir um, sah mich an, aufmerksam und verständnisvoll, wie sie wahrscheinlich auch ihre Patientinnen und Patienten ansah. Ich zweifelte nicht daran, dass sie eine sehr gute Therapeutin war.

– Aber es muss so schwer sein, oder?, fragte sie. Die kathartische Kraft der Mühsal.

– Es hat Inken gehört, antwortete ich. Sie hat es damals bei Aldi gekauft. Da waren wir elf oder zwölf. Sie hat es … Es stand in seinem Keller. Ihrem. Ich meine … Ich beendete meinen Satz nicht, weil ich keine Ahnung hatte, was ich meinte.

Das passierte mir immer öfter. Meine Sätze kamen mir wie ein verworrenes Knäuel aus Fäden vor, wenn ich versuchte, einem Wort zu folgen, fand ich mich plötzlich in einem unlösbaren Dickicht aus Knoten wieder, die ich nicht entwirren konnte. Und Ziehen machte es nur schlimmer.

– Aber mehr als eine Person passt da gar nicht rein, oder?

– Wir haben da früher zusammen drin geschlafen. Einmal haben wir uns nachts gegenseitig so viel Angst gemacht, mit irgendwelchen Geschichten über Axtmörder oder Werwölfe oder was weiß ich, wir konnten bei so was sehr kreativ sein, ich war dann für die Handlung und die Charaktere zuständig und sie für die Splatter Effects, sie hat sogar passende Geräusche gemacht oder mich an der gruseligsten Stelle in die Seite gepikst …

– Jedenfalls sind … Das wollte ich eigentlich erzählen … Jedenfalls sind wir von den Zeltwänden weg- und in der Mitte so eng zusammengerutscht, dass bestimmt noch zwei oder drei weitere Personen mit uns ins Zelt gepasst hätten. Ich schätze, Angst kann wirklich Wunder bewirken. Ich tat, als wäre diese Aussage furchtbar komisch.

– Ja, antwortete Mirjam. Kann sie. Können wir reingehen?, fragte sie. Ins Zelt.

– Es wird nur wahrscheinlich, ich meine, bestimmt ist es sehr stickig, weil schon die ganze Zeit die Sonne aufs Dach scheint, und, na ja, es ist oft sehr stickig da drin.

Ich wartete, bis Mirjam an mir vorbei und zum Zelteingang gegangen war, und folgte ihr. Sehr langsam ging sie auf die Knie, schob die halb geöffnete Plane zur Seite, erst die Hände hinein, dann Kopf und Oberkörper, als Letztes verschwanden ihre hellbraunen Mokassins im Inneren, die Zelttürplane klappte hinter ihr zu. Noch einmal wandte ich mich zum Haus, blickte auf das Fenster mit den gemusterten Schiebegardinen, hinter denen ich das Esszimmer vermutete, drehte mich um und krabbelte auch hinein.

Ich war überrascht, wie eng es im Zelt war, und wunderte mich gleichzeitig über meine Überraschung, schließlich war es keine Mary-Poppins-Tasche. Aber bisher war auch noch niemand mit mir in deinem Zelt gewesen, mit Ausnahme von dir. Mirjam saß in der hinteren Ecke, dort, wo bereits mein Kissen lag und ich meinen Rucksack abgestellt hatte. Sie war aus ihren Schuhen geschlüpft, hatte die Beine auf der neuen Isomatte zu einem Schneidersitz verknotet, den Kopf leicht eingezogen, obwohl sie nach oben genug Platz gehabt hätte, und sich vorgebeugt, die Hände auf den Unterschenkeln, ihre gestreifte Leinenhose war bis zu den Knien hochgerutscht.

– Nett, sagte sie.

Ich fühlte mich befangen, als würde ich einer wildfremden Person meine Wohnung zeigen, mit allem Krempel und Gerümpel, mit herumliegender Schmutzwäsche, Kleidungsstücken auf dem Einmal-getragen-Klamottenstuhl und BHs und alten Socken unter dem Bett, vollgestopften Schubladen, Zeitungsstapeln, stetig wachsenden und sich über alle Räume wild ausbreitenden Muss-ich-noch-lesen-Büchertürmen, Haaren im Abfluss und Zahnpastaresten im Waschbecken und vertrockneten Kontaktlinsen neben der Seifenschale.

Es lag nichts herum, ich hatte meinen Schlafsack ausgebreitet, alles andere – das wenige, das ich neben meinem Übergepäck an emotionalem Ballast auf meinem Weg mit mir herumtrug – war noch in meinem Rucksack verstaut. Das beklommene Gefühl blieb.

– Wie läuft es in der Schule?, fragte Mirjam, und wir mussten beide ein wenig über diesen Satz lachen, der mich zu einer Elfjährigen zusammenschrumpfen ließ.

– Im Moment läuft es natürlich gar nicht, weil mein Vertrag vor den Sommerferien ausgelaufen ist.

– Das ist so eine Sauerei.

– Aber es hat sich ja auch herausgestellt, dass ich nicht gerade zur Lehrerin berufen bin, sagte ich, hörte selbst, dass ich mich bemühte, sie zu beschwichtigen. Ich war zu erschöpft, um mich noch aufzuregen, und an schlechten Tagen (und die Tage waren meistens schlecht in letzter Zeit) hatte ich den Eindruck, dass ich es nicht anders verdient hätte.

So was darfst du nicht sagen, hättest du jetzt wütend gesagt, aber du kannst es nicht sagen, deshalb kann ich sagen, was ich will.

– Wer ist schon dazu berufen?

– Inken. Ich weiß, ich wollte immer, dass sie Kunst studiert und das alles. Aber Inken war ... ist die geborene Lehrerin ... gewesen.

Ist gewesen? Das macht es auch nicht besser.

– Das alles hat sie manchmal echt fertiggemacht.

– Sie hat mit dir darüber gesprochen?, fragte ich.

– Das Referendariat war sehr schlimm für sie. Es gab da doch dieses eine Mädchen, aus der siebten Klasse, glaube ich, die ihr im Französischunterricht das Leben schwer gemacht hat.

– Welches Mädchen?

– Ich weiß nicht mehr, wie sie hieß. Helen oder Michelle oder so. Sie hat die anderen Kinder gegen Inken aufgehetzt, hat Grunzgeräusche gemacht, anderen Lehrerinnen und Lehrern Lügen über sie erzählt. Das ging so weit, dass sich der Rektor einschalten musste. Sie haben mit den Eltern gesprochen, mit dem Mädchen, am Ende hat sie die Klasse gewechselt.

Ich versuchte, mich zu erinnern.

– Ich weiß, dass sie eine Klasse abgegeben hat. Ich weiß, dass es ihr deshalb sehr schlecht ging, und sie ... sie hat viel geweint, aber das mit dem Mädchen ... Warum wusste ich das nicht?

– Zu der Zeit ging es dir nicht so gut. Wegen der ganzen Absagen. Und du hattest dich gerade für diese Ausbildung zur Optikerin entschieden und Schwierigkeiten mit der Chefin und ...

– Ich hab auch nicht gefragt, sagte ich und konnte kaum atmen, weil es verdammt stickig in deinem beschissenen Zelt und ich so bescheuert gewesen war, es direkt nach der Ankunft aufzubauen, sodass es sich aufgeheizt hatte und sich die Hitze unter der Zeltdecke staute. Es war nicht auszuhalten.

– Ich war so selbstsüchtig und nur mit mir beschäftigt, fügte ich hinzu. Im Grunde wollte ich es wahrscheinlich gar nicht wissen.

– Das ist doch nicht wahr, erwiderte Mirjam. Es geht doch nur um diese eine Sache, Josi. Mehr nicht.

– Es ist nicht nur diese eine Sache. Es zieht sich durch unsere gesamte Freundschaft. Durch alles.

– Wie kommst du darauf?

– Was spielt das noch für eine Rolle? Was spielt überhaupt noch eine Rolle?

Am liebsten hätte ich gekotzt. Gleich hier. Auf meinen Schlafsack. In dein Zelt.

Mirjam schwieg, dazu gab es auch nichts zu sagen. Sie hatte die Hand nach mir ausgestreckt, sie mir auf den Unterarm gelegt, was tröstlich sein sollte, sich aber anfühlte, als hätte sie mir etwas sehr Schweres und zu Warmes auf die Haut gedrückt. Mit jedem Moment, der wortlos zwischen uns verging, kam mir die Luft im Zelt verbrauchter vor, das schien eine Eigenart dieses Zelts zu sein. Die Zeit dickte darin ein.

– Manchmal muss ich mir in den Arm kneifen, so fest, dass ich davon blaue Flecken bekomme, sagte Mirjam nach einer Weile. Damit ich Jochen nicht ins Gesicht schlage und schreie, wie sehr ich ihn hasse. Siehst du?

Sie hielt mir ihren rechten Arm hin, schob ihre Uhr ein Stück hinauf und zeigte mir die Haut darunter, die mit dunklen, bläulichen, gelblichen, rötlichen Schatten und halbmondförmigen Einkerbungen übersät war.

– Alisah war immer sehr müde, erzählte sie dann. Ich dachte, sie würde etwas ausbrüten, eine dicke Erkältung vielleicht oder irgendwas in der Art. Wir waren bei unserer Kinderärztin, sie hat sie untersucht, vor der Schule waren wir beim Blutabnehmen. Ich dachte, vielleicht hat sie irgendeinen Mangel, Eisen zum Beispiel. Sie war ja schon immer blass, sie kam mir aber noch blasser vor, und manchmal ist sie direkt nach der Schule eingeschlafen. Ich habe sie zum Essen gerufen, aber sie ist nicht gekommen, und wenn ich dann zu ihr nach oben gegangen bin, hat sie auf ihrem Bett gelegen und tief und fest geschlafen.

Mirjam hatte angefangen, über die Nähte an meinem Schlafsack zu streichen, sie fuhr sie entlang, mit dem Zeigefinger hin, mit dem Mittelfinger zurück, wieder von vorn. Sie schien es selbst nicht zu bemerken. Vielleicht war das ihre Art des Fingerzählens, das ich von dir gelernt habe. Ich hatte mich vor den Zelteingang gesetzt, ans Ende der Isomatte, hätte mich gern irgendwo angelehnt, schlang stattdessen die Arme um die Beine, machte den Rücken rund und verblieb in einer seltsam buckligen Haltung, schaukelte leicht vor und zurück, nur minimal.

– Die Ärztin hat mich angerufen, als ich beim Yoga war. Jochen (sie sprach seinen Namen so neutral aus, als wäre er ein Arbeitskollege, den sie flüchtig kannte, der sie aber nicht weiter interessierte) war mit Alisah beim Eishockey. Ich weiß nicht, woher sie das hat, aber sie liebt Eishockey. Schon komisch.

Es klang nicht wie das Wort, das sie eigentlich meinte.

– Ich bin seitdem nie wieder beim Yoga gewesen, fügte sie hinzu. Erst kam es mir nicht richtig vor, im herabschauenden Hund meine innere Ruhe zu finden, während meine Tochter im Krankenhaus liegt und um ihr Leben kämpft. Aber auch jetzt kann ich nicht hingehen. Vielleicht übertrage ich das Ereignis auf den Ort oder den Kurs oder etwas in der Art. Die Therapeutin in mir weiß natürlich, dass ich hingehen müsste, um das zu überwinden, aber ich kann's nicht.

Mirjam atmete laut aus, ihre Lippen zitterten unter dem Luftstrom.

– Wir sind dann am nächsten Tag gemeinsam in die Praxis, Jochen, Alisah und ich, nachdem die Sprechstunde vorbei und niemand mehr da war. Unsere Ärztin hat sich extra Zeit genommen, uns alles genau zu erklären, die Blutwerte, Leukozyten, Thrombozyten, was das alles bedeutet und wie wir weiter vorgehen. Von ihrer Praxis aus hat sie auch gleich eine Spezialistin angerufen. Sie war wirklich toll, ich weiß nicht, was ich ohne sie gemacht hätte. Mit ihr habe ich auch über Jochen gesprochen, später, meine ich. Sie hat versucht, mir zu erklären, dass jeder Mensch anders mit so einer Situation umgeht, das weiß ich natürlich selbst. Ich bin Therapeutin. Aber …

– Wie ist Jochen damit umgegangen?, fragte ich.

– Gar nicht. Natürlich stimmt das nicht, widersprach sie sich selbst. Aber ich merke, dass ich Schwierigkeiten habe, es anders zu sehen. Im Grunde will ich es auch gar nicht. Vielleicht ist das meine Art, mich damit auseinanderzusetzen, keine Ahnung. Wir durften nicht darüber reden, fügte sie hinzu. Jochen wollte nicht darüber reden. Also hat er entschieden (sie verzog bei dem Wort das Gesicht), dass nicht darüber geredet wird. Es war vollkommen absurd. Natürlich habe ich es erzählt. Der Familie, Freundinnen und Freunden, in der Schule, aber nicht, wenn Jochen dabei war. Wenn er dabei war, wurde so getan, als gäbe es das nicht, als wäre Alisah nicht krank, als müsste sie nicht ins Krankenhaus, als würde sie keine Chemotherapie bekommen und ihr würden nicht alle Haare ausfallen. Vor allem das mit dem Haarausfall. Er hat so getan, als würde er das nicht bemerken. Da liegen auf dem Kissen überall diese Haarhaufen, wie Wollmäuse sahen sie aus, und deine kleine Tochter hat plötzlich eine Glatze und schämt sich total. Und ihr Vater tut so, als würde sie eine Mütze tragen, um draußen nicht zu frieren. Dabei war Sommer. Wir hatten teilweise 30 Grad, und Alisah wollte trotzdem die Mütze nicht absetzen. Und als sie später diese Kappe hatte, von den Krefelder Pinguinen, die Jochen ihr geschenkt hat, da hat er so getan, als wäre sie der größte Fan der Welt, weil sie die nicht einmal zum Schlafen abnehmen wollte. Ist das nicht total krank?, fragte Mirjam. Und ich weiß, dass ich als Therapeutin so etwas nicht sagen darf und Verständnis haben sollte und der ganze Scheiß! Sie lachte bitter. Aber sag mir bitte, klingt das für dich nicht total gestört?

Ich war erleichtert, dass sie nicht auf eine Antwort von mir wartete.

– Und es hat zu vollkommen absurden Situationen geführt, fuhr sie fort. Eine sehr alte und gute Freundin hat mich zum Beispiel abends angerufen, weil sie gehört hat, dass Alisah sehr krank sei und nicht in die Schule gehen würde. Und sie hat mich gefragt, warum ich ihr nichts davon erzählt habe. Immerhin kennen wir uns, was weiß ich, seit fünfzehn, zwanzig Jahren. Wir haben zusammen studiert und waren mit unseren Mädchen gemeinsam beim Babyschwimmen. Und sie ruft plötzlich an und sagt, dass ihre Tochter ihr erzählt hat, dass die von einer Freundin gehört hat, dass die von ihrer Klassenlehrerin weiß, dass Alisah Krebs hat. Was antwortet man da? Wir hatten uns zwei oder drei Wochen vorher sogar noch gesehen, aber da war Jochen dabei, und ich konnte nichts sagen. Kannst du dir das vorstellen?

Ich versuchte, mich an Jochen zu der Zeit zu erinnern, an Jochen und das Krankenhaus, aber ich hatte kein klares Bild, nur das Gefühl, dass ich ihn nie im Krankenzimmer selbst gesehen hatte, meist waren wir draußen gewesen, im Garten oder unten in der Cafeteria. Konnte das stimmen? Einmal haben du und ich Alisah an einem Sonntag besucht, da hatte sie schon keine Haare mehr und die ganze Zeit diese Eishockeykappe auf, ihre Lippen waren blass und ihre Wangen so eingefallen. Wir haben ihr ein Steiff-Kuschelpferd mitgebracht, ein braunes, mit Mähne und Schweif aus schwarzem Plüsch und mit einer breiten Blesse, es sah dem sehr ähnlich, das du früher hattest und auf das ich eifersüchtig war, weil ich nur eins mit weichen Beinen hatte, das nicht stehen konnte. Du hast mir damals gesagt, dass es Alisah besser ginge, und ich hatte mich nicht getraut zu fragen, ob man ihr das nicht auch ansehen müsste, und war insgeheim erleichtert gewesen, dass ich sie nicht besucht hatte, als es ihr noch nicht besser gegangen war. Dafür habe ich mich geschämt. Auf dem Nachhauseweg haben du und ich geweint, das weiß ich noch. Viele Nächte habe ich von Alisah und Pinguinen und haarlosen Köpfen geträumt. Dieser Sonntag aber war eigentlich ein schöner Tag, Alisah war aufgekratzt, freute sich über das Plüschpferd, das sie in einer Anfangsalbernheit Señoro Galoppo nannte, später aber in Misses Ed umtaufte, nachdem ich ihr von der Fernsehserie und dem Gastauftritt von Clint Eastwood darin erzählt hatte, wir haben sogar das Lied zusammen gesungen, obwohl sie die englischen Worte natürlich nicht gut kannte: A horse is a horse, of course, of course, and no one can talk to a horse, of course, that is, of course, unless the horse is the famous Mister Ed. Wir fuhren sie im Rollstuhl nach unten in die Cafeteria, wo Jochen auf uns wartete, aßen Wackelpudding aus kleinen durchsichtigen Gläschen und spielten ein Kartenspiel, das man sich dort ausleihen konnte. Als Alisah müde wurde, brachten wir sie nach oben in ihr Zimmer, Jochen verabschiedete sich unten von uns und sagte, dass er nachkommen würde.

– Du glaubst nicht, wie viel Energie es kostet, fuhr Mirjam fort, du machst dir keine Vorstellung, wie viel Kraft man aufbringt. Zusätzlich zu allem anderen. Diese Angst, diese unglaubliche Angst, und dann auch noch diese total bescheuerte Angst, dass einem … Gott bewahre … (sie machte eine spöttisch-theatralische Geste) etwas herausrutschen könnte. Ich verstehe bis heute nicht, und ich meine wirklich, dass ich es einfach nicht verstehe, ich zermartere mir das Hirn, schließlich habe ich Psychologie studiert, ich müsste wissen, wie solche Prozesse ablaufen, aber ich kapiere einfach nicht (fest tippte sie sich gegen die Stirn), warum ich ihm nicht einfach gesagt habe, dass er sich verdammt noch mal ins Knie ficken soll.

Noch nie hatte ich Mirjam so etwas sagen hören. Ich sah auf ihre Hand, ihre Finger hatten sich in den glatten Schlafsackstoff gekrallt.

– Wie bei Onkel Michael, murmelte ich. Der seinen Geburtstag nicht feiert, aber alle jedes Jahr am siebten September einlädt und auch eine Nichtgeburtstagstorte bekommt.

– Mit dieser Familie stimmt doch was nicht, oder?

– Vielleicht konnte er nicht darüber sprechen, weil es dann … ich weiß nicht, zu real geworden wäre.

– Und wenn er mein Patient wäre, hätte ich dafür bestimmt Verständnis. Dann würde ich genauer auf seine Familie gucken. Sein Großvater ist ja ein hohes Tier bei der SS gewesen. Aber darüber hat man natürlich nicht gesprochen. Stattdessen tut man so, als wäre der großzügige und charmante Opa Klaus einfach ein toller Typ gewesen, den man auf Familienfeiern hofiert hat und bei dem sich die Kinder wie blöd darum gestritten haben, wer auf seinem Schoß sitzen darf, und als wäre er nur zufällig ein widerlicher Sadist, der Tausende Juden in den Tod geschickt hat. Und ich habe an der Uni viel über vererbte Schuld und Traumata geforscht, die von einer Generation an die nächste weitergegeben werden, und diesen ganzen Psychokack. Und ich weiß natürlich, dass ich ihn dafür nicht verurteilen darf und dass ich selbst genauso Teil dessen bin, weil ich bei dem ganzen Theater mitgespielt habe. Aber weißt du was? Da scheiß ich drauf!

Weil Mirjam offenbar etwas tun musste, griff sie sich mit den Händen an den Hinterkopf, löste ihre Klammer, schüttelte ihre Haare kurz aus, schob die vorderen Strähnen zusammen und steckte sie wieder fest.

– Nächste Woche haben wir einen Nachsorgetermin, sagte Mirjam, sie sprach jetzt langsamer, leiser, und jedes Wort schien so anstrengend, als müsse sie es von irgendwo unten einzeln nach oben ziehen. Ihr Gesicht bekam einen erschöpften Ausdruck, der schon die ganze Zeit da gewesen sein musste, es konnte gar nicht anders sein, ich hatte es nur nicht gesehen.

– Wahrscheinlich ist alles gut, fuhr sie fort. Bei den letzten Untersuchungen waren alle sehr zufrieden, und die Abstände werden jetzt auch größer, weil eigentlich davon ausgegangen wird, dass sie geheilt ist. Alisah. Dass Alisah ganz gesund ist, sagte Mirjam, als müsste sie das für sich selbst wiederholen. Aber ich habe trotzdem Angst, egal wie oft ich mir das sage. Schon seit Wochen kann ich nicht aufhören, Schokolade in mich reinzustopfen. Ich esse sie nicht. Ich stopfe sie. Ich gehe nach unten in die Küche, in die Vorratskammer, ich mache das Licht nicht an und lasse die Tür einen Spalt auf, und dann hocke ich mich auf den Boden und esse packungsweise Schokolade. Ziemlich armselig, oder? Dabei habe ich Schokolade eigentlich nie gemocht, sagte sie. Ich musste von Chips die Finger lassen, weil ich sonst die ganze Tüte aufgegessen habe, aber jetzt esse ich noch, wenn mir längst schlecht ist. Ich kann nichts dagegen tun. Und natürlich muss ich Alisah gegenüber optimistisch und gelassen bleiben und so tun, als wäre alles gut und wir müssten uns keine Sorgen machen. Aber was ist, wenn sie doch was finden? Wenn alles von vorn anfängt? Das halte ich nicht aus. Die Angst, diese ständige Angst, die alles auffrisst. Ich ertrinke, Josi. Das ist keine Floskel. Ich fühle mich, als würde ich ertrinken.

– Alisah ist gesund, sagte ich, versuchte überzeugend, tröstend, zuversichtlich zu klingen, dabei hatte ich keine Ahnung, wie man überzeugend, tröstend, zuversichtlich war. Alles wird gut, fügte ich hinzu, und jedes Wort hörte sich an, als wäre es hohl.

– Was, wenn nicht?

– Du bist stark. Alisah ist stark. Selbst wenn sie nächste Woche etwas finden sollten, was sie nicht werden, beeilte ich mich zu sagen, werdet ihr auch damit fertig. Ihr habt es schon einmal geschafft.

– Aber da wusste ich nicht, dass ich da ganz allein durchmuss. Jetzt weiß ich es. Ich weiß, dass ich ganz allein bin. Dass ich niemanden habe, der mir hilft. Das macht alles schlimmer. Erst war mir nicht klar, was es ist. Ich dachte, ich wäre nur wütend, Josi, aber das ist es nicht. Es ist Hass. Richtiger Hass.

Es verging eine Weile, in der wir schweigend in Mirjams Worten saßen. Sie weinte. Ich hätte mitweinen können.

Irgendwann schob sie sich die Tränen aus dem Gesicht, rieb sich die Wangen trocken, blies Luft nach oben in Richtung ihrer Nase, schloss kurz die Augen. Mirjam schluckte, räusperte sich.

– Was ist zwischen euch passiert?, fragte sie in den Zeltraum.

– Was meinst du?, fragte ich zurück, um Zeit zu gewinnen.

Mirjam antwortete nicht. Das war Antwort genug.

– Nichts, sagte ich. Alles.

Es war ein weiterer Dienstag, diesmal im August, an dem Inken bei Maggie und Richard und Robin, der zwei Jahre zuvor geboren worden war, auszog.

Bis zu diesem Zeitpunkt waren aus der Schubserin und der Geschubsten vom Spielplatz beste Freundinnen geworden, auf diese besondere Art, wie kleine Kinder befreundet sein können und sich im einen Moment schrecklich streiten und im nächsten innig umarmen und ewige Treue schwören. Inken und Josephine wohnten nicht weit voneinander entfernt, getrennt durch die breite und viel befahrene Mülheimer Straße, die sie erst mit Schulbeginn – sie gingen in dieselbe Schule und in dieselbe Klasse, die 1C der Gemeinschaftsgrundschule Tonstraße – allein überqueren durften, wodurch ihre enge Freundschaft unabhängiger vom Leben ihrer Mütter wurde. Für Inken war Maggie so selbstverständlich ihre Mutter, Richard ihr Vater und Robin ihr Bruder, wie Elisa Josephines Mutter war. Sie hatten sich zur Einschulung die gleichen Tornister gewünscht, Pferdetornister von McNeal. Es war der Versuch, sich so ähnlich zu werden, wie sie sich fühlten, ihre unübersehbaren Unterschiede durch erarbeitete Ähnlichkeit zu kompensieren. Denn die eine war einen Kopf kleiner als die andere und sehr schlank, mit braunen, glänzenden Haaren, die andere größer, mit für ihr Alter breiten Schultern und einem roten Lockenkopf, den sie später fusselig nennen würde und der, zu einem überraschend dünnen Zopf geflochten, bei jedem Schritt mit seiner Spitze auf die Tornisterklappe tippte.

Es gab andere Zeiten, aber zu dieser Zeit war das Ähnlichsein wichtig.

Ursprünglich hatte Elisa vorgehabt, nur wenige Wochen, vielleicht ein paar Monate mit Josephine bei ihrer Mutter zu wohnen, daraus wurden Jahre, in denen Elisa schmerzhaft, verzweifelt und quälend um ihre Rolle im Leben ihrer Tochter rang. Mal genoss sie es, abends mit Josephine im Bett zu liegen, den Wuschelkopf unter ihrem Kinn, und aus den Kinderbüchern vorzulesen, die sie selbst früher gern gelesen hatte, streifte stundenlang mit ihr durch den Wald und besaß eine große Ausdauer, Käfer und andere Krabbeltiere zu betrachten, tanzte mit ihr wild zu Rock-'n'-Roll-Musik oder tobte auf den Knien mit ihr durch das Wohnzimmer, bis sie beide außer Atem waren, vor Lachen und Anstrengung. Immer wieder gab es jedoch Zeiten, in denen Elisa das Muttersein so wenig passte, dass sie es keine Sekunde länger aushielt, in denen sie sich aus der Enge herauskämpfen musste, um nicht zu ersticken, und in denen sie deshalb über einige wenige Gastauftritte nicht hinauskam.

Achim blieb im Leben seiner Tochter ein Schausteller, der seine Zelte nur selten im näheren familiären Umfeld aufschlug und noch viel seltener länger als einen Tag blieb. Dann jedoch war er der Star, um dessen Aufmerksamkeit Mutter und Tochter buhlten, Josephine unvoreingenommen und ohne Hemmungen, Elisa misstrauischer und mit der Versehrtheit tiefer Kränkungen. Elisa versuchte immer, ihm zu verzeihen, Josephine hatte das Gefühl, ihm nichts verzeihen zu müssen.

Wie selbstverständlich übernahm Josephines Oma den Alltag, sie brachte ihre Enkelin in den Kindergarten, holte sie ab, kochte das Essen, wusch die Wäsche und war dabei so liebevoll und herzlich, wie sie es als Mutter nie hatte sein können. Das war für Elisa eine Erleichterung, und sie rechnete es ihrer Mutter hoch an, gleichzeitig fühlte sie sich um deren Liebe, die nun so großzügig verteilt wurde, betrogen und konnte nichts dagegen tun, dass sie eifersüchtig auf die enge Oma-Enkelin-Beziehung war, weil ihr selbst nicht nur eine, sondern gleich zwei innige Mutter-Tochter-Bindungen vorenthalten blieben. Es war ein Zwiespalt, aus dem sie sich, wie aus den zahlreichen Zwiespälten ihres Lebens, nicht befreien konnte.

Noch bevor Josephine richtig schreiben gelernt hatte, schenkte Elisa ihr ein kleines Tagebuch, dunkelblau, mit einem silbernen Schloss und zwei Schlüsseln, weil sie als Kind selbst viel Tagebuch geschrieben und sich vorgestellt hatte, dass es ihrer Tochter ebenso viel bedeuten würde wie ihr. Anstatt den leeren Seiten ihre eigenen Gedanken einzuschreiben, wurde das Buch jedoch zu einem Ort, an dem Inken und Josephine ihre Gedanken teilten. Anfangs malten sie sich gegenseitig die schönsten Buchstaben, Inken hatte eine Vorliebe für das H, das G und das Z, Josephine mochte Os und Us und Ps, große, aufwendig verzierte Bögen und Striche oder kleine scharfe Haken und Kanten, später beklebten sie das Papier mit ihren Lieblingsstickern – Glitzersticker, Tiersticker mit weichem Fell, glänzende Blumensticker, dicke, weiche Micky-Maus-Sticker –, noch etwas später schrieben sie sich darin Briefe und geheime Nachrichten über Jungen, die sie toll fanden.

Es war das Erste, was sie taten, wenn sie sich nach dem Wochenende im Klassenzimmer nebeneinandersetzten. Eine von beiden kramte das Buch heraus, reichte es der anderen, und die ließ es schnellstmöglich in ihrem Ranzen verschwinden, um es zu Hause, wenn niemand zusehen konnte, mit dem Schlüssel zu öffnen. Schnell füllte sich das erste Buch, dann das zweite, dritte und vierte (Maggie, Richard und Elisa unterstützten den Schreibeifer ihrer Töchter, indem sie regelmäßig für Nachschub sorgten), sie alle wurden sorgsam aufbewahrt in einer Kiste unter Josephines Bett. In der achten Klasse vergaß Josephine eines der Bücher auf dem Küchentisch ihrer Ferienwohnung in der Nähe von Savona und bekniete Elisa so lange und tränenreich, dass sie noch hinter der Schweizer Grenze umdrehten und zurückfuhren, um es zu holen. Als Robin fünf Jahre alt war, versteckte er ein anderes Buch in seinem Schrank, gab es jedoch schnell wieder heraus, nachdem Inken und Josephine ihm unabhängig voneinander erhebliche körperliche Schmerzen angedroht hatten.

Nur ein Buch blieb unauffindbar. Es verschwand zum Ende des dritten Schuljahrs, wenige Wochen nachdem Inken zurückgekommen war, aus Josephines Tornister, die gleich ihre Mitschülerin Kati im Verdacht hatte. Beweisen konnte sie ihr nichts, wollte es ihr aber auch nie verzeihen, und die Tatsache, dass Inken es in der achten Klasse doch tat und sogar ein ganzes Jahr mit Kati befreundet war, wurde in der Freundschaftserzählung später ein wenig melodramatisch das dunkle Zeitalter genannt.

Als Inken und Josephine anfingen zu lesen, lasen sie sich

auf dem Nachhauseweg wechselseitig die Geschäftsnamen und Werbeplakate vor und waren stolz, wenn sie ein schwieriges fehlerfrei über die Lippen gebracht hatten. Josephine war diejenige von beiden, die von Beginn an eine sehr geübte und gute Leserin war und im schuleigenen Lesewettbewerb nur deshalb gegen die zwei Jahre ältere Esther verlor, weil sie vor Aufregung beim Vorlesen alle Atempausen vergaß. Dieser Vorsprung führte zum ersten echten Streit zwischen den Freundinnen, die eine Woche nicht miteinander redeten, nachdem Josephine Inken beim Vorlesen in der Klassenrunde ins Wort gefallen war und sie korrigiert hatte. Erst nachdem Josephine sich mit einem Brief, den sie Inken wie eine Rede vortrug, entschuldigt und Inken die Streittage genutzt hatte, um jeden Nachmittag laut lesen zu üben, war der Ärger vergessen.

Mit den ersten Leseerfahrungen wurden auch die verschiedenen Vorlieben sichtbar. Pferdebücher verschlangen sie beide und tauschten untereinander die Bände von *Reiterhof Dreililien*, *Britta*, *Pferdeheimat im Hochland* und *Die Ponytruppe* aus, aber während sie bei Enid Blyton, Astrid Lindgren und Erich Kästner noch einer Meinung waren, stürzte sich Inken Hals über Kopf in Tamora Pierces Abenteuer um *Dhana* und *Alanna* und in die Tolkien-Welten. Mit denen konnte Josephine wenig anfangen, denn ihre Heldinnen und Helden lebten in den Büchern von Michael Ende, vor allem *Momo* las sie mehr als zehn Mal, wofür Inken nicht mehr als ein uneindeutiges Schulterzucken übrig hatte. Dafür lieh sie Josephine die *Anne*-Bücher, *Matilda* und *Die rote Zora* und erhielt im Gegenzug *Sophies Welt* und später die Kurzgeschichten von Sylvia Plath und die Gedichte Ingeborg Bachmanns. Der große *Harry Potter*-

Hype ging an ihnen lange vorbei, bis sie alle ihre Muggellücken mit Anfang zwanzig auf einen Schlag auffüllten und sich erst in allen Bänden und einige Jahre später an einem einzigen Wochenende in der gesamten Filmreihe verloren.

Bei Hörspielen hatten Inken und Josephine denselben Geschmack. Sie blieben selbst im Erwachsenenalter große *Drei-Fragezeichen*-Fans, konnten mit Gabi von *TKKG* nichts anfangen, hörten die alten *Wendy*-Folgen und einige wenige der neuen, mochten *Bibi und Tina*, und wenn Inken bei Josephine übernachtete, brachte sie ihre Lieblingskassette über die *Wawuschels* mit, die sie hütete wie einen Schatz, und sie sagten an der richtigen Stelle gemeinsam: Feuer, Feuer, feurio. In Josephines Zimmer vor dem Rekorder auf dem Teppichboden hockend nahmen sie eigene Folgen auf, indem sie ganze *Wendy*-Hefte mit verteilten Rollen einsprachen oder Geschichten ablasen, die sich Josephine ausgedacht, fein säuberlich auf liniertes Papier geschrieben und abgeheftet hatte. Nicht selten entwickelten sie dabei einen solchen Ehrgeiz, dass sie mehrfach zurückspulten und neu aufnahmen, bis das Band ausleierte oder riss und der Kassette weder Bleistift noch Tesafilm helfen konnten.

Als Großstadtkinder, auch wenn Neudorf und Duissern eher wie Kleinstädte in der Großstadt wirkten, mussten Inken und Josephine schon früh lernen, wie man sich im Straßenverkehr zurechtfindet. Richards jüngerer Bruder war bei einem Autounfall ums Leben gekommen, der Richard noch Jahrzehnte später in seine Träume folgte und ihn weinend und schwitzend aufschrecken ließ, wenn der Kinderkörper (denn natürlich konnte Friedrich nicht altern und blieb für alle Zeit der kleine Junge) mit einem dumpfen Geräusch von dem Fahrzeug getroffen und wie eine Puppe durch die Luft geschleudert wurde. Richard erklärte sich deshalb eigenmächtig zum Wächter über die Verkehrssicherheit der Mädchen. Viele Stunden verbrachte er damit, mit ihnen durch die Straßen zu ziehen, ihnen jede Ecke genau zu erklären und das richtige Verhalten bei Kreuzungen mit Ampeln und Kreuzungen ohne Ampeln, bei Einbahnstraßen, ein- und ausparkenden Autos, Kranken- und Polizeiwagen, Fahrrädern, Mopeds, Hunden und Rollstühlen beizubringen. Auch die ersten Versuche beim Fahrradfahren und Rollschuhlaufen fielen in seinen Bereich, und am Ende stellte er den Freundinnen eigene kleine Führerscheine aus, die er handgeschrieben, aber professionell eingeschweißt hatte und die von Inken und Josephine stolz herumgezeigt wurden, wann immer sich die Gelegenheit bot. Am liebsten hätte Richard Inken, besonders, als sie noch kleiner war, auf jedem ihrer Wege begleitet und sie trotz diverser selbst ausgestellter Zertifikate von A nach B gebracht. Maggie redete auf ihn ein, dass er Inken nicht ständig beschützen könne, aber erst als Inken zu ihm kam, ihn mit großen, sehr erwachsenen Augen – so kam es ihm vor – ansah und ernst sagte, dass sie es jetzt allein schaffen würden und dass sie zu zweit wären und dass sich deshalb niemand um sie Sorgen machen müsse, sie passten ja aufeinander auf, ließ Richard die Mädchen schweren Herzens ziehen. Hin und wieder ertappte er sich dabei, dass er nach dem Autoschlüssel greifen wollte, um ihnen heimlich nachzufahren, und in weniger glanzvollen Momenten redete er sich ein, dass das keinen überfürsorglichen, sondern im Gegenteil einen fürsorglichen Vater aus ihm machte, aber er tat es nie und ließ Inken gehen.

Vielleicht hätte er anders entschieden, wenn nicht offensichtlich gewesen wäre, dass Inken recht hatte.

Josephine und sie passten aufeinander auf und schienen im Straßenverkehr die ideale Ergänzung: Inken, der Richards vielen Anstrengungen und Bemühungen zum Trotz stets eine leichte Rechts-links-Schwäche erhalten blieb und die unzählige Male durch dieselbe Straße laufen und sie dennoch nicht wiedererkennen konnte, war ein aufmerksames, konzentriertes Kind, und Josephine, die etwas zu verträumt und zu tollpatschig für die Tücken war, die zwischen geparkten Autos oder an Bordsteinkanten lauerten, und die noch dazu (Richard hatte erfolglos, jedoch nicht ohne Entschlossenheit versucht, ihr das abzugewöhnen) beim Laufen las, konnte sich auf fast wundersame Weise selbst an unbekannten Orten orientieren und verhinderte, dass sich die Mädchen bei ihren Ausflügen in die Stadtbibliothek oder zu Spielplätzen verliefen.

Als Inken auszog, um wieder bei ihrer Mutter Antonia zu wohnen, fuhr Josephine, so oft sie konnte und ihre Oma sie ließ, mit dem Bus nach Krefeld, um Inken zu besuchen, und jedes Mal, wenn Inken von ihrer Mutter weglief, fand sie zielsicher den Weg zurück zu Maggie, Richard und Robin.

Maggie und Richard hatten darum gebeten, dass Inken an jenem Dienstag nicht vom Jugendamt abgeholt wurde, sie wollten sie selbst mit dem Auto bringen, und nachdem Inkens Mutter dem zugestimmt hatte, fuhren sie an diesem Augustmorgen, bevor das dritte Schuljahr für Inken neben ihrer besten Freundin in der zweiten Reihe beginnen konnte, nach Krefeld. Inken und Josephine hatten sich am Abend zuvor voneinander verabschiedet, indem sie gemeinsam Inkens Sachen gepackt und überlegt hatten, was sie mitnehmen und was lieber hierlassen, was sie brauchen und was sie nicht brauchen würde. Sie sprachen nicht darüber, dass Inken Angst hatte, dass sie traurig war und verzweifelt. In den zurückliegenden Wochen hatte sie viel geweint, manchmal so, dass andere es sehen konnten, öfter dann, wenn sie allein war. Sie fühlte sich hilflos, weil sie nicht bei einer Mutter leben wollte, die sie nicht kannte, und das nicht sagen konnte, schließlich war es trotzdem ihre Mutter. Einmal fing sie stattdessen Streit mit Richard an, als der ihren roten Lieblingspullover nicht gewaschen hatte und nicht verstehen wollte, wie wichtig das war. Ein anderes Mal schrie sie Maggie wie aus dem Nichts an, weil sie Rosenkohl zum Mittagessen gekocht hatte, obwohl Inken schon tausendmal gesagt hatte, dass sie Rosenkohl hasste. Sie wollte mit Robin nicht mehr auf dem Sofa sitzen, ihm nicht mehr vorlesen oder nach dem Baden eins von den großen weichen Handtüchern um seine Schultern legen, was sie immer am liebsten gemacht hatte, weil sie sich dann wie eine richtige große Schwester fühlen konnte. Sie schimpfte auf ihr Fahrrad, das immer einen Platten hatte, auf ihre Wassermalfarben, die ständig ausgetrocknet waren, wenn sie damit malen wollte, auf ihren Turnbeutel, der ein Loch hatte, um das sich niemand kümmerte, und darauf, dass für sie nie der richtige Milchreis eingekauft wurde, der mit Schokoladensauce, weil Richard oder Maggie oder beide zusammen nur den Naturmilchreis aus der Dose holten, der nach gar nichts schmeckte. Auch gegen Josephine stichelte sie, weil die manchmal nicht hörte, was sie ihr erzählte, und dann nachfragte und sie alles doppelt erzählen musste, oder weil sie sich Sachen von ihr lieh und sie nicht zurückgab oder weil sie einfach nicht verstehen wollte, dass Brenda viel besser war als die arrogante und gemeine Kelly Taylor. Hin und wieder ärgerte sie ihre beste Freundin so sehr, dass die weinte, dann entschuldigte sie sich bei ihr, blieb aber weiter wütend.

Josephine dagegen verbrachte ihre Nachmittage am Küchentisch, um mit ihrer Mutter und ihrer Oma zu überlegen, welcher Weg von ihrem Haus zu Inkens neuer Wohnung am kürzesten war, wie lange sie mit dem Auto brauchen würde, wenn Elisa Zeit hatte, sie zu fahren, und wie lange mit dem Bus, wenn sie auf sich gestellt war oder nur ihre Großmutter sie bringen konnte. Jede Straße und Haltestelle wurde fein säuberlich notiert, es wurde genau ausgerechnet, wie teuer ein Ticket wäre und wie viele Minuten und Stunden es dauern würde, wenn Elisa sie zu Inken bringen, wieder nach Hause fahren und sie später wieder abholen würde. Josephine trug diese Informationen in ihr geheimes Buch ein, klebte Preislisten und Abfahrpläne dazu und reichte an diesem Abend alles weinend an Inken weiter, weil sie Angst hatte, dass es nicht reichen würde.

Viel länger als sonst durfte Josephine bleiben, aber als Inken und sie erst nach Mitternacht in ihren Betten lagen, schlief keine von ihnen.

Der Dienstag, an dem Inken schon wach war, bevor Maggie zu ihr ins Zimmer kam, nicht um ihr zu sagen, dass es Zeit sei aufzustehen, sondern um sich zu ihr zu legen, so wie wenige Augenblicke später auch Richard kam (und so lagen dann zwei Erwachsene und ein achtjähriges Mädchen dicht gedrängt in einem Kinderbett, bis sie so spät dran waren, dass sie sich beeilen mussten, um rechtzeitig losfahren zu können), war kein regnerischer, grauer deutscher Sommertag, sondern warm und sonnig und schön, aber alle erinnerten sich später an diesen Tag als einen scheußlichen Vorherbsttag, weil wir die Bilder in unserer Erinnerung umstreichen können. Nachdem sie gemeinsam gefrühstückt hatten, trug Richard Inkens zwei Taschen nach draußen zum Auto, während Maggie versuchte, die passenden Worte zu finden, mit denen Inken von ihrem Zimmer, das immer ihr Zimmer bleiben würde, von Hund Mücke, den sie jederzeit besuchen konnte, und von ihrem Fahrrad, das doch nicht das schlechteste Fahrrad der Welt war und das sie natürlich auch mitnehmen konnte, wenn sie wollte, zu verabschieden, ohne zu sehr in Tränen auszubrechen. Schließlich saßen sie alle vier, Inken, Maggie, Richard und Robin, im Auto, als würden sie zu einem Ausflug aufbrechen oder in den Urlaub fahren, doch es fehlte die aufgeregte Urlaubsvorfreude, die nach zwei Stunden Stau für gewöhnlich in aufgeregten Urlaubsärger kippte. Auf dem Weg Richtung Autobahn fuhren sie einen kleinen Umweg, damit Josephine und Elisa, die am Straßenrand gewartet hatten, ihnen winken konnten.

Die Fahrt verlief still. Inken bemühte sich, Robin zu unterhalten, Maggie schimpfte leise über Leute, die nicht blinkten oder sich vordrängelten, Richard suchte die ganze Zeit im Handschuhfach nach einer bestimmten Kassette, an die Inken sich hätte zurückerinnern können, die den Weg erträglicher und alles besser gemacht hätte, konnte sie aber bis zur Ankunft nicht finden, erst auf dem Rückweg, und ließ sie dann die gesamte Fahrt nicht mehr los.

Inkens leibliche Mutter hieß Antonia und wohnte in einem Acht-Parteien-Wohnhaus an einem Park. Der Flur war dunkel, aber sauber, die Stufen aus Stein. Die Wände waren dünn, und man hörte Fernsehgeräusche und Kindergeschrei. Antonia wartete bereits vor der Tür, blickte ihnen entgegen, als Maggie, Richard, Inken und Robin die Treppe heraufkamen, eine Hand am Geländer, als hätte sie Angst umzufallen. Sie war eine Flatterbandfrau, die sich durch ihre kleine Zweizimmerwohnung bewegte, als würde sie von einem unmerklichen Luftzug von einer Ecke zur anderen getrieben. Ihre Hände waren zwei aufgeregte Vögel, die sie wieder und wieder erfolglos versuchte einzufangen und in ihre Hosentaschen zu sperren, bis sie ihr erneut ausbüxten und erschrocken aufflatterten. Ihr Kopf erinnerte Inken an Brutus, den Wackeldackel, den Elisa vorn auf ihr Armaturenbrett geklebt hatte und dem sie zur Begrüßung gern auf die Stirn tippte, was ihn immer vollkommen aus der Fassung brachte. Bis auf eine unbeholfene Umarmung zu Anfang in der Küche wagte Inken bei Antonia keine Berührung. Sie wollte niemanden erschrecken. Antonias Lächeln war ein unablässiges Auf und Ab und sah nach Arbeit aus, an der sich jeder Teil des Gesichts beteiligen musste, sogar die Schultern hoben sich, wenn die Mundwinkel für einige Momente nach oben flitzten. Unbeholfen wies sie Inken den Weg in die Wohnung, wollte ihr hinterher, blieb erschrocken stehen, ließ Maggie mit Robin und Richard mit den Taschen vor, und als sie ihnen folgte, wirkte sie für einige Sekunden, als müsse sie weinen.

Die Frau vom Jugendamt, die nicht mehr Frau Wöllner hieß, wartete bereits in der Küche, einem quadratischen Raum, dem man hartnäckiges Bemühen trotz widriger Umstände ansah. Die Möbel waren verwohnt, einige Schubladen schief, Schranktüren verzogen, aber alles war mit einer Entschlossenheit geputzt, dass es sich zu einem halbherzigen Glänzen herabgelassen hatte. Über dem Küchentisch mit seinen schicklich überkreuzten Metallfüßen lag eine rote Wolldecke. Auf der verkratzten Kunststoffarbeitsplatte standen fast neue Elektrogeräte, ein Wasserkocher, eine Kaffeemaschine, ein Toaster, eine Mikrowelle, einfache Modelle mit Plastikverkleidung. Ein braun-schwarzer Abdruck neben dem Herd warnte, dass heiße Töpfe nicht ohne Untersetzer auf Kunststoff abgestellt werden sollten.

Das Zimmer war für die sechs Menschen, die darin zum ersten und wahrscheinlich letzten Mal Platz finden mussten, zu eng. Antonia blieb im Türrahmen stehen. Maggie und Richard reihten sich mit dem Rücken zur Kochzeile auf, die Frau vom Jugendamt saß am Tisch, Akten auf den Knien, Inken stand im Küchenniemandsland und fühlte sich wie Robbie, das Robbenbaby, das auf seiner Eisscholle mutterseelenallein auf den offenen Ozean hinaustreibt, obwohl sie genau genommen sogar zwei Mütter hatte.

Alle waren bemüht.

Die Frau vom Jugendamt versuchte, freundliche Worte zu finden und die Spannung zu lösen und gleichzeitig das übliche formelle Vorgehen zu beachten, Maggie und Richard wollten alles schön und gemütlich finden und Inken sagen, wie gut alles werden würde, Inken tat zumindest so, als würde sie ihnen glauben, und Antonia strengte sich an, nicht auszusehen, als könne sie es kaum erwarten, dass endlich alle wieder gingen. Nach einigen zaghaften Gesprächsfetzen zeigte Antonia ihnen erst das Wohnzimmer, in dem sie auf einem Schlafsofa schlief, und dann Inkens Zimmer, das rührend überfüllt war mit Kinderspielsachen für Zwei- bis Sechsjährige. Als Inken Richard leise fragte, ob ihre Mutter wüsste, wie alt sie war, machte Antonia ein entschuldigendes Gesicht und erklärte in hastigen Worten, dass sie in den vergangenen Jahren immer wieder Spielzeug für sie gekauft hätte, das sie ihr nie habe geben können, denn diese Sache hätte nicht so lange dauern sollen, ganz anders sei es geplant gewesen, sie hoffe deshalb nun, sie könnte ihr alles auf einmal schenken. Gerne könnten sie natürlich aussuchen, was ihr gefiel, und den Rest wegtun.

Ist schon gut, hatte Inken darauf geantwortet, und Richard hatte ihr zugelächelt.

Inken sprach nicht viel über die Zeit, die an diesem Dienstag begann. Wenn Maggie oder Richard oder Josephine sie fragten, wie es ihr gehe, sagte sie, gut, und wenn weiter nachgebohrt wurde, erzählte sie, was Antonia und sie zusammen unternommen hätten. Doch mit den Wochen begannen sich die Geschichten zu wiederholen.

Im Gut- oder Schlechtgehen zeigte sich einer der größten Unterschiede zwischen Inken und Josephine, obwohl sie damit dasselbe erreichen wollten. Denn während sich Inken angewöhnte, so zu tun, als wäre immer alles gut, damit sie nicht zu unbequem war, nicht zu kompliziert und zu nervig und damit man sie nicht verließ, weil sie zu unbequem, zu kompliziert und zu nervig war, perfektionierte ihre Freundin die Strategie des Schlechtgehens, weil sie gelernt hatte, dass ihre Mutter immer dann, wenn sie krank war oder traurig oder ängstlich, bei ihr blieb.

Irgendwann, als Inken schon einige Monate bei Antonia wohnte, fing sie an, plötzlich bei Maggie und Richard aufzutauchen, ohne zu klingeln, sie war einfach da und saß am Küchentisch oder in ihrem Zimmer. Dann holte sie Josephine von der Schule ab, und die beiden gingen zusammen nach Hause wie früher, obwohl beide wussten, dass es nur für eine von ihnen der Nachhauseweg und nichts wie früher war.

Und dann kam der Tag, an dem Inken blieb.

Josephine traute sich nie zu fragen, wieso.

Ein roter Pullover, weinrot, ein Kinderpullover der Achtziger, die Wolle weich, aber längst fusselig, mit feinen Fäden, die sich einrollen wie Schweineschwänzchen, in der Mitte der Wollwiese sitzt ein Eichhörnchen mit braunem Fell und Pinselohren, eine eingestrickte Nuss in den Händen. Eigentlich gehört der weiße Kragen, in Wellen ausgeschnitten, nicht dazu, man bindet ihn im Nacken mit einer Schleife, er verrutscht leicht und sitzt immer etwas schief, aber sie hat es nie anders getragen, für sie gehört es so. Von all ihren Pullovern hatte sie diesen am liebsten.

1993

Es war ihr Zimmer. Und es war es nicht.

Josephine erkannte Bilder wieder, Inkens Stoffpferd Hotte, die kleine Spieluhr, die sie mit Elisa für Inkens sechsten Geburtstag ausgesucht hatte, einige von Inkens Lieblingsbüchern, sorgfältig aufgereiht in einem Regal, dessen Fächer ansonsten leer waren, Inkens bunt karierte Wolldecke, die ihre Oma für sie gestrickt hatte und aus der Josephine und Inken zu Hause, Josephine konnte nicht anders, als es so zu denken, so viele Male ein Zelt gebaut hatten, um Geheimnisse und Geschichten auszutauschen und sich darin, mitten im Wohnzimmer, vor der Welt zu verstecken. Aber Hotte saß auf einem Bett, das nicht Inkens Bett war, vor den Fenstern hingen Gardinen, die nicht Inkens Gardinen waren, und die Decke lag über einem Stuhl, der nicht Inkens Stuhl war. Der Raum wirkte für Josephine, als wären die Teile von zwei verschiedenen Puzzles durcheinandergeraten und man hätte trotzdem versucht, daraus ein Bild zu machen.

Josephine fühlte sich unwohl. Und konnte es nicht sagen.

Deshalb saß sie an einem gewöhnlichen Mittwochnachmittag neben Inken auf dem Kinderzimmerfußboden in Antonias Wohnung und tat, als wäre es nicht komisch. Wie an jedem anderen Tag hatte sie sich am Morgen von ihrer Mutter und ihrer Oma verabschiedet und auf den Weg zur Schule gemacht, war aber dem Schulweg nur so weit gefolgt, wie man sie vom Fenster aus hatte sehen können, und dann stattdessen zur nächsten Bushaltestelle gelaufen, um sich eine Fahrkarte nach Krefeld zu kaufen. Die ganze Zeit hatte sie mit dem Ticket in der Hand und Herzklopfen in der Brust auf ihrem Platz gesessen und Angst gehabt, die richtige Haltestelle zu verpassen.

– Du darfst nicht einfach schwänzen, sagte Inken jetzt, während sie gemeinsam eine Operation an einem großen Plüschbären durchführten, den Antonia ihr geschenkt hatte.

Drei Stunden hatte Josephine vor der Schule auf ihre beste Freundin gewartet, und seit Inken durch das Schultor gekommen war und sie gesehen, dann gelacht und sie umarmt hatte und sie beide die Straße zu Antonias Wohnung entlanggelaufen waren, nebeneinander, sich fest an den Händen haltend, fast ein bisschen wie früher, hatte

Josephine Inken angesehen, dass sie das sagen würde und sagen musste, weil Inken einfach so war. Aber mehr sagte sie nicht.

– Wie geht es allen?, fragte Inken dann.

– Gut.

– Allen?

– Ja.

– Guckst du nach Robin?

– Natürlich, sagte Josephine, etwas nebenher, weil sie in der wenigen Zeit mit ihrer besten Freundin nicht über Robin sprechen wollte und auch nicht über alle. Das war schon bei ihren ersten Besuchen so gewesen.

– Du musst auf ihn aufpassen, wenn ich jetzt weg bin.

– Du bist ja nicht weg. Du bist noch da.

– Du weißt, was ich meine.

Gerne hätte Josephine gesagt, dass sie es eigentlich nicht wusste.

– Was macht die Schule?

– Nichts.

– Josi!

– Was denn? Sie macht nichts. Sie ist die Schule. Was soll sie schon machen?

– Du musst mir die Dinge jetzt erzählen.

– Warum?

– Weil ich nicht mehr da bin. Und weil ich sie sonst nicht weiß.

– Das will ich nicht.

Sie hörte selbst, dass sie wie Robin klang, wenn der seinen Gemüsebrei nicht essen wollte.

– Aber es ist jetzt so.

– Willst du das denn, Inken?

– Das darfst du mich nicht fragen.

Josephine sah ihre beste Freundin an und wollte noch so viel sagen.

Schweigend verbanden die Mädchen das Stofftier, das seine Behandlung kommentarlos über sich ergehen ließ, als Josephine Geräusche aus dem Flur hörte, Schritte, die langsamer und leiser wurden, als würde die Person, zu der die Füße gehörten, vorsichtiger gehen, je näher sie kam. Einige Augenblicke lang war alles wieder still. Schließlich entfernten sich die Schritte, umgekehrt, erst leise, dann lauter.

– Das war Antonia, sagte Inken. Ihre Stimme klang seltsam neutral, aber sie flüsterte fast. Das macht sie öfter. Sie kommt zu meinem Zimmer, aber sie kommt nicht rein.

– Wieso nicht?

Darauf antwortete Inken nicht, sondern hob den Bären vom Boden auf und trug ihn zum Bett in der Ecke. Fürsorglich breitete sie ihre Wolldecke über dem verbundenen Plüschkörper aus. Josephine sah zu.

– Willst du eine Kassette anmachen?, fragte Inken und küsste den Bären auf den Kopf, entschlossen irgendwie.

Josephine nickte, auch ein bisschen, weil sie nicht wusste, was sie sonst tun sollte.

Es klopfte.

Dieses Mal hatte Josephine keine Schritte gehört. Und es klang auch nicht wie ein richtiges Klopfen, eher, als würden die Fingerknöchel auf das Türholz gedrückt, ohne Schwung, ein einzelner dumpfer Laut, der, das Gefühl ließ Josephine nicht los, kein Laut sein wollte.

– Ja, sagte Inken, dann, als sich nichts tat: Komm rein.

Die Tür wurde aufgeschoben, Antonias Gesicht erschien im Spalt.

– Kann ich reinkommen?, fragte sie, aber obwohl Inken nickte, tat sie es nicht, hielt weiter den Oberkörper vorgebeugt und die Füße hinter der Türschwelle, als wäre die Linie zwischen dem Teppichboden in Inkens Zimmer und den Flurfliesen eine Grenze, die sie ohne offiziellen Passierschein nicht überqueren durfte.

Sie lächelte, aber das schien anstrengend. Ihr Lächeln wackelte.

– Was wollt ihr zwei essen?

– Eis, sagte Josephine.

– Das ist kein Mittagessen, widersprach Inken, erst an ihre Freundin gewandt, dann, als wäre es so wichtig, dass es zweimal gesagt werden müsste, zu Antonia.

– Aber vielleicht zum Nachtisch, schlug Antonia vor, es klang beschwichtigend, aber Josephine wusste nicht, warum, und auch nicht, wen Antonia damit beschwichtigen wollte.

– Stampfkartoffeln, sagte Inken. Mit Spinat und Rührei.

– Okay. Antonia wartete. Als Inken schwieg, sagte sie noch einmal Okay und schloss leise hinter sich die Tür.

– Sollen wir ihr vielleicht helfen?, fragte Josephine.

– Das will sie nicht. Sie sagt, sie kümmert sich.

– Ich wünschte, ich dürfte immer entscheiden, was wir zu Hause essen. Das muss toll sein.

– Ja, antwortete Inken.

Mehr nicht.

Die Freundinnen hörten eine Weile Inkens neue *Wendy*-Kassette, die Richard ihr vor dem Umzug gekauft hatte, wie er ihr jede *Wendy*-Kassette gekauft hatte, von der ersten Folge an. Sie saßen auf dem Teppich, mit den Rücken gegen das Bettgestell, so eng beieinander, dass Inken einen Fuß über Josephines Bein geschlagen hatte und Josephine einen über Inkens. Irgendwann holte Antonia sie zum Essen. Weil der Küchentisch nur zwei Stühle hatte, trug Inken ihren Schreibtischstuhl in die Küche und stellte ihn zwischen sich und Antonia.

– Ich muss auch nicht mit euch essen, sagte Antonia. Wenn es blöd ist.

– Es ist nicht blöd, erwiderte Inken, und Josephine stimmte durch Kopfschütteln zu.

– Vielleicht wollt ihr Mädchen lieber unter euch sein. Das könnte ich verstehen. Es würde mir nichts ausmachen. Wirklich nicht. Antonias Worte holperten, wie ein ins Rollen geratener Leiterwagen auf losem Geröll. Wirklich nicht, wiederholte sie.

Und weil Josephine nicht wusste, welche Antwort Antonia hören wollte, sagte sie nichts.

– Natürlich isst du mit uns, entschied Inken.

Antonias Mundwinkel flogen nach oben, als hätte jemand die Schnur an einem Hampelmann gezogen.

Hastig drehte sie sich um, lud Kartoffeln und Rührei auf die drei Teller, sorgfältig darauf bedacht, beides voneinander zu trennen. Sie zog die Plastikschale näher, in der sie den Rahmspinat in der Mikrowelle aufgetaut hatte, rührte durch, noch mal, noch mal.

– Oder wollt ihr lieber im Wohnzimmer essen?, fragte sie. Da ist mehr Platz.

– Wir können nicht im Wohnzimmer essen, sagte Inken. Man isst in der Küche.

– Stimmt. Du hast recht. Das war eine doofe Idee.

Antonias Lächeln fiel in sich zusammen.

Als sie mit einem großen Löffel den Spinat verteilte, floss der in die Stampfkartoffeln und das Ei, sie konnte nichts dagegen tun, aber auch nicht aufhören, es zu versuchen. Der Metallrand des Löffels kratzte über die Porzellanoberfläche. Wieder und wieder und wieder. Antonia stand mit dem Rücken zu den beiden Mädchen, hielt das Gesicht abgewandt, die Schultern angestrengt nach oben gezogen.

– Sollen wir vielleicht helfen?, fragte Josephine.

– Nein, ich ... nein. Ich kann das schon. Das ist jetzt ... Das ist nicht so schön, sagte Antonia, als sie sich umdrehte, zwei Teller vor Inken und Josephine auf den Tisch stellte.

Wie ein Jenga-Turm. So kam Antonia Josephine vor. Wie ein Jenga-Turm, aus dem man unten schon zu viele Steine gezogen hatte, aus der Mitte, aus der Seite, links und rechts, und immer mussten neue obendrauf.

– Hätte ich gewusst, dass du kommst, hätte ich alles ganz anders gemacht, sagte Antonia zu Josephine.

– Entschuldigung.

– Nein, nein, du musst dich nicht entschuldigen. Gar nicht. Das wollte ich nicht sagen. Es ist schön, dass du da bist. Wir freuen uns, oder, Inken? Wir freuen uns sehr, dass du da bist. Dass du uns besuchst. Inken besuchst. Das finde ich ganz toll. Ich hätte nur ... Es ist alles nicht so schön. Ich hätte es gern schön gemacht.

Ordentlich legte Antonia Messer und Gabel neben die Teller, holte ihren eigenen, setzte sich dazu, nur vorn auf die Stuhlkante, als müsste sie gleich wieder los, als hätte sie eigentlich keine Zeit.

– Hattest du heute schulfrei?, fragte sie.

– Nein. Josephine warf Inken einen kurzen Blick zu. Ich habe geschwänzt.

Konzentriert hatte Antonia mit der Messerspitze Spinatfasern von den Kartoffeln weggeschoben, hielt jetzt inne.

– Das ist aber lieb von dir, sagte sie. Dass du extra die Schule schwänzt, um Inken zu besuchen. Das finde ich wirklich ganz toll von dir. Ich bin so froh, dass Inken eine so gute Freundin wie dich hat.

Einen Moment sah es aus, als wollte sie die Hand nach Josephine ausstrecken, doch die Berührung fiel irgendwo auf halber Strecke ins Meer.

– Früher hatte ich auch eine beste Freundin. Sie wohnte zwei Häuser weiter in einem Haus, das wie ein schläfriger Hund aussah.

– Wie kann denn ein Haus wie ein schläfriger Hund aussehen?, fragte Josephine.

– Kennt ihr das nicht? Wenn ein Haus in der Mitte eine Eingangstür hat, braun und nach oben abgerundet wie eine Hundenase, und links und rechts Fenster mit Jalousien, die immer halb geschlossen sind. Dann sieht es aus, als würde da ein Hund vor sich hin dösen.

Antonia hob leicht das Gesicht und senkte die Augenlider.

– Und beim Haus meiner Freundin gab es vorn, zur Straße hin, neben dem Tor, zwei kugelige Bäumchen.

– Wie Hundepfoten, sagte Josephine.

– Ja, genau. Wie Hundepfoten. Kennst du das?

– Ich glaube, so was habe ich schon mal gesehen.

– Ich nicht, sagte Inken.

– Vielleicht kann ich dir mal eins zeigen, wenn ich es sehe.

– Ja, vielleicht.

– Und wie hieß deine Freundin?, wollte Josephine wissen.

– Magdalena. Das war ihr Name. Ganz lange waren wir

unzertrennlich. Wir haben unsere Brote geteilt und sind überall zusammen hingegangen und haben uns Bänder ins Haar geflochten und konnten den Namen der anderen vorwärts und rückwärts buchstabieren.

– Das können wir auch. Oder, Inken?

– Was ist dann passiert?, fragte Inken anstelle einer Antwort. Du sagst, ganz lange. Was war dann? Wart ihr dann keine Freundinnen mehr?

– Nein.

– Warum nicht?

– Sie durfte nicht mehr meine Freundin sein. Antonias Gesicht veränderte sich, ihre Stimme auch.

– Wer hat das gesagt?

– Ihre Eltern. Sie durfte mich nicht mal mehr auf der Straße grüßen. Gar nichts mehr. (In einer flatterigen Geste fuhr sich Antonia mit der Hand über den Hals.) Wenn wir uns zufällig irgendwo gesehen haben, dann hat sie so getan, als würde sie mich nicht kennen. Einfach so. Als wäre ich eine Fremde.

– Wieso?, fragte Josephine.

– Ich ... ich weiß nicht genau. Wegen meines Vaters. Weil er ... Wahrscheinlich deswegen.

– Was war mit deinem Vater?

– Er war einfach nicht immer ganz nett, denke ich.

– Und deine Mutter?

– Das schmeckt nicht so gut, oder?, fragte Antonia unvermittelt und deutete auf die Teller.

– Doch, widersprach Josephine sogleich, obwohl das Ei trocken, die gestampften Kartoffeln wässrig und der Spinat beinahe wieder kalt waren.

– Nein, es schmeckt nicht, oder?

– Es ist okay, erwiderte Inken, als Antonia sie ansah. Wie war deine Mutter?, wiederholte sie die Frage.

– Wollen wir lieber ein Eis essen gehen? Einen richtigen Eisbecher? Zur Feier des Tages? Weil wir Besuch haben? Weil wir uns freuen, dass wir Besuch haben?

Sie sprach mit so vielen Fragezeichen in der Stimme, dass Josephine nicht wusste, worauf sie antworten sollte oder ob überhaupt. Unsicher sah sie zu Inken und stellte fest, dass Antonia dasselbe tat.

– Ausnahmsweise?, fügte Antonia hinzu.

– Von mir aus, sagte Inken.

– Ihr dürft euch aussuchen, was ihr wollt. Ich lade euch ein. Ihr könnt die größten und teuersten Eisbecher nehmen. Ganz egal. Antonia lachte.

– Gibt es auch Pfefferminzeisbecher?, fragte Josephine, die sich von Antonias Aufregung anstecken ließ.

Inken nicht.

– Bestimmt, sagte Antonia. Und wenn nicht, gehen wir zu einer Eisdiele, die Pfefferminzeisbecher hat. Oder? Meint ihr nicht auch? Du bekommst deinen Pfefferminzeisbecher. Auf jeden Fall. Und was möchtest du, Inken? Nimmst du wieder ein Spaghettieis?

– Weiß ich noch nicht, antwortete Inken unbestimmt. Vielleicht nehme ich auch nur ein oder zwei Kugeln. Oder gar nichts.

– Warum nicht?

– Vielleicht will ich kein Eis. Vielleicht habe ich keinen Hunger.

– Oder ihr geht allein, schlug Antonia vor.

Ihre Hände waren vom Tisch verschwunden. Das Messer lag auf der Tischplatte, die Gabel war an den Teller gelehnt, ein bisschen so, als wären sie überstürzt zurückgelassen worden. Alles vom Ellbogen abwärts hielt sich bei Antonia irgendwo unten versteckt.

– Es ist für euch doch viel schöner, wenn ich nicht dabei bin.

Es gab in der Küche eine Wanduhr. Das fiel Josephine auf, weil sie zum ersten Mal das Ticken hörte. Sie wusste nicht, ob sie weiteressen sollte oder das Besteck ebenfalls ablegen. So hielt sie es in den Fingern, ohne etwas damit zu tun.

– Natürlich kommst du mit, sagte Inken. Wir gehen zusammen und essen riesengroße Eisbecher. Wir alle drei. Und es wird ganz toll.

– Willst du reinkommen?

– Nein.

– Kommst du rein?

Ich zucke die Schultern.

Als ich in seinen Flur trete, der eine Zeit lang euer Flur war, sich für mich aber immer wie sein Flur angefühlt hat, hinterlasse ich mit jedem Schritt matschige Abdrücke auf dem glänzenden Laminat, eine Spur, die mir bis in die Küche folgt, und als ich zurückblicke, zur Tür, zu den kleinen schmutzigen Pfützen, wie Stempel auf dem sauberen Boden, kann ich nichts dagegen tun, dass ich mich freue.

Ich hätte die Schuhsohlen abstreifen sollen. Er wird das wegwischen müssen.

– Ich hatte nicht vor zu kommen.

– Aber jetzt bist du da.

– Ja, antworte ich und zucke wieder die Schultern, weil ich das dringende Bedürfnis habe, so zu tun, als wäre ich zufällig vorbeigekommen, als wäre die Tatsache, dass ich jetzt in Tareqs Küche stehe, wütend und traurig, lediglich die Verkettung von unvorhersehbaren Umständen, die nichts zu bedeuten haben, schon gar nicht alles.

– Brauchst du irgendwas?, fragt er mit Blick auf mein Knie, dessen dünne Kruste ich in der vergangenen Nacht erneut aufgeknibbelt habe. Ein Pflaster? Irgendeine Salbe?

– Nein, erwidere ich, aber ich meine nicht Nein, ich meine, nicht von dir.

Verlegen steht Tareq in seiner eigenen Küche. Er hat sich leicht gegen die Arbeitsplatte gelehnt, die Hände in seinem Rücken, was vielleicht entspannt, vielleicht lässig aussehen soll, aber verkrampft wirkt. Er versucht es zu sehr. Das ist mir von Anfang an aufgefallen. Dieses kleine bisschen Zuviel in allem, was er tut.

Im Raum herrscht Chaos.

Überall stehen halb volle Kartons herum, auf den Stühlen, dem Tisch, den Fliesen, darin stapeln sich Bücher, Geschirr, Kleinkram, der jetzt in den Regalen und Schränken fehlt, die dadurch große Ähnlichkeiten mit den Zahnreihen einer Sechsjährigen haben. Auf den Fensterbänken sind kleinere Stapel aufgetürmt, Vasen und Kerzenständer zu Gruppen zusammengeschoben, die auf ihren Abmarschbefehl warten, über eine Lehne sind Kleidungsstücke in so vielen Schichten übereinandergelegt, Baumwolle über Fleece über Jeans über Leinen, Blau über Grün über Rosa über Braun, dass der Stuhl nur durch ineinander gestellte Töpfe auf der Sitzfläche nicht kippt. Es riecht nach frischer Wäsche, nach alter, muffiger Wäsche, nach Staub und Spülmittel und Terpentinersatz. In einen großen blauen Müllsack ist Bettwäsche gestopft, so entschlossen und nachdrücklich, dass das Plastik an einigen Stellen überdehnt ist und an Farbe verloren hat. Briefe, Papiere und Fotos bilden die verschiedenen Einzellagen eines Blätterteigs.

– Du hättest es nicht klauen müssen, sagt Tareq.

Es führt ein Trampelpfad zwischen dem Krempel hindurch bis zu ihm, den er an diesem Tag, vielleicht in den letzten Tagen, bereits mehrfach gegangen zu sein scheint. Ich trete einen Schritt zur Seite, sodass zwischen uns eine große braune Kiste mit Büchern steht und kein direkter Weg von ihm zu mir führt. Ich muss daran denken, wie wir uns das erste Mal begegnet sind, bei einem Richard-Serra-Symposium in der Situation Kunst, und er mir aufgefallen ist, weil ich seine Adidas-Retro-Turnschuhe mochte. Ich habe mir die gleichen später auch gekauft und trage sie noch, er hat sie sich in einer Neuauflage geholt, was mich an die Leute erinnerte, die sich den gleichen Hund ein weiteres Mal kaufen und ihn Bello zwei nennen. Wir sind danach ins Gespräch gekommen, noch einen Kaffee trinken gegangen, denn auch wenn das alle gern vergessen und ich selbst das auch manchmal tue, habe ich Tareq zuerst kennengelernt, bevor er dein Freund wurde.

– Was?, frage ich unwirsch zurück, auf diese feindselige Art. Anders kann ich mit Tareq nicht mehr reden.

– Du hättest das Zelt nicht klauen müssen. Er deutet auf meinen Rücken.

– Ich hab es nicht geklaut.

– Du hast unseren Keller aufgebrochen.

– Ich habe *deinen* Keller aufgebrochen, verbessere ich. Und das auch nur, weil du ein dämliches Schloss drangemacht hast. Inken hätte nie ein Schloss an ihren Keller gemacht.

– Es war Inkens Schloss.

– Das ist Schwachsinn. Der größte Schwachsinn überhaupt. Inken hätte das nie getan. Nie. Das weiß ich. Wir kennen uns seit unserem vierten Lebensjahr, wir haben acht Jahre zusammengewohnt und hatten nie ein Schloss an unserer Kellertür. Ich sollte also wohl am besten wissen …

– Wir haben doch schon festgestellt, dass es viel gibt, was du über Inken nicht weißt.

Sehr ruhig hat Tareq das gesagt, als müsste er die Stimme nicht erheben, wie ich es tue, weil seine Worte keine Meinung sind, sondern eine Feststellung, Fakt, die Wahrheit. Das habe ich immer an ihm gehasst. Er lässt sich auf Streit nicht ein. Er hat Streit nicht nötig. Wieder kribbelt diese Wut in mir, bis in meine Fingerspitzen spüre ich sie, sogar auf meiner Kopfhaut, in den Beinen. Ich hasse Tareq. Ich hasse ihn. Weil er ein Arschloch ist. Weil er ein selbstgefälliges Riesenarschloch ist.

Und weil er recht hat.

– Stimmt ja, gebe ich böse zurück. Das hatte ich fast vergessen. Du bist hier der Experte. Wenn es auf der Welt einen Inken-Experten gibt, dann bist du das. Aber das ist gut, weißt du? Das ist sehr gut. Dann ist ja auch ziemlich klar, wer dafür verantwortlich ist, dass sie jetzt tot ist.

Triumphierend sehe ich ihn an, zufrieden, dass ich solch einen Treffer gelandet habe, dass ich seinen Schlag nicht nur parieren, sondern ins Gegenteil verkehren und ihn mit einem Lucky Punch auf die Bretter schicken konnte. Ich lächele, ja, ich lächele sogar, und meine Wangen pulsieren, ich habe ein Rauschen in den Ohren, das so laut ist, dass ich darüber nichts anderes hören kann, doch je mehr es schließlich wieder abebbt, sich zurückzieht, desto deutlicher spüre ich, wie mir auch mein Lächeln verrutscht, als würde es aus meinen Mundwinkeln und von meinem Gesicht gleiten.

Tareq sagt nichts. Ihm ist auch nichts anzusehen. Weil ihm nie etwas anzusehen ist. Die Unbewegtheit seiner Mimik könnte man ihm als Gleichgültigkeit auslegen, wenn man das wollte. Und ich will.

– Möchtest du noch was von den Sachen haben?, fragt er mich nach einer Weile, in der mir sehr bewusst ist, dass er mich mustert.

In einer knappen Bewegung deutet er auf all die Gegenstände, die die Küche bevölkern, einige bereits sorgfältig verpackt, andere noch in Warteposition, wohin es für sie gehen wird, ehe seine Hand wieder hinter seinem Rücken verschwindet. Mein Blick fällt auf einen großen grünen Plastikwäschekorb, in dem deine leeren Pullover und Hosen liegen, flach und glatt, als hätte dich jemand aus deinen Kleidern geschüttelt. Ich erkenne deine Bluse mit den roten Elefanten, die du in Paris gekauft hast, das petrolfarbene T-Shirt, das du bei deinem ersten Vorstellungsgespräch zu der schicken schwarzen Stoffhose getragen hast, den weiten dunkelblauen Leinenrock mit der Stickerei am Bund, den du in unseren Portugalurlaub mitnehmen wolltest und dann auf dem Bett vergessen und dich so lange darüber geärgert hast, bis ich dir einen anderen, allerdings weniger schönen aus einem kleinen Laden in der Nähe des Strandes mitgebracht habe. Ich muss mich gegen den Gedanken wehren, dass alles, was von dir übrig geblieben ist, sich jetzt dort unten in dem Wäschekorb befindet, sorgfältig gebügelt und ordentlich zusammengelegt, um anschließend in Kisten verstaut und weggeräumt zu werden.

– So einfach, ja?, sage ich.

– Nein, Josephine. Nicht so einfach. Aber Ende des Monats muss ich hier raus sein. Also …

– Ich will gar nichts von dir.

– Es wäre ja auch nicht von mir, sondern von ihr.

– Aber das will ich auch nicht. Sie hätte nie bei dir einziehen dürfen. Ich hätte dich nie zu dem verdammten Konzert einladen und euch vorstellen sollen. Du hättest ihr nie diesen Scheißfloh von wegen Baby ins Ohr setzen dürfen. Dann wäre das alles nicht passiert. Dann wäre alles gut. Dann wäre Inken noch am Leben und wir würden als alte Frauen auf unserem Balkon sitzen und Rommé spielen und Pralinen essen und Wein trinken, wie wir uns das versprochen haben. Ich hasse dich! Weißt du eigentlich, wie sehr ich dich hasse?

– Ist mir egal, erwidert Tareq, obwohl er nicht wirkt, als würde er glauben, was er sagt.

Zumindest das kann ich noch erkennen. Er verlagert das Gewicht, schluckt.

– Und mir ist auch egal, ob du mich für alles verantwortlich machst. Wenn dir das hilft, von mir aus.

Sehr langsam schiebt Tareq seine Hände vorn in die Hosentaschen, mustert mich.

– Ich kann dir nur das sagen, was ich beim letzten Mal auch gesagt habe: Wenn ihr so gut befreundet gewesen seid, wie du glaubst, warum wusstest du das dann alles nicht? Hm? Warum hat sie dir das alles nicht gesagt? Warum denkst du nicht darüber mal nach, Josephine? Warum hattest du von all dem keine Ahnung?

– Glaubst du, das tue ich nicht? Jeden Tag! Meine Stimme zersplittert. Jeden verdammten Tag. Ich dachte, wir hätten keine Geheimnisse. Ich dachte, wir würden uns alles erzählen.

– Offenbar nicht, sagt er auf seine selbstgefällige Tareq-Art.

Aus zusammengekniffenen Augen sehe ich ihn an. Zum ersten Mal stelle ich mir vor, einen Menschen zu schlagen, ihn, mit der Faust mitten ins Gesicht.

– Tu nicht so, als hättest du sie besser gekannt als ich, sage ich. Ich hab mein gesamtes Leben mit ihr verbracht. Und wie lange kanntest du sie? Ein paar Jahre. Das ist gar nichts.

– Sie wollte mit mir eine Familie gründen. Das ist nicht nichts.

– Sie *war* meine Familie, schreie ich zurück. Und ich war ihre. Nichts konnte daran etwas ändern. Du hast keine Ahnung, wer sie wirklich war. Sie hätte die Tabletten nie absetzen dürfen.

– Denkst du, das weiß ich nicht?

– Sie hat das nur für dich getan. Weil du unbedingt ein Baby wolltest. Weil du sie unter Druck gesetzt hast.

– Das ist nicht wahr.

– Sie war noch nicht so weit. Oder überhaupt. Du wusstest nichts über ihre Depressionen. Du warst nicht dabei. Ich schon. Immer. Du wusstest nichts über ihre Eltern, ihre Mutter, ihre Kindheit, was damals alles passiert ist.

– Aber du? Wusstest du, dass sie wieder aufgehört hat zu essen? Nein, wusstest du nicht. Oder wie schlecht es ihr nach eurem Streit ging, weil du nicht mehr richtig mit ihr gesprochen hast? Wie ein Kleinkind hast du dich benommen.

– Sie konnte dich am Anfang nicht mal leiden. Sie fand dich überheblich und arrogant und ekelhaft borniert. Und den Sex mit dir fand sie schrecklich. Du hast dich wie ein Teenie angestellt.

– Und von dir war sie total genervt. Von deiner ständigen Josephine-Show, dem großen Drama. Alles muss sich um dich drehen. Auch jetzt wieder. Du bist nicht die Einzige, die sie verloren hat. Hast du daran mal gedacht? Daran, wie es ihren Eltern geht oder Robin? Bist du jemals auf die Idee gekommen, ihnen beizustehen? Aber nein, natürlich nicht. Natürlich müssen sich stattdessen alle um Josephine sorgen, die mit dem Rucksack durch die Gegend zieht wie auf einem armseligen Selbstfindungstrip.

– Dann frag du dich mal, warum sie sich offenbar nie getraut hat, dir zu sagen, dass sie kein Baby mit dir will.

– Und warum hatte sie Angst, dir zu sagen, dass sie eins will?

– Sie hat als Kind nur schlafen können, wenn ihr Plüschhund Wolfsblut an ihrem Fußende gesessen und sie bewacht hat.

– Das war *dein* Plüschhund. Sie hat es mir erzählt. Vielleicht solltest du dich wenigstens richtig erinnern.

– In der sechsten Klasse hat sie in Mathe geschummelt.

– Glaubst du, das wüsste ich nicht? Sie hat es mir gesagt. Aber weißt du, dass sie von Lars damals belästigt wurde, nachdem sie sich von ihm getrennt hat?

– Ja, stell dir vor. Ich hab ihn mit einem Besenstiel bedroht. Ich war dabei. Und du? Ach nein, warte, da kannte sie dich ja noch gar nicht.

– Dann überleg du mal, wer letztes Jahr den Strom nachgezahlt hat.

– Wir mussten letztes Jahr keinen Strom nachzahlen.

– Das denkst du. Weil du immer noch wie ein kleines Kind bist, Josephine. Weil sich immer andere um deinen Scheiß kümmern müssen.

Wir starren uns an, über das Küchenchaos hinweg, und ich kann nicht atmen, nicht denken, nichts fühlen. Meine Fingerspitzen berühren sich. Wieder und wieder. Es hilft nicht. Gar nichts hilft.

– Wie ist das passiert? Wie ist das alles gekommen?, höre ich mich flüstern. Ich stehe nackt vor ihm. So fühlt es sich an. Als wäre meine Wut etwas Festes, Hartes, Schweres, vielleicht Steinernes gewesen, das mich eingesperrt und beschützt hat. Jetzt ist sie weg. Und ich komme mir sehr einsam vor.

Tareq schweigt, sieht mich auch nicht an, sondern so gerade nach vorn, als wäre sein Blick durch den Raum gespannt.

– Kann ich dich was fragen?, sagt er irgendwann.

– Wenn's sein muss, gebe ich zurück, weil ich trotzdem nicht anders kann.

– Warum mochtest du mich plötzlich nicht mehr?

– So war das nicht.

– Und wie war's dann?

– Weiß ich auch nicht. Kompliziert. Vielleicht mochte ich einfach nicht, wie sie mit dir war, sage ich.

– Wie war sie denn mit mir?

– Trauriger. Und glücklicher.

Wir schweigen beide, und die Stille zwischen uns fühlt sich wie etwas an, mit dem man andere Dinge zudeckt.

– Ich sollte jetzt gehen, sage ich nach einer sehr langen Weile.

– Ja, sagt Tareq.

Als ich mich umdrehe, mit meinem schweren Rucksack, und die Küche verlasse, höre ich, dass Tareq mir folgt. Natürlich. Er kapiert nicht, wann man einen anderen Menschen allein lässt, damit er ohne ein weiteres Wort die Wohnung verlassen und unbeobachtet weinen und sich in Ruhe jede einzelne Wimper ausreißen kann. Ich bleibe an der Tür stehen, einen Moment, spüre Tareq hinter mir, er sagt nichts, ich sage nichts, drehe mich zu ihm um, sehe ihn an, er sieht mich an, wir küssen uns.

An diesem Abend schlafe ich mit Tareq, weil ich ihn hasse, weil ich dich hasse, weil ich ihn nie wiedersehen will, weil ich dich nie wiedersehen werde.

Als ich im Dunkeln aus eurer Wohnung schleiche, nehme ich deinen Kinderpullover mit, den roten, mit dem Eichhörnchen, der auf einer der Stuhllehnen in der Küche liegt. Ich weiß, dass es kein Stehlen ist, er hat es mir angeboten, aber ich möchte glauben, dass ich ihm etwas weggenommen habe.

– Einundzwanzig, zweiundzwanzig, dreiundzwanzig, vierundzwanzig.

Ein Donnern zerschmettert die Luft, zerreißt das gleichmäßige Prasseln des Regens, Pause, kurz, sehr kurz, ein Luftholen, Einatmen, dann wieder das Geräusch der Tropfen auf der Zeltdecke über mir, sie werden vom Wind seitlich gegen den Stoff geschlagen, hart und heftig. Das Gewitter zieht auf mich zu. Seit einer halben Stunde, vielleicht seit einer Stunde, so genau weiß ich das nicht. Im Dunkeln wird die Zeit länger, Minuten wachsen, Sekunden ziehen sich wie Kaugummi. Erst war es ein Wassermurmeln, das mit jedem Meter, den es auf mich zukam, lauter wurde. Dann trafen erste Vorboten das Plastikdach über der Terrasse, den Steinboden, die Gießkanne aus Blech, die Schaukel und die Mülltonnen, schließlich erreichten sie mich, die Zeltdecke bewegte sich unter den ersten schweren Tropfen, es folgten weitere, der Stoff vibrierte unter ihrem Trommeln, der Lärm hatte sich fest um mich geschlossen, zu allen Seiten. Der erste Blitz hatte die Schwärze zerrissen, den Tag in die Nacht gezwungen, für einen winzigen Moment, der erste Donner, der sich Zeit gelassen hatte, war wie ein Schuss gewesen. Ich war in die Mitte gerückt, hatte dem Gewitter zugehört, höre ihm immer noch zu. Es kommt näher.

Und die Angst steigt in mir auf wie Wasser.

Ich wünschte, es wäre schon da. So bin ich. Ich bin lieber mittendrin, ich kann nicht darauf warten, dem entgegenblicken, was kommt, und das Schlimmste fürchten. Weil die Furcht das Schlimmste ist.

Ich tippe Finger gegen Finger, Zeigefinger, Mittelfinger, Ringfinger, kleiner Finger.

Es hilft nicht gegen die Bilder.

Es ist meine Schuld. Vielleicht nicht nur. Aber vor allem. Weil wir Seelenverwandte waren. Sind. Du und ich. Weil uns nichts hätte trennen sollen. Weil ich dir hätte helfen müssen. Weil ich nichts getan habe. Weil ich angeblich nichts wusste. Weil ich dich im Stich gelassen habe, als du mich am meisten gebraucht hast. Weil ich immer wusste, dass wir noch als alte Frauen beste Freundinnen sein würden. Weil du mir von allen Menschen der sicherste warst. Weil ich für dich nicht sicher gewesen bin.

Ich halte es nicht aus!

Keine Sekunde.

Ohne dich halte ich es keine Sekunde länger aus.

Es gibt so viele Geschichten. Über dich. Über mich. Über dich und mich. Bei manchen war ich live dabei, andere habe ich aus erster Hand, viele habe ich dir erzählt, viele du mir, viele haben wir uns ausgedacht, bei einigen würde ich dich gern fragen, ob sie stimmen, bei anderen weiß ich nicht, wen ich fragen könnte und ob das überhaupt jemand sagen kann und ob ich das so genau wissen will. Ich taste nach meinem Rucksack, ziehe die Kordel auf, die Öffnung, krame den Block hervor, den Stift. Es ist zu dunkel, um zu schreiben, ich kann meine Worte nicht sehen.

Vielleicht kann ich nur so auf die Suche nach unserer Geschichte gehen.

– Ich finde das keine gute Idee, hat meine Mutter gesagt, als sie in meinem Zimmer stand und meinen Rucksack ansah wie etwas, für das man den Kampfmittelräumdienst rufen sollte.

– Ja.

– Ich weiß, was du durchmachst, aber ...

– Tust du nicht.

– Doch, ich denke schon. Sie war deine beste Freundin.

– Sie ist so viel mehr als das.

– Euch hat etwas sehr Besonderes verbunden, natürlich.

– Du hast echt keine Ahnung!

– Dir kommt es vielleicht so vor, als könnte niemand verstehen, wie du dich gerade fühlst. Ich will dir nur helfen, Josephine.

– Ach ja?

– Natürlich. Wie kannst du so was fragen? Ich bin doch deine ... Ich will ...

– Du kannst es nicht mal aussprechen.

– Was meinst du?

– Können wir es bitte einfach gut sein lassen?, habe ich

gefragt, obwohl ich die Antwort kannte. Ich kannte sie seit Wochen.

Sie war besorgt. Wahrscheinlich hatte sie sogar Angst. Um mich.

Das machte mich wütend. Wie mich alles wütend macht.

Sie weiß nicht, was aus mir werden soll. Ohne dich. Ich weiß es auch nicht.

– Es ist gefährlich, hat sie gesagt.

– Es ist nicht gefährlich, habe ich ihr widersprochen, obwohl ich mir nicht so sicher war und mir nicht so sicher bin.

Ich bin ein Sicherheitsfreak.

Du weißt das.

Und ich weiß das.

– Vielleicht brauchst du Urlaub. Mach doch Urlaub. Ich würde dir ...

– Hör auf damit, Elisa!, habe ich meine Mutter angefahren, mit vor Wut zitternden Worten. Hör auf, so zu tun, als wärst du eine Mutter.

– Ich mach mir doch nur Sorgen um dich, hat Elisa gesagt.

– Lass es.

– Kann ich nicht. Sie hat das sehr leise gesagt, den Kopf dabei gesenkt, auf den gebratenen Reis vor sich in der Pappschachtel geblickt. Wir hatten uns nicht die Mühe gemacht, das Essen auf Teller zu verteilen.

Ich sah zu, wie sie wieder und wieder erfolglos versuchte, den Reis mit den Stäbchen aufzunehmen, unbeholfen bewegte sie ihre Finger, ließ das Holz zuschnappen, doch die Enden glitten aneinander vorbei, und die Körner fielen zurück in die Verpackung, sie versuchte es weiter. Meine Mutter mochte kein chinesisches Essen. Vielleicht hatte ich ihr deshalb gesagt, sie solle welches mitbringen. Sie konnte auch nicht mit Essstäbchen umgehen. Vielleicht hatte ich ihr deshalb keine Gabel angeboten.

Ich hatte lange überlegt, ob ich es ihr sagen sollte. Ich hatte es niemandem gesagt. Nur dir hätte ich davon erzählt, aber wenn ich dir davon hätte erzählen können, hätte ich gar nicht gehen müssen. Ich konnte es meiner Mutter nicht nicht sagen. Trotz allem. Sie war meine Mutter, auch wenn wir uns beide manchmal gewünscht hatten, sie wäre es nicht.

Ich war aufgestanden und hatte ihr eine Gabel geholt.

– Danke, hat meine Mutter gesagt und mich angelächelt.

Ich habe die Schultern gezuckt.

– Ich hab mit deinem Vater gesprochen.

– Ich weiß. Er hat es mir gesagt. Du musst wirklich aufhören, ihn anzurufen. Er hat jetzt eine Familie.

– Wir sind auch seine Familie.

– Nicht wirklich.

– Warum nimmst du ihm das nicht übel?

– Warum machst du es?

– Weil es sonst nur mir übel genommen würde.

– Das ergibt keinen Sinn.

– Doch, das tut es. Es sah vielleicht nicht immer so aus, hat meine Mutter gesagt, aber ich hab mich bemüht, weißt du?

Weil ich nicht gleich geantwortet habe, wiederholte sie: Ich hab mich wirklich bemüht.

– Ich weiß.

– Aber manchmal reicht das einfach nicht.

Ich habe nichts gesagt.

Weil es nicht nur ihre Worte waren.

– Du nimmst doch dein Handy mit, oder?

– Ich werde nicht ständig erreichbar sein.

– Aber ich muss dich erreichen können.

– Warum?

– Weiß ich doch auch nicht, hat sie geantwortet und in einer hilflosen Geste die Arme gehoben. Weil ich eben muss, Josephine! Weil ich muss.

Weinte sie? Meine Mutter hatte die Augen wieder auf die Gabel gerichtet, sodass ich es nicht erkennen konnte.

– Mir wird nichts passieren, habe ich gemurmelt.

– Versprichst du es? Sie legte die Gabel ab, griff nach meinen Händen, hielt sie fest.

– Ja.

– Du musst es mir versprechen!

– Das tue ich doch.

Jetzt trete ich durch die Wohnungstür nach draußen, nur einen Schritt, so weit, dass die Tür nicht zufallen kann, weil mein Rucksack sie daran hindert. Es ist albern, dass ich so früh aufgestanden bin. Ich fahre nicht in den Urlaub. Mit Stau ist nicht zu rechnen. Es hätte nichts geändert, wenn ich ausgeschlafen und in Ruhe geduscht und gefrühstückt hätte und dann erst aufgebrochen wäre. Stattdessen habe ich den Wecker auf halb vier gestellt, habe im Halbdunkel meine Sachen angezogen, mich eilig gewaschen und mir die Zähne geputzt, habe meine Wasserflasche mit frischem kaltem Wasser befüllt, habe auf dem Sofa sitzend, den schweren Rucksack bereits auf dem Rücken, meine Turnschuhe angezogen – es ist eine blöde Angewohnheit, dass ich mir solche Sachen unnötig schwer machen muss, weil sie mir nur dann richtig vorkommen – und schließlich die Wohnung hinter mir abgeschlossen, zweimal nach rechts.

Die Schritte nach unten sind wacklig, ich habe es mir leichter vorgestellt, das Gewicht auf meinem Rücken auszubalancieren, ich muss mich mit einer Hand am Geländer und mit der anderen an der Flurwand abstützen, während ich mit den Schuhspitzen nach der nächsten Stufe angele.

Die Haustür fällt hinter mir zu, und ich weiß nicht, ob ich darüber weinen soll.

Der Tag ist ein fahles Licht, das die Dinge berührt. Für den Anfang hätte ich mir einen leichteren und höheren Himmel gewünscht. Das sich verflüchtigende Grau der Nacht fließt vor mir die Straße hinab, ich muss ihm nur folgen. Ich weiß nicht, was in den nächsten vier Wochen auf mich wartet. Ich weiß nicht einmal, ob es vier Wochen werden. Im Moment ist Zeit für mich eine unbestimmbare Größe.

Ich schlafe nicht.

Nachts können Minuten unerträglich werden. Sie türmen sich auf. Und dann blickt man nach oben und hat Angst, von ihnen erschlagen zu werden. Wenn es dunkel wird, ändern Wände ihre Positionen. Sie beginnen zu wandern. Sie gehen aufeinander zu. Bis sie sich erreicht haben und an den Händen halten können. Egal, ob ich zwischen ihnen sitze. Ohne Licht suchen Decken die Nähe des Bodens. Ich störe da nur.

Steif, ungelenk, unsicher komme ich mir vor, als ich die ersten Meter meines Weges zurücklege. Ich hätte die Turnschuhe enger schnüren müssen oder weniger eng, jedenfalls stimmt irgendwas nicht mit ihnen, sie scheuern oder drücken oder was auch immer. Ich kann nicht an der ersten Ecke anhalten. Der Rucksack ist viel zu schwer. Dabei habe ich nicht viel eingepackt. Anders als sonst. Vor jedem unserer Urlaube hast du dich darüber lustig gemacht. Du brauchst keine vier Paar Socken, wir fahren nach Portugal, nicht nach Sibirien, fünf Unterhosen reichen vollkommen, wir können zwischendurch waschen, und wenn nicht, geht davon die Welt nicht unter, kein Mensch braucht eine Kapuzenjacke und einen Pullover, lass eins von beidem zu Hause, und was willst du mit mehr als einer Hose zum Wechseln, ein bisschen Urlaubsmief gehört dazu, Abenteuer haben ihren Eigengeruch.

Ich frage mich, was du zu den Dingen gesagt hättest, die ich jetzt auf dem Rücken trage. Aber wenn ich dich fragen könnte, wäre ich nicht hier.

Ich denke an die zweiundsechzig Euro achtzig, die ich in meinem Portemonnaie habe. Keine Ahnung, ob ich damit auskommen werde, mehr habe ich nicht. Trotzdem habe ich den Kopf geschüttelt, als meine Mutter gestern mehr als einmal gefragt hat. Ich brauche alles, nur kein Geld. Reichen zweiundsechzig Euro achtzig zum Überleben?

Ich biege in die erste Straße ein und bin bereits außer Atem. Die Träger schneiden mir in die Schultern, ich laufe viel zu verspannt, ich muss lockerer gehen, wie soll ich lockerer gehen, wenn mir die Träger in die Schultern schneiden? Ich schwitze schon. Und bin langsam. Wenn ich in diesem Tempo weitergehe, komme ich nirgendwo an, und es ist mir vollkommen bewusst, dass ich nicht einmal weiß, wo ich ankommen will oder ob überhaupt. Genau darum geht es ja.

Vielleicht muss ich mir kleinere Ziele setzen.

Ich hatte vor, bis zur Mittagszeit in Essen zu sein, aber ich schaffe es kaum über die Stadtgrenze. Das ständige Ausgleichen der Kilos macht mich fertig, dadurch komme ich nicht in den richtigen Rhythmus, laufe, als würde ich vierhundert Meter über einem Abgrund balancieren. Ich schiebe die Hände unter die Trageriemen des Rucksacks, um den Druck zu lindern, dafür habe ich an der übernächsten Kreuzung Schmerzen in den Ellbogen und an der überübernächsten Krämpfe in den Fingern.

Was habe ich mir nur dabei gedacht?

Kleinere Ziele. Die nächste Tankstelle. Die kommt ewig nicht. Immer noch zu weit gedacht. Wer hätte auch wissen sollen, dass Mülheim so bergig ist? Du wahrscheinlich, weil du überall mit dem Fahrrad hingefahren bist. Im Auto merkt man davon nichts. Ich denke von Querstraße zu Querstraße, dann von Laterne zu Laterne, schließlich von Haustür zu Haustür. Irgendwas muss ich mir für mein T-Shirt überlegen, es rutscht hoch, verknuddelt sich, scheuert an meinem Rücken. An der nächsten Ampel versuche ich umständlich, es nach unten zu ziehen und in meinen Hosenbund zu stopfen, eine Ampel weiter ist alles beim Alten.

Warum bin ich vorher nicht wenigstens spazieren gegangen? Irgendwann mal. Wie konnte ich denken, dass dieses Herumlaufen das Richtige für mich wäre? Du, du bist gelaufen. Gerannt. Wovor rennst du weg?, habe ich dich manchmal gefragt und gelacht. Ich habe nicht verstanden, dass ich nicht hätte lachen sollen, sondern auf eine Antwort warten.

Bis auf meine Mutter weiß niemand, was ich vorhabe, und ihr könnte ich sagen, dass ich es mir anders überlegt hätte. Damit wäre sie zufrieden. Ich weiß, dass ich gestern ungerecht zu ihr war, und nicht nur gestern. Ich könnte zurückgehen, meine Tür aufschließen, meine Sachen aus dem Rucksack zurück in den Schrank legen und mich noch mal ins Bett. Niemand würde etwas erfahren. Es muss mir vor niemandem peinlich sein. Außer vielleicht vor mir selbst. Und dir.

Ich schaffe es zur nächsten Haustür.

2016

– Jetzt bleib doch mal stehen, sagst du hinter mir.

Natürlich bleibe ich nicht stehen. Aber unsere Wohnung ist klein. Es gibt nicht viele Orte, an denen ich sein kann. Du hast keine Schuhe an, läufst barfuß, weil du schon als Kind eine Barfußgängerin warst, immer und überall. Ich höre deine Füße hinter mir auf dem PVC, das wie Laminat aussehen soll, das wie Parkett aussehen soll. Ich will deine Füße nicht hören, deshalb werfe ich die Tür hinter mir zu, obwohl ich weiß, dass das auch nicht helfen wird. Vor verschlossenen Türen hast du keine Angst, du nicht.

Ich möchte einen Moment für mich sein, nur einen winzigen Augenblick, um zu denken, bisher habe ich nur reagiert, seit du mir das alles gesagt hast, hatte ich keine Zeit für einen einzigen Gedanken, oder um zu wissen, was ich eigentlich fühle, wütend bin ich, klar, verletzt, natürlich, und betrogen und alleingelassen, aber was noch, was liegt darunter, worum geht es eigentlich? Und was bedeuten deine Worte?

Ich müsste nachdenken.

Ich müsste mich an mein Fenster stellen, vor dem dieser große Baum steht, den wir mal als Bohnenranke bezeichnet haben wie in dem Märchen, ich weiß nicht mehr, wieso, und jetzt kommt mir das blöd vor, wie mir vieles, was mit uns zu tun hat, plötzlich blöd vorkommt. Ich müsste rausschauen auf die Blätter, die gelblich und rötlich und orange sind, so wie die Laubkissen, die unten auf der Straße liegen, auf den Autodächern, dem Papiermüll, ich müsste mich sammeln, ich müsste mich konzentrieren, ich müsste atmen, damit sich dieser Strudel in meinem Bauch beruhigen kann, ich müsste innehalten, ich müsste nachdenken, um zu verstehen, um irgendetwas zu verstehen.

Vielleicht wäre dann alles anders gekommen.

Aber du trittst hinter mir ins Zimmer, sehr schwungvoll für jemanden, der eigentlich schuld an allem ist, das macht mich sauer, treibt meinen Puls hoch und ruft dieses Zittern hervor, das mich erfasst, wenn ich eigentlich schreien möchte. Wie damals, als Kind, unter dem Küchentisch, da hat es mit dem Zittern angefangen. Dann stehst du da. Schwer atmend. Als wärst du weit gerannt. Und genauso kommst du mir vor. Ich sehe dich kaum noch. So weit bist du weg.

Du weinst.

Ich weine auch.

– Können wir bitte darüber reden?, fragst du.

Ich hätte gern Mitleid mit dir. Weil du sehr blass aussiehst, deine Augen sehr rot, deine Nase rotzverschmiert, wie die Ärmel deines Pullovers, weil du dünner bist als sonst und weil du meine beste Freundin bist, die Person, die mir am wichtigsten ist im Leben, weil du mich seit meinem vierten Lebensjahr kennst. Ich möchte fühlen, wie sehr ich dich liebe, wie viel du mir bedeutest, wie sehr du mir gefehlt hast, als du in der vierten Klasse Mumps hattest und ich dich nicht besuchen durfte oder als du mit Maggie und Richard und Robin in den Sommerferien drei Wochen in Griechenland warst oder mit dem Deutsch-LK in Florenz und ich unbedingt mit dir reden musste, weil ich Hassan auf den Mund geküsst hatte, obwohl ich eigentlich sicher gewesen war, dass ich ihn gar nicht mochte, oder als du einen Monat am Goethe-Institut in Paris warst und die Wohnung ohne dich größer als sechzig Quadratmeter schien oder in den Antonia-Monaten, den längsten Monaten meines Lebens. Ich möchte fühlen, wie sehr ich dich mag, weil du manchmal drei Hefte derselben *fiftyfifty*-Ausgabe kaufst, um keine Verkäuferin einer anderen vorzuziehen, weil du bei den M&Ms die bunten nimmst und für mich die braunen lässt, damit ich glauben kann, ich hätte weniger Farbstoff gegessen, weil du der festen Überzeugung bist, Bachblüten würden gegen alles helfen, und sie mir heimlich in den Tee mischst, wenn du meinst, ich bräuchte sie, weil du keinen Witz zu Ende erzählen kannst, ohne vor der Pointe so laut zu lachen, dass man nur deshalb lacht, weil du lachst, den Witz aber eigentlich nicht verstanden hat.

Aber das alles fühle ich nicht.

Ich fühle nur meinen Zorn auf dich. Er ist wie ein Schmerz. Das wundert mich nicht.

Weißt du eigentlich, wie nervig du bist? Und dass ich dich gerade gar nicht leiden kann? Nur das wiederholt mein Kopf.

– Es ist ja noch gar nichts entschieden. Du ziehst die Nase hoch, ein kratziges Geräusch, dunkel vom Schleim.

Ich verharre in einer komischen Position, ein bisschen gedreht, weil ich irgendwie mit dir sprechen will und weiß, dass ich mit dir sprechen sollte, und gleichzeitig aus dem Fenster sehen möchte, weil ich die Hoffnung aufs Nachdenken nicht aufgeben kann.

– Ich bin doch nicht blöd.

– Tareq hat es vorgeschlagen.

– Natürlich! Und dann packst du gleich deine Koffer? Hast du überhaupt keine eigene Meinung mehr? Seit ihr euch kennt, geht das so. Tareq sagt dies. Tareq möchte das. Ich hätte nie gedacht, dass du mal eine von diesen Frauen werden würdest.

– Das nennt man Kompromisse.

– Das nennt man Selbstaufgabe, Inken. Und früher hätten wir über Frauen wie dich gelacht.

– Du bist so ein Arschloch. Wohin gehst du? Wohin gehst du jetzt schon wieder?

– Ins Badezimmer, antworte ich und schiebe mich an dir vorbei in den Flur, gehe von da aus weiter ins Bad, weil ich es nicht aushalte, weil ich das Gefühl habe, ich müsste irgendwas tun, und das Einzige, was mir einfällt, ist Laufen.

So war ich schon als Kind. Wenn mich jemand geärgert hat, bin ich weggelaufen und habe mich versteckt, am besten irgendwo unter dem Tisch und in einer Ecke, in der mich niemand finden konnte, damit ich weinen und mich beruhigen und dann rauskommen und so tun konnte, als wäre alles in Ordnung.

Du folgst mir wieder.

Im Badezimmer ist das Fenster auf. Ein frischer Herbstwind weht herein. Das könnte schön sein. Aber ich kann nur daran denken, dass du wieder das Fenster aufgelassen hast, albern, ja, aber gerade hasse ich dich dafür, dass du nicht ein Mal daran denken kannst, das Fenster wieder zu schließen, wie jeder verantwortungsvolle Mensch. Ich stehe im Bad, vor dem Waschbecken, du in der Tür, ich sehe dich nicht an, glaube aber, du würdest nicht merken, dass ich dich heimlich im Spiegel beobachte, wie du an den Kordeln deines Pullis ziehst, sie auf Spannung hältst, als würdest du dich daran festklammern.

Ich beuge mich über den Wasserhahn, drehe ihn auf, lasse Wasser in meine hohlen Hände laufen, als wollte ich mir damit das Gesicht waschen, tue es nicht, drehe zu, trete zurück, werfe dir wieder einen Blick im Spiegel zu, setze mich auf den Rand der Badewanne – du wolltest unbedingt eine, obwohl nur ich gern bade, wahrscheinlich sogar deshalb, aber im Moment ist für solche Gedanken kein Platz. Sogar durch meine Jogginghose kann ich die Kälte der Wanne spüren.

Ich weiß nicht, was ich tun soll.

– Und ich würde auch nicht sofort ausziehen, sagst du. Wir haben nur überlegt, dass wir …

– Was willst du dann eigentlich von mir?, frage ich und komme mir vor, als würde ich jemanden nachahmen, der erwachsener und abgeklärter ist als ich.

– Ich will wissen, was du denkst.

– Willst du nicht. Du willst, dass ich dir sage, was du hören willst. Das willst du immer, Inken. So wie damals nach der Schule, als du dich entschieden hast, Lehrerin zu werden.

– Das verstehst du nicht. Richard ist Lehrer, Maggie ist Lehrerin … Du hast Elisa, ihr zwei seid euch so ähnlich.

– Sind wir nicht.

– Ich wollte auch etwas haben, das meine Eltern und ich gemeinsam haben. Robin sieht aus wie Richard, und er und Maggie haben …

– Das ist doch Quatsch, Inken! Du hast eine Mutter und einen Vater, die dich lieben, sage ich und presse das

Wort Vater zusammen, als wollte ich Saft darausquetschen. Ich würde alles dafür tun, wenn ich einen Vater hätte, der sich so um mich kümmern würde, wie sich Richard um dich kümmert. Ich würde alles dafür tun, wenn ich einen Vater hätte, der sich überhaupt mal für mich interessieren würde.

– Natürlich geht es jetzt wieder um dich. War ja klar. Das machst du ständig. Merkst du das eigentlich gar nicht? Darauf kann man schon Wetten abschließen. Ich muss nur bis zehn zählen und kann sicher sein, dass du ...

– Halt die Klappe!

– Siehst du wirklich nicht, wie sich immer alles um dich drehen muss? Typisch Einzelkind. Du bist so unfassbar egozentrisch.

– Das sagt die Richtige.

– Ich hab es so satt, dass du Leute auf ein Podest stellst. Weißt du das? Denn wehe, wir können deinen hohen Erwartungen ein Mal nicht gerecht werden. Dann bestrafst du uns. Ich hab noch nie jemanden gesehen, der so wenig verzeihen kann wie du.

– Das muss ich mir nicht anhören, sage ich. Lass mich durch! Lass mich sofort durch.

Ich schiebe dich zur Seite, weil du mir im Weg stehst, und gehe in die Küche, du kommst mir nach, natürlich, keine Ahnung, ob ich darauf gehofft habe, keine Ahnung, ob ich das will.

Ich stelle mich an die Spüle, kann dich nicht ansehen, reibe mit dem Zeigefinger über einen Wasserfleck auf der silbernen Oberfläche, als wäre es gerade sehr wichtig und als gäbe es neben diesem nicht noch viele andere.

– Ich weiß nicht, ob das hilft, sagst du nach einer Weile.

Aber es gäbe niemanden, dessen Vater ich lieber wäre als deiner.

Ich versuche, ernst zu bleiben. Es gelingt mir nicht. Ich muss lachen, du auch, zum ersten Mal heute.

– Ich wünschte manchmal, du wärst nicht so gut darin, Gründe zu finden, um dich schlecht zu fühlen, Josi.

– Bin ich gar nicht.

– Du hast das Schlechtfühlen perfektioniert. Wenn das eine olympische Disziplin wäre, würdest du alle Weltrekorde halten.

– Haha.

– Sebastian war ein Arschloch. Er hat dich ständig kleingemacht, dir ging es schrecklich, als ihr zusammen wart, und du kannst froh sein, dass du ihn los bist. Aber was machst du? Du trauerst ihm nach.

– Ich trauere ihm überhaupt nicht nach. Ich frage mich nur …

– Hör auf, dich zu fragen, Josi. Hör auf, dich zu fragen, wie es wäre, wenn du etwas anderes studiert hättest, wenn du weiter Optikerin geblieben wärst, wenn du doch die Chemie-AG in der Schule besucht hättest, wenn du mehr als einmal zum Judo gegangen wärst, wenn du Hassan nicht gemieden hättest, nachdem du ihn geküsst hast, sondern ihm gesagt, dass du ihn gut findest, wenn du nicht die ganze Zeit die Pille genommen hättest, sondern zufällig schwanger geworden wärst, wenn du den Mut gehabt hättest, für ein Semester ins Ausland zu gehen, wenn irgendeine deiner Geschichten mal angenommen worden wäre, wenn du das Fußballspielen für dich entdeckt hättest oder das Ballett-tanzen oder das Singen. Hör einfach auf.

– Kann ich nicht.

– Ich weiß.

– Und ich denke oft, dass Elisa glücklicher geworden wäre, wenn sie mich nicht bekommen hätte.

– Ihr seid euch so verdammt ähnlich. Elisa liebt dich. Sie liebt dich über alles.

– Ich weiß nicht, ob das stimmt.

– Sei nicht unfair.

– Ich bin nicht unfair. Ich bin nur realistisch.

– Denkst du nicht manchmal darüber nach, wie jung sie gewesen ist, als sie dich bekommen hat? Viel jünger als wir heute. Ich hab das Gefühl, dass ich deine Mutter jetzt viel besser verstehen kann als früher. Das Muttersein kann Angst machen.

– Jetzt tu doch nicht so, als wüsstest du, wie das ist, erwidere ich. Du bist keine Mutter. Du bist nicht mal schwanger. Tareq und du habt euch gerade diese fixe Babyidee in den Kopf gesetzt. Das ist alles.

– Das ist keine fixe Babyidee. Und wir haben sie uns auch nicht in den Kopf gesetzt. Wir haben darüber gesprochen. Mehrfach. Und er sagt …

– Ja, Inken. Er sagt! Aber was sagst du? Willst du ein Baby?

– Ich weiß es nicht. Ich weiß es doch auch nicht!

Du fängst so unvermittelt und schnell an zu weinen, dass es uns beide überrascht. Innerhalb von Momenten sind deine Wangen nass, Tränen rinnen deinen Hals hinab, deine Nase läuft, und Rotz glänzt auf deiner Oberlippe.

– Aber du solltest es wissen, sage ich, nicht mehr so wütend, weil du so erschreckend traurig scheinst. Es ist ein ziemlich großer Schritt.

Du sagst nichts.

Stattdessen schluchzt du. Es sind jetzt andere Tränen als vorhin, ich kann sie klarer sehen. Ich trete einen Schritt vor, du schlingst die Arme um mich, noch bevor ich die Arme um dich schlingen kann, wir halten uns fest, beide, obwohl ich weiß, dass eigentlich ich dich festhalten sollte. Wir stehen so eng, dass es keinen Raum zwischen uns gibt. Ich spüre deine Verzweiflung in meinem Körper, das stoßweise Atmen, das Zittern, das Weinen, spüre deine Tränen als Nässe auf meiner Haut, auch dass du dir die Nase putzen müsstest.

– Ich habe Angst um dich, sage ich. Es sind die ersten Worte, die ich wirklich meine.

– Ich habe auch Angst, Josi. Ich hab solche Angst.

Deine Stimme ist ein undeutliches Murmeln, ich kann sie nur verstehen, weil dein Mund dicht an meinem Ohr ist. Ich bin größer als du, war ich schon immer, aber ich fühle mich eigentlich immer kleiner, nur jetzt nicht, wir sind fast auf einer Höhe.

– Dann tu es nicht, flüstere ich zurück, mir fehlt der Mut zum Lauter-Sprechen. Zieh nicht aus, zieh nicht mit Tareq zusammen, bekomm kein Baby, nicht jetzt.

– Ich weiß nicht, ob ich das kann.

– Natürlich kannst du. Es heißt doch nicht, jetzt oder nie.

– Aber so fühlt es sich an. Und was, wenn er sonst nicht mehr mit mir zusammen sein will?

– Dann hat er dich nicht verdient.

– Wir sind doch nicht mehr dreizehn. So einfach ist das nicht.

– Doch, das ist es. Er kann dich nicht dazu zwingen.

– Darum geht es nicht.

– Du kannst dich auch nicht dazu zwingen, sage ich.

Einige Augenblicke lang bist du still.

– Aber was ist, wenn ich es will?, fragst du mich.

Ich zögere.

– Weiß ich auch nicht, sage ich.

Du hast aufgehört zu weinen. Die Tränen zwischen deiner Wange und meiner beginnen zu trocknen.

– Woher weiß man, was man will?, fragst du mich.

Ich sage nichts. Weil das die Antwort ist.

– Sag mir, was du denkst, Josi.

– Kann ich nicht.

– Doch, kannst du. Ich muss es wissen.

– Wieso?

– Weil ich nicht mehr schlafen kann. Und nicht mehr essen. Weil ich mich frage, wie das alles verändern wird. Wie es mich verändern wird. Mein Leben. Tareq. Unsere Beziehung. Die Beziehung zu meinen Eltern. Zu Robin. Zu dir.

– Hör auf, dich zu fragen, wiederhole ich deine Worte.

– Das kann ich nicht, sagst du meine. Und deshalb muss ich wissen, was du denkst. Ich kann das nicht ohne dich. Ich will es nicht ohne dich. Ich muss es wissen, Josi.

– Ich find's nicht richtig, sage ich, sehr ruhig, sehr glatt, mache einen Schritt zurück, nur einen kleinen, aber es ist ein Schritt.

Warum sage ich das? Weil ich Angst um dich habe? Oder um mich?

– Was findest du nicht richtig?

– Du weißt, dass ich mir die Wohnung allein nicht leisten kann.

Du schweigst.

– Dafür hab ich kein Geld. Wenn du ausziehst, muss ich auch ausziehen. Und ich kann nicht ausziehen. Nicht jetzt.

– Das musst du auch nicht. Ich werde weiter Miete bezahlen.

– Das geht nicht.

– Doch, das geht. Ich habe es genau durchgerechnet.

– Siehst du?, sage ich. Die Wut schweigt, sie lässt die Traurigkeit sprechen. Dann hast du dich doch längst entschieden. Was gibt es da noch zu reden?

Es durfte nichts gewesen sein.

Das war die Abmachung, über die niemand gesprochen hatte und von der alle wussten.

Wie einstudiert nahm Inken ihr altes Leben wieder auf. Sie lief an Josephines Seite zur Schule und nach Hause, aß mit Maggie und Robin zu Mittag, machte mit Josephine zusammen, auf dem Boden hockend, ihre Hausaufgaben, ging mit ihr zum Pferdspielen nach draußen, las Robin vor, setzte sich zum Abendessen mit Maggie, Robin und Richard an den Küchentisch, sah sich eine Folge *Gute Zeiten, schlechte Zeiten* an und ging anschließend ins Bett, ließ sich einen Gutenachtkuss von Maggie, Robin und Richard geben und schaltete das Licht aus. Stets war es dieselbe Choreografie, an die sich alle halten mussten, und alles wirkte wie immer.

Es waren die Kleinigkeiten, die Inken verrieten.

Während Inken früher auf dem Gehweg neben Josephine meist links und Josephine meist rechts gelaufen war, lief Inken jetzt immer links. Beim Essen schob sie die einzelnen Lebensmittel auseinander, trennte sie fein säuberlich, was manchmal so lange dauerte, dass alles kalt wurde.

Wieder und wieder schrieb Inken ihre Hausaufgaben ab, damit sie fehlerlos waren. Beim Spielen mit Josephine musste es immer dasselbe Spiel sein, Ausreiten auf immer denselben Ponys, wenn Josephine den Namen ihres Tieres ändern wollte, begann Inken, mit ihr zu streiten, weil man sich schließlich nicht ständig ein neues Pferd kaufen könne, was wäre denn mit ihr los, Tiere seien doch keine Gegenstände, sondern Freunde, und die könnte man nicht austauschen, wie es einem gefiel. Tag für Tag las Inken Robin dieselbe Geschichte vor, und wenn er sich nicht darüber freute, sondern quengelte oder unruhig wurde, brach sie von einem Moment zum anderen in Tränen aus, ließ ihn allein auf dem Sofa oder seinem Bett zurück, rannte in ihr Zimmer und knallte die Tür hinter sich zu. Am schlimmsten war es, wenn Richard zu spät nach Hause kam und nicht mit zu Abend aß und ihr auch keinen Gutenachtkuss geben konnte, dann begann Inken zu schreien und zu weinen und zu toben und ließ sich erst beruhigen, wenn Maggie ihr versprach, dass sie warten würden, bis Richard zurück war, um gemeinsam mit ihm zu essen, und sie Inken zusammen ins Bett bringen konnten, selbst wenn es dann elf Uhr oder sogar Mitternacht und am anderen Morgen Schule war. In anderen Situationen, wenn die Zahnpasta leer war, wenn es nicht den Käse gab, den es immer gab, wenn Josephine am Samstag zu spät zu einer Verabredung kam, wenn Inkens Fahrrad einen Platten oder Robin ihre Sachen auf dem Schreibtisch durcheinandergebracht hatte, gab es nur eine Sache, die wirklich half: Egal wie sehr Inken brüllte und vor ihr weglief und um sich schlug, Maggie musste hartnäckig bleiben, musste sie an sich ziehen und in den Arm nehmen und ihr so lange über den Rücken streichen und sagen, dass alles gut sei, bis die Spannung aus Inkens Körper wich und sie langsam aufhörte zu schluchzen.

Maggie und Richard redeten viel, miteinander, mit Inken, mit Josephine, mit der Frau vom Jugendamt, mit einer Psychologin, nichts half, und sie verbrachten viele Nächte damit, in der Dunkelheit ihres Schlafzimmers nebeneinanderzuliegen, ohne noch Worte übrig zu haben, waren sich in ihrer gemeinsamen Hilflosigkeit sehr nah und trotzdem unendlich weit voneinander entfernt.

Ein Jahr später, im Winter, durften sie Inken offiziell adoptieren, danach wurde es langsam besser. Manchmal schien Inken wieder so sehr wie früher, dass Maggie fast vergessen konnte, dass es einmal anders gewesen war, aber dann stellte ihr Inken beiläufige prüfende Fragen, machte knappe kommentierende Bemerkungen, warf ihr einen abwartenden, aufmerksamen Blick zu, und Maggie wurde das Gefühl nicht los, dass ihre Tochter aufwendige Rechnungen anstellte, sorgfältiger als jede Buchhalterin, um sicherzugehen, was sie auf der Habenseite verbuchen konnte.

Im Frühjahr 1996 starb Josephines Oma, wenige Tage nach Josephines elftem Geburtstag. Schon ein paar Wochen später zogen Elisa und sie aus der Wohnung aus.

Ihrer Tochter gegenüber behauptete Elisa, sich die fünfundachtzig Quadratmeter nicht leisten zu können, aber wenn sie ehrlich war, musste sie erkennen, dass es nur eine Sache gab, die schlimmer war, als mit ihrer Mutter in einer Wohnung zu leben, und das war, nicht mit ihr zusammenzuwohnen. Ihre Mutter war in jedem Raum. Die Erinnerungen türmten sich auf bis zur Decke. Der Verlust überraschte und überwältigte Elisa, sie fühlte sich durch den Tod ihrer Mutter von einem Teil ihres Lebens abgetrennt, von dem sie nicht gewusst hatte, wie wichtig er ihr war. Bis zu diesem Zeitpunkt hatte der Begriff Familienbande für sie ein Festbinden bedeutet, erst jetzt erkannte sie, dass es auch ein Festhalten sein konnte. In ihrer Hilflosigkeit versuchte Elisa, die Erinnerungen mit den Möbeln aus den Zimmern zu räumen und auf die Straße zu stellen. Gegen den Willen ihrer Tochter ließ sie fast alles vom Sperrmüll abholen. Sie wollte sich befreien, wollte neu anfangen, wollte die Vergangenheit hinter sich lassen, auch für ihre Tochter. Josephine hätte am liebsten jedes Stück behalten.

Der Schmerz begleitete sie beide.

Zum ersten Mal in ihrem Leben bekam Josephine einen Haustürschlüssel. Nach der Schule wartete jetzt nicht mehr ihre Oma mit dem Essen, sondern eine leere Wohnung mit Resten vom Vortrag, die sie sich in der neuen Mikrowelle aufwärmen musste, mit Spaghetti und Miracoli-Fertigsoße, die sie zu kochen lernte, oder mit etwas Geld auf dem Küchentisch, von dem sie sich Pommes oder einen Döner kaufen sollte. Ruf an, sagte Elisa ihr. Du kannst mich immer auf der Station anrufen. Ihre Tochter rief nie an. Elisa sah das als gutes Zeichen, oder wollte es so sehen, der Umzug war die richtige Entscheidung gewesen, es war ein Neuanfang, für sie beide, und Josephine war jetzt schon groß, sie wurde selbstständig, konnte den Nachmittag über für sich selbst sorgen, sie war kein kleines Kind mehr. Elisa ahnte nicht, dass Josephine sich nicht traute zu telefonieren, weil sie Angst hatte, sich zu versprechen oder die Person am anderen Ende der Leitung nicht zu verstehen. Schon immer war Josephine ein besorgtes Kind gewesen, das vor allem Manschetten haben konnte, wie ihre Oma das nannte. Noch mit zehn war sie mehrmals in der Woche zu ihrer Oma ins

Bett geklettert, wenn sie einen Albtraum hatte und nicht mehr schlafen konnte. Ihr Verlust ließ die Angstgedanken zu einem Schneeball werden. Zu einem Klumpen gefrorenen Wassers, der einen Abhang hinabrollt und dabei immer größer und größer und immer schneller und schneller wird.

Josephine vermied es, allein zu Hause zu sein, doch wenn es sich nicht vermeiden ließ, schloss sie die Tür von innen ab, schaltete selbst bei Tag überall die Lampen ein und saß mit dem Brotmesser auf dem Sofa und sah fern, ohne fernzusehen, einfach nur, damit jemand mit ihr sprach. Die außergewöhnliche Fantasie, die sie von ihrer Mutter und ihrem Vater geerbt hatte, nutzte Josephine nicht, um damit Zukunftsträume und Gemälde heraufzubeschwören, für sie war es ein Leichtes, sich detailreich und bildhaft und vollkommen genau alles Schlimme vorzustellen, was ihrer Mutter oder ihr oder Inken oder irgendeiner anderen Person, die sie kannte, zustoßen konnte.

Ihre Fantasie lehrte Josephine das Fürchten.

Sie hatte Angst vor Einbrechern und Mördern, Schatten in den Zimmerecken, dunklem Wasser, Teppichen, die die Bodenlosigkeit verhüllten, vor Wunden in ihrer Haut, Knochenbrüchen, davor, zu erblinden, ihr Gehör zu verlieren oder die Fähigkeit zu sprechen, sie hatte Angst, Inken könnte eine neue beste Freundin finden, vom Fahrrad fallen und tödlich verunglücken und ihre Mutter schwer krank werden, wie ihre Oma, und sterben oder einfach beschließen, nie wieder nach Hause zu kommen. Manchmal waren es so viele und große Ängste auf einmal, dass Josephine nicht mehr sagen konnte, welche von ihnen die schlimmste war, und immer öfter hatte sie Angst vor der Angst und keine Ahnung, woher sie Luft zum Atmen nehmen sollte.

Lange bemerkte Elisa nichts von der Furcht ihrer Tochter. Einmal musste sie jedoch eine zusätzliche Schicht im Krankenhaus übernehmen und versuchte, zu Hause anzurufen, erreichte Josephine aber nicht, die es zwar klingeln hörte, es jedoch nicht wagte, ans Telefon zu gehen, weil sie nicht wusste, wer am Apparat war, eine Frage, die viele Fragen nach sich zog. Elisa überlegte, Maggie anzurufen, doch deren selbstgerechte mütterliche Überheblichkeit konnte sie in dieser Zeit schwer ertragen. Als sie schließlich nach Hause kam, saß Josephine zitternd und zusammengekauert, die Arme um die Beine geschlungen und weinend unter dem Küchentisch, während im Wohnzimmer der Fernseher und in ihrem Schlafzimmer der CD-Spieler liefen. Im ersten Moment war Elisa zu erschrocken, um etwas zu tun, sprach dann ihre Tochter an, die sie aber offenbar nicht hörte. Schließlich ging sie auf die Knie, krabbelte auf Josephine zu und setzte sich zu ihr unter den Tisch, berührte ihren Rücken, fuhr die Wirbelsäule entlang, strich ihr durch die Haare, nahm ihr Kind in den Arm.

– Du musst es mir versprechen, flüsterte Josephine an ihre Brust, das Weinen machte die Worte weich.

– Was muss ich dir versprechen?

– Dass dir nichts passiert.

– Warum sollte mir etwas passieren?

– Du musst es mir versprechen!

– Das tue ich. Ich tue es.

In dieser Nacht schlief Elisa nicht, genauso wenig in den folgenden Nächten.

Aber auch ans Fürchten gewöhnt man sich.

Im Gymnasium fiel es Josephine anfangs schwer, Anschluss zu finden. Inken dagegen hatte ihre Freundlichkeit perfektioniert, andere Mädchen und auch die ersten Jungen mochten sie, sie wurde zur Klassensprecherin gewählt. Inkens Noten waren durchschnittlich, während Josephine überall Einser bekam. Zum ersten Mal verabredete sich Inken mit anderen Kindern, ohne Josephine, und sie wurde von ihnen auf Geburtstage eingeladen, zu denen ihre beste Freundin nicht eingeladen war. Es entstand eine Schieflage zwischen ihnen, die sie durch beharrliches Schweigen zu überspielen versuchten. Inken entwickelte sich zu einem Teenager, sie benutzte Lippenstift, ließ sich Plateauschuhe kaufen und trug einen Plastikschnuller als Kette um den Hals. Josephine blieb weiter ein Kind. Anfangs fragte sie Inken nach den Nachmittagen aus, die sie mit Gülay oder Agnes oder Siham verbrachte, aber Inken gab wenig preis, weil sie ihre beste Freundin nicht verletzen wollte, und irgendwann tat Josephine so, als wäre es ihr egal. Die Zwillinge von einst wurden zu Schwestern, einer großen und einer kleinen.

In der siebten Klasse fing Inken an, die Verabredungen mit ihren Mitschülerinnen auch als Ausrede zu nutzen, um nicht sagen zu müssen, dass sie sich mit Antonia traf. Sie wusste, sie hätte Maggie und Richard fragen können, es erzählen sollen, vielleicht sogar müssen. Sie konnte es nicht. Sie wollte nicht erklären, dass sie alle zwei Wochen, manchmal öfter, nach Krefeld fuhr, nicht, um ihre Mutter zu besuchen, sondern um nach ihr zu sehen. Sie räumte dann die vermüllte Wohnung auf, spülte das Geschirr, kochte, ging einkaufen. Wenn Antonia nicht genug Geld hatte, lieh sie ihr etwas von ihrem Taschengeld. Es gab Tage, da ging es ihrer Mutter besser, dann redeten sie viel oder gingen spazieren, es kam vor, dass Antonia Inken ein Eis kaufte oder eine Tüte Gummibärchen und nach der Schule fragte. Viel öfter konnte Antonia sich weder anziehen noch aufstehen, dann setzte sich ihre Tochter zu ihr und las ihr vor. Manchmal weinte Antonia irgendwann, weil sie traurig war, sich schämte. Ihr größter Traum war es gewesen, ein Kind zu bekommen, Mutter zu werden, eine gute Mutter, eine bessere Mutter, aber was war sie für eine Mutter, wenn sie es nicht einmal schaffte, das Bett zu verlassen, sich die Haare zu kämen und die Zähne zu putzen und ihrer Tochter Rührei zu machen?

Inken wollte ihrer besten Freundin davon erzählen. Sie tat es nicht. Sie wollte eine gute Tochter sein. Eine gute Tochter erzählte so etwas nicht. Nicht einmal der besten Freundin.

In der Mittelstufe hörte Inken auf zu essen. Es war keine bewusste Entscheidung. Es ging nicht ums Abnehmen, wie bei vielen anderen Mädchen in ihrer Klasse, die sich zu dick fanden und über die besten Diäten ihrer Mütter sprachen und sich freuten, wenn sie sich in eine Hose Größe vierunddreißig zwängen konnten. Es ging um mehr als den Gewichtsverlust. Das lernte Inken von Kati, mit der sie sich häufiger traf, obwohl sie sich nie sicher war, wie gern sie einander mochten. Eine Zeit lang verband sie das Nichtessen, das Kati, anders als Inken, bis zur Perfektion trieb, während Inken es irgendwann wieder aufgab. Bis dahin war es jedoch etwas, das sie bestimmen konnte, etwas, das sie in der Hand hatte, das ihr niemand nehmen konnte, das allein ihre Entscheidung war. Und das war damals wichtig. Und das sollte auch später wieder wichtig werden. Die Tatsache, dass sie dadurch dünner wurde, war ein netter Nebeneffekt, eine Art Zaubertrick, ein bisschen so, als könnte sie sich allein durch Willenskraft selbst zum Verschwinden bringen. Zunächst fing sie damit an, sich mit Kleinigkeiten über die Bedürfnisse ihres Körpers hinwegzusetzen, um zu zeigen, dass sie stärker war als er. Am Küchentisch begann sie, nicht gleich zu essen, auch wenn sie großen Hunger hatte, sondern zögerte den Moment hinaus, ehe sie nach der Gabel griff, und legte sie bereits zurück, wenn sie noch nicht satt und der Teller kaum halb leer war. Sie ließ Mahlzeiten ausfallen, wenn es niemand merkte, warf ihr Pausenbrot in den Mülleimer, wenn Josephine sie nicht sehen konnte, tat nur so, als würde sie mit ihrem Bruder vor dem Fernseher Süßigkeiten knabbern, und ließ die stattdessen in ihrer Hosentasche verschwinden. Sie fuhr überall mit dem Fahrrad hin, lief alle Treppen, und wenn sie müde und erschöpft war und ihr die Beine wehtaten, drehte sie um und stieg alle Stufen ein zweites Mal nach oben. Sie begann aufzuschreiben, wie viel sie aß, und wenn es weniger als am Vortag war, kam es ihr wie ein kleiner Sieg vor über die vielen Dinge in ihrem Leben, die sie nicht unter Kontrolle hatte.

– Kommen Sie ruhig nach oben, drang die leicht heisere Frauenstimme durch das halbdunkle Treppenhaus aus einer der oberen Etagen zu mir nach unten. Ich stand etwas verloren bei den Briefkästen, zwei Reihen übereinander, aus weiß lackiertem Holz, mit einheitlichen Namensschildern hinter kleinen Plastikverkleidungen, darunter stand ein Kinderwagen, daneben ein Rollator.

Ich hatte angefangen, Mehrfamilienhäuser zu meiden, weil ich es schwierig fand, mein Anliegen überzeugend durch eine Gegensprechanlage zu vermitteln, und nach meiner einstudierten Rede meist eine lange Pause entstand, wenn die Person am anderen Ende schweigend wartete, dass ich es auch so verstehen und gehen würde. Manchmal wurde kommentarlos aufgedrückt, doch wenn ich im Hausflur stand, öffnete sich keine Wohnungstür, und obwohl ich schon so lange unterwegs war, traute ich mich nicht, mir selbst den Weg in den Garten zu suchen und dort mein Zelt aufzuschlagen. Vielleicht musste ich kaltschnäuziger werden.

Zu spät bemerkte ich, dass ich mich von den Ein- und Zweifamilienhäusern, an denen ich mittags vorbeigekommen war, wieder entfernt hatte. Nun ragten Häuserriesen neben den grauen Asphaltbändern auf. Mittlerweile konnte ich kaum einen Schritt vorwärts machen, weil mein großer Zeh, dessen Nagel eine entschlossene Farbentwicklung von Dunkelblau in Richtung Schwarz gemacht hatte, bei jeder Bewegung vorn an die Schuhspitze stieß und die Blase an meiner Ferse so entzündet war, dass sie Haut und Sockenstoff und die Polsterung meines Turnschuhs zu einer unguten Materialmischung verklebt hatte. Außerdem hatte ich meinen Rucksack falsch gepackt, denn nach dem Gewitter in der vergangenen Nacht war ich heute Morgen zeitig aufgebrochen, und nun zog mich irgendetwas nach unten, während mir die Fotobuchkante zwischen die Schulterblätter stach, sodass ich ein Hohlkreuz machen musste. Ich hätte anhalten und mein Gepäck umorganisieren können, aber ich fühlte mich nicht in der Lage, irgendetwas in meinem Leben in Ordnung zu bringen.

Alles war nass. Und das, was nicht nass war, fühlte sich nass an. Vor allem ich. Das machte es noch schwerer.

Der Vortag saß als Schmerz hinter meiner Stirn, aber ich

spürte ihn auch in meiner Brust, meinem Bauch, meinen Knien. Vielleicht hätte ich zurückgehen sollen. Vielleicht war das der Moment. Ich hatte aber auch nie klarer gewusst, dass es kein Zurück mehr gab.

Indem ich mich von der Innenstadt entfernte, konnte ich zusehen, wie die Häuser gedrungener wurden, kompakte Gewichtheberhäuser, in denen sich winzige Wohnungen stapelten. Sie standen dicht an dicht, hatten alle dieselbe fast quadratische Form, unterschieden sich durch ihre Eingangstüren, seltener ihre Fassaden, die meisten waren seit Jahren nicht mehr gestrichen worden. Die linke Straßenseite schien mehr Regen abzubekommen, vor allem unter den Fenstern und dem Dach hatte das Wasser dunkle Verschattungen hinterlassen, wie verlaufene Wimperntusche, bei einigen der Flecken ließ sich die Fließrichtung erkennen, andere waren wolkig, fast dreidimensional, wieder andere wirkten seltsam schief, als würden sie den Wind immer noch spüren. Alle drei oder vier Meter war im Gehweg ein kleines Rechteck ausgeschnitten worden, in dem ein Baum wuchs und seine belaubten Arme weit über die Straße ausbreitete. Die Wurzeln drückten sich nach oben, als würden die Bäume mit den Zehen wackeln. An einem der Stämme hatte jemand einen Zettel in Klarsichtfolie und mit Reißzwecken angebracht, um seine Mitmenschen darauf hinzuweisen, dass es sich bei dem überschaubaren Stück Erde nicht um ein Hundeklo handelte. Aber es sah nicht aus, als würde das irgendwen interessieren. Vor einer Hauswand stand ein niedriger weißer Ikea-Tisch, auf dem eine kaputte Vase, ein paar durchweichte Bücher und eine blattförmige Glasschale darauf warteten, dass sie jemand geschenkt haben wollte. Auf jeder zweiten Eingangstür klebte ein Stoppzeichen, das den Einwurf von Reklame unterbinden sollte, an einer war sogar genau aufgelistet, wie oft Werbung und wie viele und welche Wochenzeitungen eingeworfen werden sollten. Ein Schild warnte vor aufmerksamen Nachbarn.

Anfangs hatte ich mir auf einer Straße immer das Haus ausgesucht, das mir am besten gefiel, das Fachwerkhaus mit der entschlossenen Linksneigung und den schiefen, nicht ganz rechtwinkligen Fenstern, das lilafarbene Haus, das Haus, in dessen Einfahrt ein mit bunten Eiern geschmückter Strauch stand, das Haus, auf dessen Erker ein Zwiebeldach thronte wie ein Hut, das Häuschen, das sich zwischen Häuser zwängte und Ähnlichkeiten mit einem Kind zwischen Erwachsenen hatte, das Haus, dessen Gartenzauntür sogar im Sommer einen selbst gestrickten Mantel trug.

Mittlerweile war ich eine erfahrene Läuferin. Für solche Albernheiten hatte ich längst keine Kraft mehr.

Schon seit Tagen begann ich an der ersten Tür eines Straßenzugs, egal ob die eine schöne Farbe oder eine ungewöhnliche Hausnummer oder besonders schöne Blumen im Vorgarten hatte. Heute blieben meine Versuche, wie ich befürchtet hatte, zunächst erfolglos, entweder war niemand da, niemand machte auf oder niemand antwortete auf meine vorgetragene Bitte. Ich spielte bereits ernsthaft mit dem Gedanken, zurück zu der Bushaltestelle zu laufen, an der ich vorbeigekommen war, und neben den orangefarbenen Plastiksitzen zu campieren (sollte die Polizei doch kommen, es wäre nicht das erste Mal), als ich beim dritten Haus unverhofft Glück hatte. Mein Sprüchlein hatte zwar zu einem Moment der Stille geführt, doch gleich darauf hatte eine Frauenstimme gesagt: Alles klar.

Und dann war der Summer ertönt.

Meine Erleichterung hielt nur kurz.

Zwar hatte sich, kaum dass die Eingangstür mit einem Quietschgeräusch hinter mir ins Schloss gerutscht war, eine Wohnungstür geöffnet, als ich jedoch im Glauben, dass sich dahinter die Frau zu der Stimme verbergen musste, einige Schritte darauf zuging, schloss sie sich schnell wieder, um in dem Augenblick, in dem ich mich verwirrt umdrehte, wieder einen Spalt aufgezogen zu werden. In dem schmalen Streifen Dunkelheit zwischen Tür und Rahmen konnte ich niemanden erkennen.

– Hallo?, hatte ich etwas unsicher gefragt.

Es kam keine Antwort.

Und allein in dem fremden Hausflur, nach der Gewitternacht und mit dem Fotobuch voller Bilder von dir im Rücken, mit meinen schmerzenden Füßen und fremden, unsichtbaren Blicken, die spitzer kaum sein konnten, hätte ich fast angefangen zu heulen. Ich fühlte mich so erschöpft und allein. Endlich drangen Worte zu mir nach unten, wurden über mir abgeworfen wie Rettungsfallschirme, an die ich mich klammern konnte.

– Kommen Sie ruhig hoch. Und achten Sie nicht auf Frau Zelik. Die muss immer spionieren. Nicht wahr, Frau Zelik?

Die Angesprochene schob die Tür ein Stück weiter, aber nicht ganz zu.

Die Stufen, die ich hinaufging, waren aus Stein, das Geländer bestand aus weißen, senkrechten Metallstreben, die einen Handlauf aus rotem Kunststoff trugen, bei dem ich mit einem Blick erkannte, dass er sich zum Rutschen weniger eignete als das alte Holzgeländer, auf dem ich als Kind die zwei Etagen von unserer Mietwohnung nach unten gesaust war. Die Fensterbank auf halber Höhe hatte jemand mit einer Plastikblume und einem Schwein dekoriert, selbst gebastelt aus einem rosa bemalten Blumentopf als Körper, mit einem Styroporkugelkopf, Pappohren, aufgeklebten Augen und einer Schleife um den Hals. Auf der ersten Etage gingen Türen ab, deren englischsprachige Fußmatten offenbar auch internationale Gäste willkommen heißen wollten. Vor einer der beiden Türen stand eine Vase mit frischen roten Rosen am Boden, das kannte ich von einer unserer Nachbarinnen, obwohl wir nie verstanden haben, warum sie ihre Sträuße, die sie wahrscheinlich geschenkt bekam, draußen abstellte, anstatt damit eines ihrer Zimmer zu verschönern.

Ich ging weiter nach oben.

– Hallo, sagte die Stimme, als ich mich daranmachte, die letzten Stufen zu überwinden.

Die dazugehörige Frau war aus ihrer Wohnungstür getreten und wartete auf dem Treppenabsatz auf mich. Sie war eher klein und kräftig, hatte einen roten Pagenschnitt, trug weite Hosen, eine weite lange Bluse, eine Kette, deren silberfarbene Fäden wie Gleise über ihren ausladenden Busen führten und in einem großen runden Anhänger endeten. Sie lief barfuß.

– Hallo, wiederholte sie und streckte mir die Hand entgegen, während ich mich zu ihr kämpfte. Der ungünstige Schwerpunkt meines Rucksacks machte sich beim Treppensteigen noch deutlicher bemerkbar.

– Ich bin Margot Möller.

Meine Hand wurde von entschlossenen, großzügig beringten Fingern umfasst und so fest geschüttelt, dass ich es bis ins Schultergelenk spürte, während Margot Möller mich mit der anderen Hand schwungvoll in Richtung Wohnungstür schob.

– Hast du schon gesagt, wie du heißt?, fragte sie, wartete aber nicht auf eine Antwort, sondern bugsierte meinen Rucksack und mich, in dieser Reihenfolge, durch den Eingang in eine kleine Diele, in der für zwei Menschen, ein Gepäckstück und ein quer auf die Tasche geschnalltes Zelt kaum genug Platz war.

– Könntest du die Schuhe ausziehen? Das war das Erste, was mich Bassam gefragt hat. Warum lauft ihr immer mit euren dreckigen Schuhen durch die Wohnung? Und er hat schon recht, oder? Im Grunde verstehe ich das auch nicht. Stell deinen Rucksack ruhig hier in die Ecke. Er riecht etwas miefig, kann das sein? Bist du in den Regen gekommen? Ein bisschen ramponiert siehst du aus.

Ich nickte, löste mich aus der Umklammerung meines Gepäcks, begann, mich von meinen feuchten, schmutzigen Schuhen zu befreien.

– Das sind aber keine richtigen Wanderschuhe, stellte Margot Möller fest. Und sie haben schon bessere Tage erlebt. Hält das mit dem Klebeband?

– So weit.

– Bist du ein Pilger?

– Was?

– Pilgerst du?

– Ich laufe nur.

– Wo ist der Unterschied?

– Ich denke, Pilgern ist was Religiöses, oder?

– Ach so. Egal. Schuhe aus, Schuhe aus.

Ich hatte die Schnürsenkel bereits gelockert, das Panzerband, das ich zusätzlich verwendete, wie einen Klettverschluss abgezogen und bemühte mich nun, meinen Fuß aus dem Turnschuh zu ziehen, ohne mit der Ferse oder dem Zeh anzustoßen. Als ich beide Seiten befreit hatte, warf ich einen Blick auf meinen Socken, an dessen Rückseite sich ein großer dunkler Fleck gebildet hatte, vorsichtig versuchte ich, den Stoff von meiner Haut zu zupfen, doch er saß fest. Mit zusammengepressten Lippen zog ich etwas fester, es tat sich nichts, und ein heftiger Schmerz sauste hinauf in meine Wade, deshalb ließ ich es, wie es war, und folgte Margot Möller, die vor mir ins Wohnzimmer und von dort aus in die Küche gegangen war. Meine Schuhe und den Rucksack ließ ich stehen.

– Willst du was trinken oder essen?, fragte sie.

– Wasser wäre toll.

Aus einem der oberen Schränke holte sie ein Glas, hielt es unter den Wasserhahn, sah zu, wie es sich füllte, und stellte es leicht tropfend auf den Küchentisch.

Die Küche war überraschend groß, mit einer weißen, modern aussehenden Küchenzeile auf der linken Seite, einem silbernen Kühlschrank hinter der Tür, Regalen und dem Tisch rechts. Vier Stühle standen darum, alle hatten eine andere Form und waren bunt angestrichen, in Rot, Gelb, Blau und Grün, ein breiter Naturfaserteppich steckte genau ab, wo der Essbereich endete und der Kochbereich begann, ansonsten war der Boden von quadratischen Fliesen bedeckt. Als ich auf einem der Stühle Platz nahm, glitt mein Blick über die Regalbretter, in denen Kochbücher, Romane und Dosen standen, auf einige hatte jemand Bassam geschrieben, auf andere Margot.

– Hast du auch Hunger?

Bereits in den ersten Tagen hatte ich mir sehr schnell

angewöhnt, Essen niemals abzulehnen, nicht zuletzt, um Geld zu sparen, deshalb setzte ich das Wasserglas ab, das ich in einem Zug bereits zur Hälfte geleert hatte, und sagte: Wenn es nicht zu viele Umstände macht. Und ich setzte mein nettes Bettelgesicht auf, das auf eine zurückhaltende Weise Mitgefühl wecken sollte und das ich zur Vollendung gebracht zu haben glaubte.

– Gar nicht. Margot Möller hatte bereits ihren Kühlschrank geöffnet, die Hälfte ihres Körpers verschwand hinter der Tür, und sie sprach in die Kälte hinein, die aus dem Inneren strömte. Scheiße, tut das gut, sagte sie und ließ ein lautes Seufzen folgen. Ist das eine Affenhitze da draußen, oder? Und so schwül. Muss die Luft nach einem Gewitter nicht eigentlich besser sein? Ich schätze, der Sommer fällt in diesem Jahr auf einen Montag. Sie lachte.

Ich hatte den Wasserrest ausgetrunken und lachte nicht mit, weil ich sonst gerülpst hätte. Als sich Margot Möller leicht zurücklehnte, um mir einen Blick zuwerfen zu können, lächelte ich.

– Was hältst du von Rührei?

Sie zog einen Zehnerkarton aus dem Kühlschrank, stellte eine Pfanne auf den Herd und schaltete die Platte mit der einen Hand ein, während sie mit der anderen begann, die Eier in eine Tasse zu schlagen.

– Ich mache etwas mehr, sagte sie, als auch das sechste Eigelb aus der Schale geplumpst war. Vielleicht kommt Bassam noch. Er liebt mein Rührei.

– Wer ist Bassam?, fragte ich. Dein Mann?

– Nein! Margot Möller lachte so laut, als hätte ich einen wahnsinnig witzigen Scherz gemacht. Nein, nein, nein, nein, nein. Bassam ist einundzwanzig, ein halbes Kind. Er ist gerade dabei, die C1-Prüfung zu machen, und wohnt bei mir. Er ist ein sehr kluger Junge und wird das bestimmt schaffen. Er will danach studieren. Mal will er Ingenieur werden, mal Lehrer, mal irgendwas anderes. Das wechselt täglich. Er kommt aus Gladbeck. Also eigentlich kommt er natürlich aus Syrien, aber er hat in einem Flüchtlingsheim in Gladbeck gewohnt, oder was man wohnen nennen kann, wenn man mit fünf Fremden auf einem Zimmer und mit vierhundert anderen in einem Heim zusammenlebt. Aber irgendwie haben sie ihn dann in einen C1-Kurs hierhergeschickt, das war was Bürokratisches, frag mich nicht, was, total bescheuert, drei Stunden hätte er dafür jeden Tag mit der Bahn fahren müssen, jedenfalls hat er deshalb dann hier eine Bleibe gesucht (sie rührte das Ei mit einer Gabel kräftig durch), und ich wurde gefragt und ich habe Ja gesagt, und jetzt ist er hier. Am Anfang haben wir natürlich ein bisschen Zeit gebraucht, um uns aneinander zu gewöhnen, es gab ein paar Missverständnisse zwischen uns, aber alles gut.

Wie zur Bestätigung drehte sie sich zu mir um, nickte und lächelte und wiederholte: Aber alles gut.

Dann wandte sich Margot Möller dem Herd zu, ließ die Eimasse mit Schwung in die heiße Pfanne gleiten, ein scharfes Zischen ertönte, und sie begann sogleich, mit einem Holzwender zu hantieren.

– Er räumt sein Zimmer nicht auf, sagte sie. Aber so sind die Jungs in seinem Alter, da halte ich mich raus, ich gucke auch gar nicht rein, höchstens, wenn die Tür mal offen steht, aber meist hat er die sowieso zu. Wie gesagt, das ist seine Sache, da gönne ich ihm seine Privatsphäre. Ich bin schließlich nicht seine Mutter, so weit kommt's noch, dass ich hinter ihm herräume. Das will er auch gar nicht. Nicht dass du jetzt was Falsches denkst. In der Wohnung ist er sehr ordentlich, er räumt sein Geschirr in die Spülmaschine, ich musste ihm natürlich erklären, wie man die am sinnvollsten einräumt und dass man schmutzige Teller und Tassen erst einmal abwaschen muss, bevor man sie reinstellt, weil sie sonst nicht sauber werden. Aber das hat er verstanden. Und er spült jetzt auch die Töpfe und Pfannen mit der Hand, sogar mit heißem Wasser und Spülmittel. Das hat er vorher nicht gemacht, aber ich habe ihm erklärt, dass das sonst unhygienisch ist, und das hat er eingesehen. Er hat mir doch tatsächlich gesagt, dass er Spüli eklig findet. Was ein Unsinn, oder?

Mit dem Pfannenwender in der Hand, an dessen Rand hellgelbes Ei klebte, sah sie mich belustigt an und kicherte leise.

– Kannst du dir das vorstellen? Er meinte, es wäre ihm zu glibberig oder so, keine Ahnung, aber jetzt macht er es. Sonst könnte ich ihn ja gar nicht mehr spülen lassen, und das geht natürlich überhaupt nicht. Das würde wahrscheinlich alle Vorurteile bestätigen, die die Leute gegenüber Flüchtlingen haben. Nein, nein. So machen wir das nicht. Und Bassam gibt sich wirklich Mühe. Er trennt sogar den Müll, obwohl ihm das wahrscheinlich vollkommen seltsam vorkommt, die komischen Deutschen, und er bringt den Müll auch runter, klar, manchmal muss ich ihn daran erinnern, aber dann tut er es sofort. So sind Jungs in dem Alter eben. Es wird immer viel darüber geredet, wie die sind, die Flüchtlinge, vor allem die Männer, aber ich denke, es sind größtenteils einfach Jungs wie unsere Jungs hier auch. Der Unterschied ist eigentlich gar nicht so groß. Oh nein! Jetzt hat er das Salz wieder ganz nach hinten geschoben, sagte Margot Möller plötzlich. Siehst du?

Sie zeigte mit dem Finger auf das Regalbrett über dem Herd, auf dem Gewürze in kleinen bunten Dosen standen. Ich wusste nicht genau, welche davon sie meinte, aber die, die sie brauchte, stand offenbar zu weit hinten, und sie musste sich strecken und auf die Zehenspitzen stellen.

– Soll ich helfen?, fragte ich, doch da hatte sie das Salz bereits erreicht.

– Es geht schon. Alles gut. Bassam ist einen ganzen Kopf größer als ich, ich bin ja eher von der kleinen Sorte, aber er merkt manchmal nicht, dass ich an die Sachen nicht herankomme, wenn er sie im Schrank ganz nach oben sortiert. Anfangs hat er oft für mich mit eingekauft. Ich hab ihm natürlich das Geld dafür gegeben, aber trotzdem, ich fand das sehr nett, und er hat die Einkäufe dann auch weggeräumt, er wusste natürlich überhaupt nicht, wo alles hingehört, und ich musste anschließend wieder alles umstellen, aber ich fand es trotzdem sehr nett.

Sie hatte etwas Salz und Pfeffer auf das Rührei gegeben, eine große Portion auf einen kleinen Teller gewuchtet, etwas Crème fraîche als Klecks oben auf den Eierberg gesetzt und stellte das Essen vor mir ab, reichte mir eine Gabel und ein Messer, holte sich ein Glas Wasser und mir das Salz.

– Zum Nachwürzen, sagte sie.

Ich nahm einen ersten Bissen, während sie mir zusah, war erleichtert, als sie schließlich einen Schluck trank und den Blick abwandte. Das Ei war köstlich.

Margot Möller legte die Hände auf den Küchentisch, der nicht ganz sauber war, unter die Holzmaserung hatten sich kleine Brötchenstücke gemischt, feine Pfefferkörner, etwas, das wie die Schokostreusel aussah, mit denen meine Oma früher mein Butterbrot dick bestreut hatte.

Margot Möllers Hände waren blass und rau und rissig. Die Haut um ihre leicht gebogenen farblosen Fingernägel war spröde und gerötet, an einigen Stellen sogar blutig, weil Margot Möller offenbar versucht hatte, mit den Zähnen die losen, zarten Hautfasern abzubeißen, und sie stattdessen weit eingerissen hatte. Der linke kleine Finger war krumm und wackelte ein wenig, aber ich konnte nicht sagen, ob Margot Möller ihn bewegte oder er sich selbst.

– Er ist ein wirklich netter junger Mann. Wirklich, wiederholte sie, als wollte ich ihr nicht glauben. Mir haben natürlich viele abgeraten, ihn bei mir aufzunehmen. Bassam, meine ich. Mein Bruder war total dagegen, er hätte es mir sogar verboten, wenn ich noch in seinem Haus gewohnt hätte. So konnte er nichts sagen. Er findet die ganze Sache mit den Flüchtlingen nicht gut, er hat nicht grundsätzlich was gegen sie, es sind ihm einfach zu viele. Er glaubt gar nicht, dass die meisten von denen stehlen und solche Sachen, aber nach Köln hat er sich natürlich schon bestätigt gefühlt, klar. Er sagt, er findet es nicht richtig, dass die ganze Flüchtlingsgeschichte (sie hob die Zeigefinger zu Gänsefüßchen) auf Kosten der Frauen geht, die jetzt bestimmte Orte nicht mehr betreten oder sich in bestimmten Bereichen nicht sicher oder unwohl fühlen. Das ist schon so eine Sache mit dem Sicherheitsempfinden. Wir haben noch nie so sicher gelebt und uns so unsicher gefühlt. Das habe ich letztens irgendwo gelesen. Angst ist einfach eine schlechte Ratgeberin. War sie schon immer.

Wasserperlen waren an der Außenseite meines Glases

hinabgeronnen und hatten auf der Tischplatte einen Ring gebildet.

Ich wollte mich nicht unterhalten. Am liebsten hätte ich nie wieder geredet. Ich hatte schon zu viel gesagt, es war nichts mehr übrig. Deshalb war ich beinahe überrascht, als ich antwortete: Das stimmt. Vor allem natürlich in diesem Zusammenhang. Nach kurzem Zögern fügte ich hinzu: Aber es ist ja nicht so, als würde die Angst darauf warten, dass man sie um Rat bittet.

– Nein, nein, nein. Die gibt ganz ungefragt überall ihren Senf dazu. Das ist schon richtig. Sie ist ein unverschämtes Miststück. Deshalb darf man mit ihr nicht zimperlich sein, sondern muss ihr ordentlich die Leviten lesen.

– Ja, sagte ich erst, aber dann kam mir das nicht richtig vor. Vielleicht, weil ich mich so allein fühlte und mir die Angst als Einzige geblieben war.

– Ich glaube, dass ich fast alles in meinem Leben, vor allem die wichtigen Dinge, aus Angst getan habe, erzählte ich dieser Frau, die ich nicht kannte. Ich hab im Grunde Angst vor allem, fuhr ich fort. Und wenn es nach einigen meiner Ängste ginge, säße ich nur zitternd unterm Küchentisch und würde mich an einem Kissen festhalten. Aber dann gibt es Ängste, die sich mit diesen Ängsten anlegen, ein Kampf der Ängste sozusagen, Battle of Fear oder so was ... Ein toller Titel für einen apokalyptischen Actionblockbuster mit Harrison Ford, oder? Jedenfalls sind diese anderen Ängste größer und stärker und gewinnen am Ende. Deshalb bin ich zu meiner mündlichen Abiprüfung gegangen, obwohl ich mir vorher die Seele aus dem Leib gekotzt habe, deshalb habe ich angefangen zu studieren, obwohl ich anfangs nicht durch die vollen Gänge laufen konnte, deshalb habe ich mich jeden Tag vor zweiunddreißig fremde Kinder gestellt und versucht, ihnen irgendetwas beizubringen, obwohl meine Hände so stark gezittert haben, dass die Kreide ständig runtergefallen ist. Ich habe Angst vor Prüfungen, vor Menschenmassen, davor, im Mittelpunkt zu stehen. Aber ich habe noch mehr Angst, Erwartungen nicht zu erfüllen, andere zu enttäuschen oder zu verarmen, deshalb habe ich das alles irgendwie doch gemacht. Mag sein, dass Angst keine gute Ratgeberin ist, aber als Antreiberin ist sie nicht zu unterschätzen.

– Man darf sich aber nicht von seiner Angst beherrschen lassen, antwortete Margot Möller nach kurzem Zögern.

– Das sage ich ja gar nicht. Ich denke nur, dass sie auch ihre guten Seiten hat. Irgendwie. Oft beschützt sie uns. Auf ihre Art.

Dafür, dass ich gar nichts sagen wollte, redete ich jetzt ziemlich viel und kam mir dabei wie eine Pflichtverteidigerin vor.

– Mag sein, mag sein. Aber wenn ich die Angst in meinem Leben die Entscheidungen treffen lassen würde, dann hätte ich Bassam niemals kennengelernt, dann würde ich überhaupt nicht mehr vor die Haustür gehen oder mit irgendwem reden, dann hätte ich an dem Tag, an dem mir mein Freund, mein damaliger Freund, so das Gesicht eingetreten hat, dass ich auf dem rechten Auge fast blind geworden wäre, gesagt: Wisst ihr was, das war's für mich. Menschen sind böse, die Welt ist schlecht, ich bleib dann mal drinnen und lass die Gardinen zu.

Ich ließ die Gabel sinken.

– Aber so bin ich nicht. So will ich nicht sein, sagte Margot Möller.

Erst jetzt erkannte ich die Narbe an ihrer rechten Wange und noch eine größere, die ihre Augenbraue unterbrach. Das Auge darunter wirkte ein bisschen kleiner als das linke, das war mir vorher gar nicht aufgefallen.

– Meiner Familie kann ich das natürlich alles nicht erzählen, dass ich bei der Flüchtlingshilfe was tue, dass ich da anfangs Klamotten gefaltet und ein bisschen Deutschunterricht gegeben und jetzt meine Leutchen habe, mit denen ich zu den Ämtern gehe. Denn was denen da teilweise passiert, das kannst du dir nicht vorstellen. Wirklich nicht. Meine Mutter weiß bis heute nichts von Bassam, und mein Bruder hat erst mal zwei Wochen nicht mit mir geredet, bis ich irgendwann bei ihm angerufen und gefragt habe, ob er jetzt noch mein Bruder ist oder nicht, seitdem geht's. Aber Bassam wollte er nicht kennenlernen, deshalb behalte ich das meiste einfach für mich. Nicht dass mein Bruder dagegen was sagen würde, er hat wohl eingesehen, dass er mir das sowieso nicht mehr ausreden kann, dass das keinen Sinn bei mir hat. Wenn ich mir was in den Kopf gesetzt habe, sitzt es da und bewegt sich auch keinen Zentimeter.

Margot Möller hatte angefangen, mit dem linken Daumennagel an der Haut derselben Hand zu knibbeln. Sie strich die Finger immer wieder aneinander ab wie Fliegenbeine.

– Bassam ist sehr anständig. Ich verstehe ihn nicht immer, obwohl er schon ziemlich gut deutsch spricht, aber manchmal denke ich auch, dass das vielleicht sogar besser ist. Genauso halte ich es bei einigen der anderen, mit denen ich rede, wenn die über Marokkaner schimpfen, die alle klauen würden, dann sage ich dazu gar nichts mehr, ich will keinen Streit, und wenn ich wüsste, was einige von denen denken, könnte ich ihnen vielleicht nicht mehr helfen, deshalb höre ich lieber nur das, was ich hören will, dann kann ich in Ruhe helfen, und gut ist.

– Aber ist Schweigen nicht genau das Falsche?, fragte ich. Muss man nicht irgendwie, ich weiß nicht, miteinander reden, trotz allem oder gerade deswegen?

– Vielleicht. Margot Möller bewegte den Kopf, schien unschlüssig. Mit sechzehn habe ich eine Ausbildung in der Gastronomie gemacht, direkt nach der Schule habe ich in einem Hotel angefangen, und die erste Zeit war auch alles gut, die Arbeit hat mir Spaß gemacht, die Kollegen waren nett, mein Chef auch. Aber dann kam er, also mein Chef, öfter mal in die Umkleide, während ich mich umgezogen habe, jetzt nicht so, dass er mich angegrapscht hätte, eher so zufällig, als wäre das ganz normal, dass er einen Meter von mir entfernt steht, während ich nur Unterwäsche anhabe. Bei den ersten Malen dachte ich noch, dass es einfach ein Versehen wäre, dass er sich vielleicht in der Tür geirrt hätte oder irgendwas in der Art. Aber das war natürlich kein Versehen. Manchmal hat er meinen BH-Träger genommen und ihn flitschen lassen. Einfach im Vorbeigehen. Und er hat auch oft so Bemerkungen gemacht, anzügliche, vielleicht sollten die lustig sein, keine Ahnung. Ich war noch jung, ich hatte nicht mal Sex gehabt bis dahin. Irgendwann habe ich meinen Mut zusammengenommen und mich beschwert, da hat man mir gekündigt, von einem Tag auf den anderen. Als hätte ich irgendwas falsch gemacht. Ich würde zu einem unguten Betriebsklima beitragen, wurde mir da gesagt. Wir sind dann vor Gericht, ich wollte erst gar nicht, aber mein Bruder und meine Mutter haben nicht lockergelassen. Ich musste alles haarklein erzählen und wirklich peinliche Fragen beantworten. Und am Ende hat man meinem Chef recht gegeben, weil er nicht habe wissen können, dass mir seine Anwesenheit in der Umkleidekabine unangenehm sein könnte. Die Prozesskosten habe ich fünf Jahre lang abgezahlt. Dafür, dass ich nicht meinen Mund halten wollte. Da kommt man schon ins Nachdenken. Das muss natürlich jeder für sich entscheiden, sagte Margot Möller. Aber ich habe gelernt, dass ich so am besten fahre. Ich will helfen. Und Punkt. Weil ich das richtig finde und weil ich auch wollen würde, dass mir oder meiner Familie ebenfalls geholfen wird, wenn ich in einer ähnlichen Lage wäre, aber ich weiß nicht, ob ich das noch könnte, wenn ich zu viel von dem weiß, was andere so denken. Das ist auch bei meiner Nachbarin unten so, Frau Zelik, die ist nicht mehr gut zu Fuß, die kommt kaum aus ihrer Wohnung raus, deshalb gehe ich öfter für sie einkaufen oder koche ihr auch mal was mit. Aber am liebsten stelle ich ihr das dann vor die Tür, weil ich nicht hören will, wie sie über Ausländer herzieht, sie ist wirklich eine von der schlimmen Sorte. Was sie mir alles an den Kopf geknallt hat, als klar war, dass Bassam hier einziehen würde, da musste ich schon ordentlich schlucken, einmal habe ich es gerade noch so in meine Wohnung geschafft, bis ich geheult habe, aber …

– Und Sie gehen trotzdem weiter für sie einkaufen?, fragte ich und wusste nicht, ob ich geschockt oder beeindruckt sein sollte.

– Sie hat doch sonst niemanden. Wer soll sich sonst ein bisschen um sie kümmern? Ich glaube, sie hat eine Tochter, aber sie reden wohl nicht mehr miteinander, gesehen habe ich sie noch nie. Und sonst bekommt sie auch keinen Besuch.

– Daran scheint sie nicht ganz unschuldig.

– Sie ist ja schon alt, ich denke, das lohnt nicht mehr, da zu streiten. Sie hat eben ihre Meinung. Und ich habe meine.

In diesem Moment hörten wir das Geräusch eines Schlüssels im Schloss, die Wohnungstür, die geöffnet wurde, Schritte, jemanden, der seine Schuhe auszog. Kurz darauf erschien ein großer junger Mann in der Tür.

– Hallo, Bassam, sagte Margot Möller. Sie schien mit einem Mal seltsam aufgeregt, wollte aufstehen, blieb sitzen.

Bassam erwiderte die Begrüßung und auch das Lächeln.

– Ich habe Rührei gemacht. Möchtest du Rührei?

– Nein. Vielen Dank.

– Ich lass es auf dem Herd stehen, dann kannst du dir später was nehmen, wenn du möchtest.

Bassams Blick ging zur Pfanne.

– Das ist sehr nett.

Er wollte bereits gehen, als Margot Möllers Stimme ihn zurückhielt.

– Ich wollte mir gleich einen Tee kochen, sagte sie, wischte sich Schweiß von der Oberlippe. Willst du auch einen Tee?

– Nein danke.

Sie hatte sich bereits erhoben und ließ sich nun wieder auf den Stuhl fallen.

– Na gut, antwortete sie und schien beinahe enttäuscht. Dann bis später, fügte sie hinzu.

– Ich glaube, er mag mich nicht, sagte sie, nachdem Bassam gegangen war und wir einige Augenblicke geschwiegen hatten.

Natürlich kannte ich sie kaum eine Stunde, aber sie

schien ehrlich traurig über diese Möglichkeit zu sein, fast ein bisschen verzweifelt.

– Bevor er kam, war ich sehr einsam. Manchmal habe ich tagelang mit niemandem gesprochen. Ich habe mich gefreut, jemanden zum Quatschen in der Wohnung zu haben. Aber er geht mir aus dem Weg. Er redet kaum mit mir. Dabei fände ich es so schön, wenn er sich mal zu mir setzen und sich ein bisschen mit mir unterhalten würde. Wir könnten auch was spielen oder fernsehen. Ich weiß, dass es albern ist, aber ich hätte so gerne, dass er mich mag. Das würde ich mir wirklich wünschen.

1996

Irgendetwas hat Josephine geweckt.

Vielleicht war es ein vorbeifahrendes Auto, vielleicht laute Stimmen unten vom Gehweg, vielleicht der Kühlschrank aus der Küche, der nachts manchmal zu rülpsen beginnt, vielleicht ein Geräusch oder Gespräch oder Gefühl aus ihrem Traum. Josephine kann es nicht sagen. Sie weiß nur, dass ihr elfjähriges Ich eben noch woanders gewesen und jetzt plötzlich in die Dunkelheit des eigenen Zimmers geplumpst ist, wie es manchmal passiert, wenn der feine Faden, mit dem die Traumwelt an der wirklichen Welt befestigt ist, zu plötzlich reißt.

Kalt ist es. Und sie hat Herzklopfen.

Schwarz ist eine schwere Farbe. Wenn es eine Sache gibt, die Josephine aus Nächten wie diesen gelernt hat, dann, dass sie ihr eigenes Gewicht haben.

Sie schließt die Augen, weil sie hofft, zurückgleiten zu

können, einfach so, schließt sie fester, weil sie denkt, sie müsste nur entschieden genug nach dem Schlaf greifen. Doch sie bleibt wach. Und Shir Khan kann sich anschleichen. So erklärt es ihre Oma ihr in solchen Nächten. Shir Khan kommt gerne nachts und er nutzt die Finsternis, und sein Knurren hat Zauberkraft, denn es macht kleine Dinge groß. Sorgen zum Beispiel, Traurigkeit und Angst auch.

Natürlich ist Josephine inzwischen zu alt für solche Geschichten. Sie glaubt nicht mehr, dass in ihrem Schrank Monster sitzen, und schon gar nicht, dass in den schwarzen Ecken tatsächlich ein Tiger aus einem Disneyfilm lauert, den sie mit Feuer (das Licht einer Taschenlampe tut es auch) und mit Gebrüll (das sie viel und lange geübt hat) vertreiben kann, denn das hat ihre Oma ihr erzählt, aber sie weiß, dass es nur ein sehr kleines Zeitfenster gibt, in dem sie die Chance hat, wieder einzuschlafen und unbeschadet aus der Sache herauszukommen.

Als der Moment vorbei ist, steht Josephine auf.

Sie geht durch den finsteren Flur. Manchmal läuft nachts der Fernseher, wenn Elisa nicht schlafen kann, heute nicht. Heute ist alles still und dunkel. Josephine hat keinen Durst, biegt trotzdem in die Küche ab, um sich Wasser zu holen. Es gibt Nächte, in denen das hilft. Mit nackten Füßen steht sie auf den kühlen Fliesen und lauscht dem Sprudeln, während sich das Glas in ihrer Hand füllt. Eigentlich mag sie das Geräusch, diese mit dem Wasserspiegel aufsteigenden Töne, und sie hat sich beigebracht, genau herauszuhören, wann ein Glas voll ist, anfangs noch mit einem Finger als Absicherung, mittlerweile braucht sie den längst nicht mehr, muss auch nicht hinsehen, um den Hahn im genau richtigen Augenblick zuzudrehen. Jetzt ist es anders.

Entsetzlich laut rauscht das Wasser aus der Leitung. Stürzt sich in das Glas. Gurgelt. Spuckt. Es ist nicht auszuhalten.

Josephine verlässt die Küche, ohne den Hahn zuzudrehen.

Das Zimmer ihrer Oma ist gleich nebenan. Sie weiß genau, wie viele Schritte es bis zur Tür sind, auf welcher Höhe sich die Türklinke befindet, welches Geräusch folgt, wenn man sie nach unten drückt, wie es im Inneren riecht und welche Art von Licht nachts durch das Fenster auf der anderen Seite fällt. Alles ist ihr so vertraut, dass sie nichts mit den Augen sehen muss. Josephine will sich zu ihrer Oma ins Bett legen, will von den kräftigen warmen Armen gedrückt werden, will die beruhigende Stimme hören und den gleichmäßigen Atem. Dann wird es ihr besser gehen. Dann geht es ihr immer besser.

Ein Karton ändert alles.

Fast wäre sie gestolpert. Kann sich noch fangen. Das macht es nicht besser. Denn nun ist das Wissen wieder da, schlagartig, die Erinnerung, die Gefühle, einfach alles. Die Möbel ihrer Oma stehen noch an ihren Plätzen, sie sind wie Ruinen, Überbleibsel von Leben, das zerfallen ist, wie Hinweisschilder, die jemand in die Erde getrieben hat, um zu zeigen, dass hier etwas gewesen ist. Die Schubladen sind leer, genau wie die Kleiderhaken, der Nachttisch, das Bett, der Ohrensessel am Fenster, in dem Josephines Oma oft gesessen und gestrickt hat. So viele Sachen sind schon weg, und was nicht weg ist, wurde in Kisten verpackt.

Josephine übergibt sich auf den Fußboden.

Sie will zu Elisa, sie will zu ihrer Mama. Aber das Wohnzimmer ist leer, auf dem ausziehbaren Sofa liegen das Kissen und die zurückgeschlagene Decke. Ist es das gewesen? Hat Josephine vorhin die Wohnungstür gehört? Ist sie davon aufgewacht, dass Elisa gegangen ist und sie zurückgelassen hat? Oder ist sie schon die ganze Nacht, und nicht nur die ganze Nacht, diese Gedanken reihen sich aneinander, als seien sie auf dieselbe Schnur gefädelt, vollkommen allein gewesen, ohne ihre Oma, ohne ihre Mama, ohne irgendjemanden? Ist sie möglicherweise sogar vom absoluten Alleinsein aufgewacht, weil wir nicht schlafen können, wenn wir absolut allein sind?

– Elisa?, ruft Josephine, erst leiser, dann lauter.

Mit einem letzten Hoffnungsrest in der Brust, der ihr sagt, dass sie sich vielleicht irrt, vielleicht nicht genau genug geguckt hat, schließlich ist es dunkel und das Sofa weit weg, und Elisa schläft manchmal komisch, geht Josephine zur Couch und betastet vorsichtig die zusammengeschobene Bettdecke, für den Fall, dass sich doch der Körper ihrer Mutter unter dem Stoff verbirgt. So ist es nicht.

Diese Erkenntnis fühlt sich wie ein Sturz an, Stolpern und Fallen und Aufprallen, alles auf einmal. Und die Angst flutet über sie hinweg.

Noch einige Male wiederholt Josephine Elisas Namen, ruft nach ihrer Mama, während sie erst das Wohnzimmer, dann den Flur, das Bad, die Küche, sogar ihr eigenes Zimmer absucht, überall schaltet sie Licht ein, den Fernseher, das Radio, ihren CD-Player, lässt auch das Wasser in der Badewanne laufen, denn aus ihrem Herzklopfen ist ein Angstklopfen geworden, das sie mit anderen Geräuschen, mit Stimmen und Musik zu übertönen versucht. Sie hätte atmen können, weil es natürlich keinen Grund gibt, warum sie es nicht können sollte, und vielleicht kann sie auch atmen, wahrscheinlich sogar, trotzdem fühlt es sich nicht so an.

In das Zimmer ihrer Oma geht sie nicht zurück.

Der Lärm dringt Elisa bereits entgegen, noch bevor sie die Tür aufgeschlossen hat und ihre Tochter weinend und panisch und um Luft ringend im Flur stehen sieht. Auf ihrem Gesicht liegen ebenfalls Tränenspuren, weil sie unten, auf den Stufen zum Keller, wo niemand sie hören kann, schon gar nicht Josephine, gesessen und geweint hat, um ihre Mutter und ihre Tochter und um sich und um alles.

Sie sieht sofort, dass die Tür zum Zimmer ihrer Mutter aufsteht.

– Was ist los?, fragt sie, kommt auf Josephine zu.

– Du warst nicht da.

– Ich war kurz unten.

– Du bist nicht da gewesen, sagt Josephine, Tränen und Rotz sind ihr bis in die Mundwinkel gelaufen. Sie ist nicht da. Und du bist nicht da. Niemand ist da. Ich hab überall gesucht.

– Jetzt bin ich ja da.

Damit will Elisa ihre Tochter beruhigen, trösten, auf eine etwas hilflose Art, wie sie sich immer etwas hilflos fühlt, doch stattdessen fängt Josephine an zu schreien, schlägt mit den Händen in die Luft, boxt und schreit noch lauter.

– Du bist nicht da! Du bist nie da!

– Doch, flüstert Elisa, doch.

Sie versucht, die fliegenden Fäuste einzufangen und nicht von ihnen getroffen zu werden, obwohl es aussichtslos ist. Endlich kann sie ihre Tochter an sich ziehen, umarmen, festhalten. Und Josephine schreit nicht mehr. Sie weint nur.

– Ich hab niemanden mehr.

– Das ist nicht wahr.

– Ich bin ganz allein.

– Das ist nicht wahr.

Eine Weile stehen sie so im Wohnungsflur, bis Josephine ruhiger wird. Elisa kann sie ins Bett bringen, ihr das durchgeschwitzte Schlafanzugoberteil aus- und ein trockenes, sauberes T-Shirt anziehen. Sie sitzt so lange an Josephines Bett, bis ihre Tochter eingeschlafen ist, und geht dann von Raum zu Raum, um die Geräte und Lampen wieder auszuschalten und das Wasser abzudrehen und die Tür zum Zimmer ihrer Mutter mit einem Schlüssel abzuschließen.

Wir halten uns fest.

– Ich hab mich schon gefragt, wann du zu mir kommst, flüstert Robin noch einmal in meine Haare.

Ich nehme sehr deutlich wahr, wie eng wir stehen, irgendwo auf meinem Rucksack schließen sich seine Arme um mich, seine Brust liegt an meiner, meine Wange an seinem Hals, seine Haare kitzeln mich, meine Nase an seinem Nacken, er riecht gut, ich nicht. Lange stehen wir still auf seiner Türschwelle, ich auf der Flurseite, komplett nass, wie ich bin, er in der Wohnung, wir umarmen uns nicht einfach, das reicht nicht, ich spüre die Kraft, die Spannung, mit der wir uns zusammenhalten, weil wir müssen.

Habe ich dir je gesagt, dass kein Name zu deinem Bruder besser gepasst hätte als Robin? Als hätten eure Eltern bei seiner Geburt gewusst, dass du sein Batman würdest und er dein Robin. In gewisser Weise haben wir ihn uns sogar geteilt, wie wir uns alles geteilt haben.

Robin war immer der Kleine.

Daran änderte sich auch nichts, als er irgendwann größer war als wir. Wir schickten ihn zum Eisholen an die Bude, ließen ihn Dinge aufräumen, die wir verwüstet hatten, stellten ihn beim Pferdspielen in eurem Waschkeller in die Box und gingen nach oben, um *Wendy* zu lesen, ließen ihn unsere vielen missglückten Backversuche probieren, flochten ihm Zöpfe in unserer Zopfphase, gelten ihm in unserer Gelphase die Haare nach hinten, malten ihn blau an, einmal gelb und ein anderes Mal leuchtend rot. Früher dachte ich mir nichts dabei, ich war geschwisterlos, ich vertraute auf deine Erfahrung mit jüngeren Brüdern und habe erst später erkannt, dass du Robin eigentlich getestet hast, wie du Maggie und Richard getestet hast, uns alle. Dabei konntest du unerbittlich sein, sogar gemein. Und ich glaube, dass Robin der Einzige von uns war, der alle deine Tests mit Bravour bestand.

Das Licht geht aus.

– Weinst du?, flüstert Robin irgendwann.

– Ein bisschen, flüstere ich zurück und bemerke erst in diesem Moment, dass es stimmt.

– Ich auch.

Ihr seht euch ähnlich, habe ich dir mal gesagt.

Du weißt schon, dass das unmöglich ist.

Trotzdem stimmt es.

Du hast lachend den Kopf geschüttelt, aber ich weiß, dass du den Gedanken mochtest.

– Willst du reinkommen?, fragt Robin leise, ohne mich loszulassen, und als ich nichts sage, fügt er hinzu: Komm rein.

Trotzdem stehen wir noch einige Minuten aneinandergeklammert im dunklen Hausflur.

Antizyklisch, so hast du Robin mal genannt. Er mochte

Bands, bevor alle anderen sie mochten, war von Filmen begeistert, die zehn Jahre alt waren, machte seinen Führerschein nicht mit achtzehn, sondern mit zweiundzwanzig, fuhr jahrelang mit dem Zug nach Holland, um Chocomel zu kaufen, und trank es nicht mehr, als unser Edeka es ins Sortiment aufnahm, las vor zwei Jahren über Weihnachten alle *Harry Potter*-Bände auf Englisch, hatte eine ausgeprägte Punkphase, als der Punk wieder einmal tot war, und hörte auf, sein Ramones-T-Shirt zu tragen, als man es bei Primark bekam, nach der Schule fing er ein Informatikstudium an, wechselte zu Philosophie, als die Nachfrage an Informatikern immer größer wurde, und machte nach seinem Abschluss eine Ausbildung zum Erzieher, bevor die Diskussion um mangelnde männliche Vorbilder in Kindergärten aufkam. Vor einigen Jahren fuhr er extra nach Berlin, um sich Geschichten über ein Känguru anzuhören, aber das Hörbuch, das ich ihm später schenkte, stand irgendwo eingeschweißt in seinem Regal.

– Komm, sagt Robin noch einmal.

Wir sind wie zwei aneinanderheftende Magnete, es braucht Entschlossenheit und Kraft, damit wir uns lösen können. Kurz stehen wir voreinander, sehen uns an, er wischt mir meine Tränen von der Wange, ich ihm seine, dann greift er meine Hand und schiebt seine Finger zwischen meine.

Robins Wohnung ist klein. Er hat eine gemütliche Küche mit einem Sofa und einem kaputten Röhrenfernseher, den er einem Freund abgekauft hat und auf dessen Bildschirm du eine von diesen Gratispostkarten mit der Aufschrift *Kann mir mal bitte jemand das Wasser reichen* geklebt hast. Dazu ein Schlafzimmer mit einer Matratze auf dem Boden und ein winziges Bad, in dem man sich kaum drehen kann und das sehr warm ist, weil er ständig die Heizung aufdreht, sogar im Sommer. Würde ich hier duschen, müsste ich zumindest nicht frieren.

– Was hast du gemacht?

Er berührt meine Stirn an der Stelle, an der mich im Park der Ball getroffen hat. Ich habe so lange nicht in den Spiegel geguckt, dass ich vollkommen vergessen habe, wie ich aussehe.

– Das ist nichts weiter.

– Und das Knie?

– Das ist schon ewig alt. Ist fast verheilt.

– Ach, Jojo.

– Was?

– Nichts, antwortet er. Willst du duschen?

– Ich dusche nicht.

– Ja, sagt Robin nur.

In der Pubertät, in der dein Zimmer ein Labor war, in dem die Wachstumsphasen von Schimmelpilzsporen auf ungegessenen Pausenbroten untersucht werden konnten und ich das Konzept des Kleiderschranks aufgab und alles auf den Fußboden verlagerte, war Robin unvorstellbar ordentlich. Er sortierte seine Bücher und CDs nach Genre und Alphabet, er besaß eine Schublade für bunte und eine für schwarze Socken, er bewahrte seine Schuhe in Kartons auf und beklebte deren Vorderseite mit kleinen Schildern, auf denen sich eine kurze Beschreibung und ein Foto des Inhalts befanden, er hatte die drei Pflanzen auf seinem Fensterbrett der Größe nach aufgestellt. Eine Woche nach dem Abitur beendete er diese Zeit der Ordnung von einem Tag auf den anderen, und nicht selten schlief er danach in einem Bett, das so vollgeladen war mit Krempel, dass er selbst kaum Platz darin fand. Sein Auszug war chaotisch, weil er morgens noch nicht eine Kiste gepackt hatte, und das Einräumen der neuen Wohnung bestand darin, die Kartons zu einem System zusammenzuschieben oder vollständig in der Mitte des Zimmers auszuleeren. Ein halbes Jahr lebte er so, dann entschied er, sein Informatikstudium an den Nagel zu hängen und aufzuräumen. Heute ist seine Küche ein voller und gemütlicher Raum, an dessen weiße Wände Postkarten gepinnt sind wie Bilder. Ich erkenne einige wieder, die du ihm geschickt hast, mein Blick zuckt von ihnen zurück, als hätte ich in die Sonne geguckt. In einem wackeligen Holzregal, das er aus dem Keller eurer Eltern hat, stehen Lebensmittel in bunten Dosen und eine umfangreiche Auswahl an Teesorten, die er ausstellt wie andere Leute Dekofiguren. Dazwischen entdecke ich den tollpatschigen Kellner aus dem Überraschungsei, den Robin von dir hat. Von deinem Taschengeld haben wir fünfundzwanzig Eier gekauft, um diese eine Figur zu finden, und dann gemeinsam die ganze Schokolade aufgegessen. Auf der Fensterbank befindet sich ein Körbchen mit Kräutern, die besser gepflegt sind, als ich es je hinbekommen habe, neben dem Herd ist eine große Schar lustiger Salz- und Pfefferstreuer aufgereiht, zwei sehen aus wie Batterien, zwei andere wie Roboter, es gibt Minions, *Star Wars*-Figuren, einen kleinen Picknicktisch mit Ketchup, Senf, Salz und Pfeffer, Schneekugeln mit einer Tanne und einem Kaktus im Inneren, knutschende Hunde, Glühbirnen und zwei maskierte Catcher in einem Ring. Ich erinnere mich, dass du ihm das Salt-and-Pepper-Lego-Set geschenkt hast, und wende mich zum Küchentisch.

– Was hast du gerade gemacht?, frage ich.

– Nichts. Und du so?

– Auch nichts. Bin hergelaufen.

– Perfektes Wetter dafür. Es gibt Regenjacken, weißt du?

– Witzig.

– Was möchtest du trinken?

– Ich brauche nichts.

– Das hab ich nicht gefragt. Setz dich. Ich mach dir einen Tee.

– Wir haben Sommer.

– Dann einen Früchtetee.

Als Robin meine Hand loslässt, seine Finger aus meinen gleiten oder meine aus seinen, spüre ich das Gewicht meines eigenen Arms beinahe wie einen Schmerz. Der Verlust kribbelt in meinen Fingerspitzen. Ich will nachfassen und tue es nicht, weil es albern ist. Stattdessen halte ich mich an den Rucksackträgern fest.

Kurz verschwindet Robin im Bad, kommt mit einem Handtuch zurück. Ohne großen Ehrgeiz reibe ich mir den Regen aus den Haaren.

Das Setzen ist umständlich.

Um auf dem Sofa Platz nehmen zu können, muss ich mich zwischen Tischkante und Polsterung zwängen. Hätte ich nicht das Ungetüm auf dem Rücken, wäre es leichter. Ich bewege mich leicht seitlich, drehe mich, schiebe mich weiter, stecke fest.

– Das würde ohne Rucksack besser funktionieren, sagt Robin.

Ich schäme mich ein wenig, dass er mich beobachtet hat.

– Ich weiß, antworte ich.

– Dann ist ja gut. Ich war mir nicht sicher und dachte, ich sag es dir besser mal.

– Blödmann.

Endlich habe ich mich so weit in die Lücke hineingequetscht, dass ich mich nach hinten fallen und in die Polsterung plumpsen lassen kann. Die alten Federn unter mir geben ein kratziges Quietschen von sich. Ich rücke etwas vor, um meinem Rucksack mehr Platz zu geben, sitze dadurch sehr nah am Tisch, weiß nichts mit meinen Händen anzufangen, falte sie im Schoß, lege sie auf die Kante, verschränke die Finger, stütze meinen Kopf, quetsche sie unter die Oberschenkel, fange von vorn an.

Robin hat bereits den Kessel auf den Herd gestellt. Aus dem Schrank nimmt er eine Tasse, gibt Zucker und einen Teebeutel hinein, aus einem anderen tauchen Süßigkeiten auf, die er mit einem vielsagenden Blick vor mich legt. Er sagt: Iss mal was.

Ich fühle, wie ich ruhiger werde, während ich Robin zusehe, die Trageriemen des Rucksacks haben sich gelockert, meine Schultern entspannen sich leicht, erst jetzt bemerke ich, dass sie wehtun. Ich bin erleichtert, hier zu sein, bei Robin. Warum überrascht mich das? Ich hätte es kommen sehen müssen. Es kann gar nicht anders sein.

Ich angele nach der Süßigkeitentüte, ziehe Twix- und Snickers- und Marsriegel heraus, reiße die einzelnen Papiere auf, lege einen neben den anderen, bis ich eine Reihe von fünf zusammenhabe, und esse sie dann schnell nacheinander auf, ohne richtig zu kauen. So mache ich es jetzt ständig. Früher war ich eine langsame Esserin, so langsam, dass Nudeln und Pizza bereits kalt waren, lange bevor mein Teller leer war, in den letzten Wochen habe ich mir ein Schlingen angewöhnt, ein bisschen wie ein Wolf, der nur diese eine Chance hat, sich satt zu essen, und nicht weiß, ob und wann sich die nächste bietet. Als ich hochsehe, bemerke ich, dass mir Robin wortlos zugesehen hat, und schäme mich wieder. Er hat mich bei einer meiner geheimen Verhaltensweisen erwischt, die ich mir durch das vollständige Alleinsein angewöhnt habe, wie das Knibbeln an Blasen und Schorf und schwarzen Zehennägeln oder das Popeln in der Nase und Porkeln in Zahnzwischenräumen, das Einsortieren meiner Brüste in die BH-Schalen und das genussvolle Rülpsen, wenn ich absichtlich zu schnell getrunken habe. Mir wird klar, dass ich sie nicht einmal mehr bemerke, dass ich ein Gefühl dafür verloren habe, was man in der Gegenwart anderer Leute tun kann und was nicht.

Meine Wangen werden warm.

– Wie geht es Opa Schmitti?, fragt Robin.

– Ganz gut.

– Hustet er noch so schlimm?

– Schlimmer.

– Ich wünschte, er würde seine Medikamente vernünftig nehmen.

Der Wasserkessel gibt ein Pfeifen von sich, und Robin füllt den dampfenden Inhalt in die bereitstehende Tasse, kommt mit ihr herüber. Ich bin froh, dass er sich neben mich auf das Sofa setzt, obwohl kaum genug Platz für uns zwei und den Rucksack ist. Robin wirft meinem Gepäck einen prüfenden Blick zu.

– Sieht schwer aus, sagt er.

– Ist es.

Aus Verlegenheit beginne ich, die Süßigkeitenverpackungen in dünne Streifen zu reißen.

Eine Weile sitzen wir schweigend auf dem Sofa in Robins

Küche. Die Hitze des Tees steigt aus der Tasse, bildet eine kleine weiche Haube über dem Rand. Gerade als ich anfangen will, die Verpackungsstreifen in noch feinere Schnipsel zu zupfen, nimmt Robin meine Hände, legt sie in seine, hält sie so behutsam wie damals den kleinen Vogel, den wir in eurem Garten gefunden haben und der wahrscheinlich aus dem Nest gefallen war. Wir wollten uns um ihn kümmern, ihn pflegen, aufpäppeln und ihm das Fliegen beibringen. Er ist gestorben. Das habe ich euch nie gesagt. Weil ihr glauben solltet, dass er weggeflogen ist. Weil ich euch beschützen wollte. Und weil ich das eben früher auch konnte, das Beschützen.

Als Robin spricht, ist seine Stimme leise und rau, er hat die Fähigkeit, einen mit seinen Augen festzunageln. Da ist er wie du.

– Passt du auf dich auf, Jojo?

Ich hätte ihn anlügen können, einfach nicken und lächeln. Ich tue es nicht. Aber ich erzähle ihm auch nicht von dem Mann im Westfalenpark, der seine Hose vor mir geöffnet hat, nicht von dem Betrunkenen in Düsseldorf, aus dessen Umarmung ich mich habe drücken müssen, den Schatten, die mir mehrere Straßen gefolgt sind und vor denen ich schließlich in eine Dönerbude flüchtete, der Jungengruppe, die mich nicht durchlassen wollte und von der mir mindestens einer an den Hintern gegriffen hat. Ich verschweige ihm auch die Bierdosen, die auf mich geworfen, die Sprüche und Worte, die mir nachgerufen wurden, die vielen Gesten und Anzüglichkeiten, die beiden Male, als die Polizisten mich angesprochen haben, weil sie mich für eine Obdachlose hielten, und auch die mulmigen Gefühle, schnellen Schritte, Unsicherheiten, die Panik, die Blicke,

Geräusche, Bewegungen auslösen konnten. Das alles muss er nicht wissen. Vielleicht, weil ich das Gefühl habe, dass ich jetzt sein Batman bin.

– Warst du bei ihr? Bei Antonia?

– Vor ihrem Haus. Ich konnte nicht reingehen.

– Versuchst du es wieder?

– Keine Ahnung.

– Sie hat bei mir angerufen. Mehrmals. Ich bin nicht rangegangen. Ich kann nicht mit ihr sprechen.

– Ich auch nicht.

– Ich weiß, niemand darf dazu etwas sagen, aber …

– Wozu?, unterbreche ich ihn.

– Zu deiner Wanderung.

– Wer hat das gesagt?

– Meine Mutter.

– Maggie?

– Sie hat uns allen …

– Ihr habt über mich geredet?, frage ich.

– Jetzt mach nicht so ein Gesicht, sagt Robin, noch ehe ich selbst weiß, was für ein Gesicht ich mache. Natürlich haben wir über dich geredet. Wir reden ständig über dich. Wo du gerade bist. Wie es dir geht. Wir rufen uns gegenseitig an, wenn wir was Neues wissen. Opa Schmitti, Mirjam, deine Mutter, wir alle.

– Ihr spioniert mir nach.

Ich weiß selbst nicht, warum, aber ich will darüber wütender sein, als ich es bin. Und das macht mich wütend. Oder traurig. Warum kann ich das nicht mehr auseinanderhalten?

– Wenn du es so nennen willst. Robin hebt die Schultern. Mir ist auch ziemlich egal, was du davon hältst. Wenn es dir nicht passt, Pech gehabt. Damit musst du dich wohl einfach abfinden. Du kannst noch so oft unsere Anrufe ignorieren oder unsere Einladungen zurückweisen oder uns nicht die Tür aufmachen oder bei Aldi so tun, als hättest du uns nicht gesehen. Ja, Jojo. Natürlich weiß ich das. Papa hat mir davon erzählt. Wir sind deine Familie.

– Ihr *wart* ihre Familie.

– Wir *sind* deine. Wir sorgen uns um dich.

– Ich will das nicht.

– Ich weiß.

– Ich hab mir was aufgeschrieben, sage ich, entziehe Robin eine meiner Hände, nestele an meiner Hosentasche, fummele das kleine zusammengefaltete Papier heraus, vollkommen durchnässt, streiche es glatt, überfliege meine eigenen krakeligen Worte, die der Regen aufgeweicht hat.

Wie oft habe ich dich um deine schöne schwungvolle Schrift beneidet, versucht, die Buchstaben genauso ordentlich zu malen wie du, zum ersten Mal erkenne ich jetzt, dass meine Unfähigkeit zu geraden Sätzen viel besser zu mir passt.

– Was?, fragt Robin, als ich noch einige Momente schweige. Was hast du dir aufgeschrieben?

– Es tut mir leid, dass wir dich nicht mit ins Kino genommen haben.

– Was meinst du?

– In *Titanic*. Wir wollten keinen Jungen dabeihaben. Ich wollte das nicht, verbessere ich. Vielleicht hätte es Inken gar nichts ausgemacht, aber sie wusste, dass ich das doof gefunden hätte, deshalb hat sie es nicht getan.

– Das ist zwanzig Jahre her.

– Und es tut mir leid, dass ich deine Karte für das Konzert in Münster Sebastian gegeben habe. Das war blöd von mir. Ich wollte dich nicht verletzen. Aber zwischen Sebastian und mir war es immer so schwierig. Ich hatte das Gefühl, es wäre weniger schlimm, wenn du auf mich sauer wärst, weil sich dadurch zwischen uns nichts ändern würde. Bei Sebastian hatte ich diese Sicherheit nicht, gar keine eigentlich. Keine Ahnung. Besser kann ich es nicht erklären. Aber es tut mir jedenfalls sehr leid.

– Wie kommst du jetzt darauf?

– Und es tut mir leid, dass ich dir vors Schienbein getreten habe. Beim Fußballspielen. Du hattest noch zwei Wochen später diesen blauen Fleck am Bein, und trotzdem habe ich behauptet, es wäre kein Foul gewesen. Aber das war es natürlich. Es tut mir leid, dass ich dein Fahrrad hässlich genannt habe. Das lilafarbene mit den einundzwanzig Gängen. Ich habe das nur gesagt, weil meine Mutter sich kein neues Rad für mich leisten konnte und ich eifersüchtig war. Dabei fand ich es wirklich schön.

– Hör auf, sagt Robin.

– Und erinnerst du dich an deine Party zu deinem dreiundzwanzigsten Geburtstag? Da habe ich dein Geschenk nicht zu Hause liegen lassen. Ich hab komplett vergessen, dir überhaupt was zu kaufen. Aber das wollte ich nicht zugeben. Deshalb hab ich gelogen. Das tut mir leid. Wirklich. Und …

– Hör auf damit!

– Nein. Du musst das wissen. Ich muss es dir sagen. Bevor es zu spät ist.

– Wag es ja nicht, so was zu sagen, Jojo.

Auf einmal sieht mich Robin an, mit einer verzweifelten Härte in der Stimme und im Gesicht. Er fasst mich. Die

Hände auf den Wangen. Es tut beinahe weh, so fest hält er mich. Ich kann nicht wegsehen. Er lässt mich nicht.

– Sag so was nie wieder. Hörst du? Nie wieder.

Ich bringe kein Wort heraus.

Robin schlingt die Arme um mich und den Rucksack, ein bisschen wie ein entschlossenes Kind, dem es egal ist, dass seine Arme zu kurz sind. Ich will Nein sagen. Ich will mich aus seiner Berührung lösen. Ich will ihn wegschieben. Und eigentlich will ich das alles nicht.

– Schlaf heute Nacht hier, murmelt er in meine Haare.

– Ich kann nicht.

– Wieso nicht?

– Ich kann nicht drinnen schlafen. Es ist schwer zu erklären. Ich muss raus. Ich kann nur in meinem Zelt schlafen.

– Dann stell ich dein Zelt in meinem Zimmer auf.

– Das wird nicht funktionieren.

– Vielleicht doch. Wir können es versuchen.

Mein Schweigen ist die Antwort.

Als ich kurze Zeit später aus dem Bad in Robins Schlafzimmer komme, hat er das Zelt bereits aufgestellt, es steht eingezwängt zwischen Matratze und Schrank und wirkt größer als draußen. Ich habe meinen Schlafanzug angezogen und mir die Zähne geputzt. Meine Handgriffe sind mittlerweile so geübt, ich musste mich daran erinnern, dass Robin fließendes Wasser hat.

– Du hast nicht geduscht, stellt er nach einem kurzen prüfenden Blick fest. Du weißt schon, dass du stinkst, oder?

– Ist mir klar.

– Ich wollte nur sichergehen.

– Haha. Wärst du mir sehr böse, wenn ich schon schlafen gehe?, frage ich. Ich bin ziemlich müde, und irgendwie habe ich mir einen etwas anderen Rhythmus angewöhnt. Wenn man kaum elektrisches Licht hat, bleibt einem nichts anderes übrig, als schlafen zu gehen, füge ich hinzu.

– Ich wollte auch schon schlafen gehen, behauptet Robin, und wir beide wissen, dass das nicht stimmt. Er ist eine Nachteule.

Während er ebenfalls im Badezimmer verschwindet, räume ich meine Sachen in dein Zelt, obwohl ich das nicht müsste, alles an dieselbe Stelle wie immer, und versuche dabei, das anwachsende Panikprickeln zu ignorieren. Das kann nicht gut gehen. Ich kann nicht in einem Raum schlafen. Ich werde ersticken. An der Angst. Oder verrückt werden. Oder beides.

Ich tippe die Fingerspitzen aufeinander.

– Gute Nacht, sagt Robin, ehe er mir einen Kuss gibt, ich in mein Zelt krieche und er in sein Bett.

Erst lasse ich den Zelteingang offen, lege mich hin, richte mich wieder auf und ziehe den Reißverschluss zu. Es hilft nicht. Ich schwitze. Ich liege auf meinem Schlafsack, habe keine Decke, trotzdem höre ich nicht auf zu schwitzen. Ich habe es gewusst. Das kann nicht funktionieren.

– Jojo?, höre ich ein Flüstern durch die Zeltwand. Schläfst du schon?

– Würdest du mir glauben, wenn ich Ja sagen würde?

– Kann ich bei dir im Zelt schlafen? Ich meine ... nur wenn das für dich in Ordnung ist, fügt er hinzu, als ich nichts sage.

– Das Zelt ist sehr eng, erwidere ich.

– Ich mach mich klein.

– Du kannst dich nicht klein machen. Du bist eins fünfundachtzig.

– Man kann sich auch mit eins fünfundachtzig klein machen. Glaub mir.

– Ich, setze ich an.

– Vergiss es, kommt mir Robin zuvor. War eine blöde Frage. Ich bin schon froh, dass du hier bist. Vergiss es einfach.

– Nein.

– Schlaf schön.

– Nein, wiederhole ich. Du kannst … Ich meine, wenn du willst, sage ich zögernd, selbst überrascht.

– Bist du dir sicher?

Einige Augenblicke bleibt alles still, und ich weiß nicht, ob ich hoffe, dass Robin kommt oder nicht, dann höre ich Geräusche, er stößt gegen das Zelt, kniet sich vor den Eingang, wartet, ich gerate in Panik, sehe seinen Schatten durch den Stoff. Schließlich erhebe ich mich, robbe auf ihn zu, mache ihm auf.

– Komm rein, sage ich leise, rücke ein Stück zur Seite, um ihm Platz zu machen, sehe zu, wie er durch die Tür klettert, nach links, er hat sein eigenes Kissen mitgebracht.

– Hier drin ist es wirklich eng.

– Hab ich doch gesagt.

– Wie habt ihr früher hier reingepasst?

– Wir waren Kinder.

Es ist schwierig, sich nebeneinanderzulegen, wir sind unbeholfen, drehen uns in die eine Richtung, in die andere, stoßen uns gegenseitig die Köpfe, ich ramme ihm den Ellbogen in den Rücken, er trifft mich am Ohr, aber schließlich finden wir eine Position, bei der Robin auf seinem Arm liegt und ich an seiner Schulter, um sich vollständig auszustrecken, muss er die Füße fest nach innen gegen die Zeltplane drücken. Es wird still zwischen uns.

– Ich kann nicht schlafen, murmelt er nach einer Weile.

– Die Zeltluft ist sehr stickig, daran muss man sich erst gewöhnen.

– Nein, ich meine, immer. Ich kann nicht mehr schlafen. Vielleicht könnte ich, aber ich will nicht, sagt er in die Dunkelheit hinein.

Ich spüre seinen Herzschlag in meiner Handfläche. Das ist beruhigend.

– Ich hab Angst, von ihr zu träumen.

– Ja, sage ich, zögere, strecke die Finger ungenau zu seiner Stirn aus, um ihn zu berühren.

– Au.

– Was?

– Du hast mir ins Auge gestochen.

– Tut mir leid, antworte ich. Ich wollte dich trösten. Ich wollte dir sagen, dass ich weiß, was du meinst. Ich verstehe dich. Das wollte ich sagen.

Ich hole tief Luft.

– Weißt du, was das Schlimmste ist?, flüstere ich.

– Was?

– Dass ich das alles nur ihr erzählen könnte.

Krefeld, den 19. September 1993

Liebe Josi,
wie geht es dir? Mir geht es gut.

Gestern haben Antonia und ich einen Ausflug gemacht. Wir waren im Zoo. Mir haben die Affen besonders gut gefallen. Es gab einen, der mit einem Stock einen Apfel aus einem Wasserbecken gefischt hat. Das fand ich sehr schlau. Und Antonia hat gesagt, daß ich recht habe, daß das wirklich schlau ist. Sie gibt mir bei allem recht. Ich weiß nur nicht, ob sie glaubt, daß ich recht habe, oder ob sie es nur sagt, und manchmal weiß ich nicht, ob sie das überhaupt weiß. Sie sagt auch niemals Nein zu mir. Ganz egal, was ich sie frage. Ich habe einen ganzen Nachmittag meinen Slimy gegen die Wand im Flur geworfen. Am Ende waren überall Fettabdrücke auf der Tapete und der Slimy war ganz schmutzig. Maggie hätte sich aufgeregt, aber Antonia findet das nicht schlimm. Und ich darf auch Pfirsichtaler und Saure Apfelringe zum Mittagessen essen, wenn ich das will, oder zum Frühstück. Für sie ist das okay. Das ist cool. Sie stört es auch nicht, wenn ich in der Wohnung mit dem Skip-it spiele oder Gummitwist springe, und jedes Mal, wenn sie irgendwo einen Troll mit einer Haarfarbe sieht, die ich noch nicht habe, kauft sie ihn mir. Das ist auch cool. Aber eigentlich mag ich Trolle gar nicht. Man muss sie ständig kämmen, sonst bekommen die ganz verfilzte Haare und sehen häßlich aus.

Wenn es gewittert, essen Antonia und ich jetzt immer Eis. Sie sagt, das hilft, wenn man sich fürchtet. Und es stimmt. Vor Donner und Blitz habe ich keine Angst mehr.

Antonia geht nicht arbeiten. Sie wartet den ganzen Tag auf mich, bis ich aus der Schule komme. Sie ist dann meistens schon angezogen. Manchmal hat sie gerade noch geschlafen. Wir essen dann zusammen und unternehmen viel. Wir waren letzte Woche beim Schwimmen. Sie ist keine gute Schwimmerin. Ich glaube, es macht ihr keinen Spaß. Ich glaube, ihr macht gar nichts Spaß. Sie sagt, das stimmt nicht, und sie lacht ganz viel. Aber das Lachen macht sie müde.

Kommst du mich am Wochenende besuchen? Ich könnte auch zu dir kommen, aber ich glaube, Antonia möchte lieber, daß du zu uns kommst. Vielleicht gibt es Waffeln mit Sahne und Schokoladensauce zum Essen und zum Nachtisch Bum Bum.

Deine Inken

2009

– Was machst du da?

– Ich bade.

– Du hast deine Klamotten an.

– Wenn ich mich ausgezogen hätte, wäre ich noch nackter.

– Was ist los, Josi?

– Ich hab Angst. Ich sitze hier in der Badewanne und fürchte mich zu Tode.

– Wovor?

– Vor nichts. Und allem.

– Warum musst du immer so melodramatisch sein?

– Kannst du die Tür von außen zumachen?

– Ach, Josi, komm ... Jetzt sei nicht gleich wieder eingeschnappt.

– Ich bin nicht *wieder* eingeschnappt. Aber wenn du die Antwort nicht hören willst, dann sei beim nächsten Mal so nett und frag mich nicht.

– Ich will die Antwort hören. Ich kann nur nicht viel damit anfangen.

– Stell dir vor, Inken, ich auch nicht! Aber genau so fühlt es sich an. Besser kann ich's nicht erklären. Ich fürchte mich vor allem und nichts. Das ist es. Und ich fürchte mich wirklich zu Tode. Vielleicht bin ich melodramatisch. Aber so ist es. Ich könnte dir jetzt ganz genau aufzählen, wovor ich mich fürchte, jedes kleine bisschen. Das würde nicht helfen. Weil du trotzdem nicht verstehen könntest, wovor ich mich eigentlich fürchte. Es sind nicht nur die vielen kleinen Dinge, vor denen ich Angst habe. Es ist nicht nur die Summe aller Teile. Es ist viel mehr als das. Irgendwie ist es alles. Und das kannst du nicht verstehen. Und ich kann es nicht erklären. Ich kriege keine Luft. Mein Herz klopft so sehr, dass sogar das Wasser dadurch vibriert. Du kannst es nicht sehen. Du brauchst es gar nicht versuchen. Aber ich sehe es. Und ich fühle es. Und ich halte es kaum aus. Ich weiß nicht, was ich tun soll. Und weißt du, was das Absurdeste daran ist? Dass ich die größte Angst davor habe, allein hier zu sitzen und in meiner Angst zu baden. Das klingt doch völlig bescheuert, oder? Was machst du da?

– Ich komme zu dir ins Wasser.

– Brauchst du Hilfe?

– Nein danke.

– Sicher?

– Ich brauch keine Hilfe!

– Okay, sagte ich und sah zu, wie sich Kati mit ihren Krücken aus dem Rollstuhl drückte, einige Sekunden leicht wankte, dann zur Ruhe kam.

Sie war jetzt wieder fast so groß wie ich, schon in der Schule hatten wir beide zu den Größten in der Klasse gezählt, aber ihre leicht verbogene Gestalt hatte sie einige

Zentimeter gekostet. Ich hätte genauer hinsehen müssen, um zu sagen, woran es lag, an ihrem gekrümmten rechten Bein, das leicht zur Seite rausgestellt war, der Unterschenkel nach innen gedreht, oder an ihrem Oberkörper, der in sich verschoben war und mich an einen Korkenzieher erinnerte. Ihre aufrechte Haltung schien ein ständiges Ausgleichen, ein Balanceakt auf festem Grund. Welcher Teil ihres Körpers glich den anderen aus? Ich war mir nicht sicher.

Aber ich wollte sie nicht so ansehen. Das kam mir unhöflich vor.

– Soll ich den Stuhl wegschieben?, fragte ich befangen und machte, um die Befangenheit zu überspielen, einen entschlossenen Schritt vorwärts, wollte ihn in eine Ecke bugsieren, wo man ihn nicht mehr sehen und ich so tun konnte, als würde meine Mitschülerin Kati nicht in einem greisen Körper leben.

Doch sie ließ mich nicht. Als hätte sie mich durchschaut.

– Wir schaffen das schon, widersprach sie. Richtig?

Sie sah ihren Sohn an, der auf den Hausflurstufen gesessen und gewartet hatte, jetzt aufstand und den Rollstuhl, dessen Griffe er noch nicht erreichte, zur Seite schob, indem er gegen die Lehne drückte. Die Räder setzten sich in Bewegung, zielsicher, obwohl er nicht nach vorn sehen konnte, steuerte er den Stuhl an die Stelle, an der er offenbar immer stand, um niemandem im Weg zu sein, links neben der Eingangstür, unter einem Plan, der den Putzdienst und das Rausstellen der Mülltonnen organisierte. Ich schämte mich. Für mich selbst, das war nichts Neues, aber auch, weil ich mich wie eine heimliche Beobachterin von etwas sehr Privatem fühlte, einer Routine, die mir intim vorkam.

Katis Körper hatte mich vollkommen aus dem Konzept gebracht.

Das mochte ich mir nicht eingestehen. So wollte ich nicht sein. Aber ich konnte nichts dagegen tun.

– Komm, sagte Kati, und ich dachte, sie meinte mich, sie meinte aber ihren Sohn.

Ich sah zu, wie sie zur Treppe ging, der Junge hinter ihr, er war noch so klein, dass sie beim Stufensteigen eine sehr ähnliche Geschwindigkeit hatten, Kati mit ihren Krücken, die sie anhob, vor sich aufstemmte und ihnen dann folgte, ihr Sohn mit den etwas zu kurzen Beinen, auf diese kletternde Kinderart, ohne die Knie richtig zu knicken. Ich stand und wartete; als sie etwas Vorsprung hatten, ging ich ihnen nach.

Es war Zufall gewesen, dass ich Kati draußen vor dem Haus getroffen hatte, aber es war kein Zufall, dass ich sie hatte treffen wollen. Ich hatte ihre neue Adresse in Gelsenkirchen von Hatice, einer gemeinsamen Freundin, die gezögert hatte, sie mir zu geben. Wir waren in derselben Grundschulklasse, dann in derselben Klasse auf dem Gymnasium gewesen, hatten zusammen Abitur gemacht, und alle wussten, dass wir uns nicht leiden konnten.

Kati hatte sich verändert, aber das hatte nichts mit dem Rollstuhl und den Krücken oder ihrer verdrehten Statur zu tun. Trotz alledem wirkte sie kräftiger, stärker. Zum Ende der Schulzeit war sie so dünn gewesen, dass sie in ihrer Kleidung vollkommen verloren ging, allein die sich spitz abzeichnenden Schulter- und Hüftknochen, die Ellbogen und Knie waren Hinweise auf den Menschen, der in den Pullovern und Hosen verschwand. Ihre Wangen waren eingefallen gewesen, ihre Haut so blass wie das chlorfrei gebleichte Papier der linierten Klausurbögen, die Augen hatten tief in ihren Höhlen gelegen, wenn ihre Ärmel nach oben gerutscht waren, was sie meist verhindert hatte, indem sie die Bündchen fest in die Finger nahm, hatte man den dichten, weichen Flaum ihrer Armhaare gesehen, der mir vorgekommen war, als versuchte er, diesen zerbrechlichen, zweigähnlichen Körper zu schützen und warm zu halten wie eine Decke. Erst Jahre später hatte ich gelesen, dass Wollhaar ein typisches Symptom von Magersucht sein kann, und ich hatte an Kati gedacht und an den Kampf, den sie und ihr Körper miteinander austrugen, um zu überleben.

Ich weiß nicht, was du über Kati gedacht hast, damals. Darüber haben wir nie gesprochen. Ich jedenfalls hatte nicht so viel Mitgefühl, wie ich hätte haben sollen. Vielleicht, weil ich zu erleichtert war, dass du nicht wie sie geworden bist. Aber wäre es nicht besser gewesen, dein Körper hätte auch so deutlich gezeigt, dass etwas nicht stimmt? Damit wir es nicht hätten übersehen können. Oder hätten wir trotzdem einen Weg gefunden, es zu ignorieren?

In letzter Zeit habe ich öfter darüber nachgedacht, wonach Kati gehungert und wann sie damit angefangen hat. Keine der Fragen kann ich beantworten. Sie war für mich immer das ältere Mädchen gewesen, obwohl wir fast gleich alt waren. Schon in der Unterstufe hat sie sich geschminkt, sie hatte immer die neuesten Klamotten, alles von Oilily, als Kinder alles von Oilily haben wollten, Baggiejeans, als plötzlich alle Hip-Hop hörten, Schnullerketten, als Schmuck aus der Babyabteilung kam, schön-scheußliche Plateauschuhe, als wir alle ein Spice Girl sein wollten. Sie hatte einen Freund, als es dir und mir noch gereicht hat, unsere Kuscheltiere zu verarzten. Die Jungen mochten sie, die Mädchen wollten wie sie sein. Mein erwachsenes Ich weiß natürlich, dass ein Teil des Problems zwischen Kati und mir war, dass ich sie anfangs beneidete, weil sie beliebt und selbstbewusst und ich unbeliebt und unsicher war, ein Neid, den ich als Ablehnung zu tarnen versuchte, damit er weniger wehtat. Aber ein anderer Teil war, dass ich mir das nie eingestehen konnte. Vielleicht hatte ich es auch deshalb nicht so schlimm gefunden, dass Kati mit dem Übergang in die Mittelstufe angefangen hatte zu verschwinden, Kilo für Kilo.

Kati war immer noch ansprechend gekleidet, trug aber jetzt Größen, die sie sicherlich nicht mehr in der Kinderabteilung fand, hatte muskulöse Schultern, Arme und Hände, und auch der untere Teil ihres Körpers war kräftig, mit einem sichtbaren Rechts-links-Unterschied. Ihr Make-up war nach wie vor einen entscheidenden Farbton zu dunkel für ihre Haut und Krümel davon hatten sich in Fältchen gesetzt, während schwarze, sorgfältig choreografierte Fliegenbeine ihre Augen umkreisten. Aber das neunzehnjährige Papiergesicht mit den tiefen Schatten war verschwunden. Sie hatte noch dieselben langen blonden Haare, zu einem Zopf gebunden, vorne einen Pony, der sich zu beiden Seiten teilte, als wäre er ein Vorhang und Katis hohe Stirn die Bühne. Der Zopf pendelte bei jedem schwankenden Schritt über ihren Rücken.

– Schuhe ausziehen, sagte Kati bestimmt, als wir den ersten Stock und damit ihre Wohnungstür erreichten.

Mir war nicht klar, ob ich oder der Junge gemeint war, aber wir begannen beide, unsere Schnürsenkel zu lösen, während Kati die Tür aufschloss, indem sie eine Krücke an die Wand lehnte, sich auf der anderen aufgestützt hielt.

Kurz darauf verschwand sie im Wohnungsinneren, während sich ihr Sohn auf den Boden setzte und unbeholfen an den Schleifenenden zog. Meinen Schuhen konnte mittlerweile selbst das Klebeband nicht mehr helfen.

– Hallo, sagte ich.

Er sagte nichts.

– Ich bin Josephine.

Er sagte nichts.

– Ich kenne deine Mutter noch aus der Schule. Gehst du schon in die Schule? Wahrscheinlich nicht, oder? Ich kann bei kleinen Kindern nie sagen, wie alt sie sind. Im Grunde auch bei Erwachsenen nicht. Meine beste Freundin wollte ein Kind haben. Oder vielleicht auch nicht. Ich glaube, das wussten wir beide nicht so genau. Ich fand das keine gute Idee, zumindest habe ich ihr das gesagt. Jetzt wünschte ich, ich hätte es ihr nicht gesagt. Und ich wünschte, ich hätte ganz andere Sachen gesagt. Aber du, fügte ich hinzu, als mich der Junge mit großen Augen ansah, hast keine Ahnung, wovon ich rede. Wie alt bist du? Zwei? Drei? Achtzehn?

Er sagte nichts.

– Kann er sich die Schuhe schon selbst ausziehen?, rief ich in Richtung Wohnung und hoffte, dass meine Worte es durch die geöffnete Tür zu Kati schafften.

– Er ist drei, erwiderte Kati, sie klang bereits weiter weg.

Mir half die Antwort nicht, deshalb hockte ich mich zögerlich und durch den Rucksack umständlich vor den Jungen und deutete auf dessen Füße.

– Soll ich dir die Schuhe ausziehen? Oder kannst du das selbst?

Er sagte nichts.

– Was hältst du davon, wenn ich erst einmal die Schnürsenkel löse und dir …

Gerade als ich nach seinen Füßen greifen wollte, zog er sie weg, kugelte sich zur Seite, sprang auf und lief seiner Mutter nach.

– Oder nicht, murmelte ich. Wie die Mutter, so der Sohn.

– Was sagst du?, fragte mich Kati, sah zu mir nach draußen.

– Nichts. Ich stand auf. Kann er nicht sprechen?

– Doch, sicher. Er redet wie ein Wasserfall, antwortete Kati. Kommst du jetzt rein oder willst du hier draußen mit mir bereden, was nach dreizehn Jahren anscheinend so unglaublich wichtig ist?

Ich hörte den Spott in ihrer Stimme.

– Und nimm den komischen Rucksack nicht mit rein.

Katis Wohnung sah aus wie Katis Kleidung, modern, irgendwie hip, mit Liebe zum Detail und von allem zu viel. In ihrer engen Diele standen wackelige Billigregale, die mit mehr Schuhen gefüllt waren, als sie tragen konnten, Ausläufer dieser Schuhschwemme – Frauenschuhe in zwei verschiedenen Größen und Kinderschuhe – hatten auch den Bereich vor der Tür erreicht, wo Sandalen- und Sneakerpfützen um die geblümte Willkommenstürmatte zurückgeblieben waren. Jacken und Mäntel verrichteten Schichtdienst an einer viel zu kleinen Garderobe, Klebetatooschmetterlinge, die ihre besten Jahre hinter sich hatten, flogen über die einzige freie, lila gestrichene Wand. Katis Küche war ein Schlauch ohne Sitzmöglichkeiten. Auch das Wohnzimmer war ein kleiner, großzügig dekorierter Raum mit transparenten Gardinen und selbst gemachten Bildern über dem Sofa, rechteckigen Leinwänden, über die ein Netz aus Kordeln gespannt war, waagerecht und senkrecht, wodurch kleine quadratische Felder entstanden waren, die jemand mit vielen verschiedenen Farben gefüllt hatte. Über dem Fernseher, einem Flachbildschirm, die es inzwischen nicht mehr in einer angemessenen Größe zu geben schien, sondern nur noch in riesig oder sehr riesig, hatte ein weiteres Gemälde aus eigener Produktion seinen Platz, ein orangefarbener Untergrund, auf den zwei große Herzen gemalt waren, eins im Vordergrund in entschlossenem Rot, das andere, leicht verdeckt, im Hintergrund und auch farblich zurückhaltender, sowie zwei senkrechte Striche an der linken Seite, während auf der rechten in braunen Buchstaben stand, dass Liebe schön sei, allerdings waren die Punkte, die aus dem O ein Ö machten, kaum zu erkennen, und irgendwie gefiel mir diese Aussage besser.

Über dem Zweisitzersofa lag eine Tagesdecke, die ein hässliches altmodisches Muster verdecken sollte, aber zu kurz war, um ihren Job anständig zu machen, die geblümten Kissenbezüge bemühten sich nach Kräften, sowohl mit den Bildern hinter ihnen als auch mit dem Gemälde über dem Fernseher zu harmonieren. Aber diese Aufgabe war unlösbar. Auf dem Couchtisch, einem Gestell aus Glas mit schwarzen Metallfüßen, lagen Bücher und Hefte, die nach Hausaufgaben aussahen, daneben befanden sich silberglänzende Plastikkerzenleuchter und eine Shabby-chic-Dose. Auf dem flauschigen Langflorteppich stand ein weiteres Paar Frauenschuhe, die nicht Kati gehörten.

– Setz dich, sagte sie, aber wieder wusste ich nicht, ob ihre Aufforderung an mich oder den Jungen gerichtet war, für den einige Duplosteine auf dem Boden lagen und der sich, mit dem Hintern voran, neben sie fallen ließ.

Weil sich Kati auf einen gepolsterten Hocker setzte, der zwischen Couchtisch und Fernseher stand, die Krücken neben sich legte und einen Moment zu brauchen schien, um ihre Beine auszurichten, nahm ich auf dem Sofa Platz, in dessen alte, weiche Polsterung ich tief einsank.

Durch das halb geöffnete Fenster drangen warme Sommerluft und gedämpfter Straßenlärm herein.

– Ist das Dalibors Kind?, fragte ich, weil ich irgendetwas sagen und nicht auf Katis Beine starren wollte.

– Was? Welcher Dalibor?

– Dalibor … ach, wie hieß der noch mal, Petrović oder so ähnlich? Mit dem warst du doch mal zusammen und …

– In der siebten Klasse. Mit dem habe ich seit zwanzig Jahren kein Wort mehr geredet.

– Ach so … Ich dachte … Ich finde, er sieht ihm irgendwie ähnlich.

– Tut er nicht. Und Dalibor hieß auch nicht Petrović oder so ähnlich, sagte sie nicht ohne Vorwurf.

– Willst du das der Mama geben?, fragte Kati, als der kleine Junge zu ihren Füßen ihr einen Plastikstein entgegenstreckte. Was soll die Mama damit machen? Soll die Mama das festhalten? Nein? Sie soll es dir wiedergeben? Hier hast du es. Sie hielt ihm den Duplostein wieder hin, und er nahm ihn, betrachtete ihn sorgfältig, als wollte er sichergehen, dass es dasselbe Teil war, und wandte sich wieder den anderen Steinen zu.

– Und wie geht es dir sonst so?, wollte ich unbeholfen wissen.

– Was willst du, Josephine? Warum bist du hier? Du bist nicht gekommen, um mich zu fragen, wie es mir geht.

– Vielleicht doch.

– Du hast mich in dreizehn Jahren Schule nicht ein Mal gefragt, wie es mir geht.

– Aber du mich, oder was?

– Hab ich nicht gesagt. Aber ich hab dir auch nicht vor deiner Wohnung aufgelauert und …

– Ich hab dir nicht aufgelauert.

– Und ich tue auch nicht so, als würde ich wirklich wissen wollen, wie es dir geht. Ich hab das von Inken gehört. Das tut mir sehr leid. Wirklich.

– Ja, genau, gab ich abschätzig zurück.

– Natürlich tut mir das leid. Inken war von euch beiden ja zumindest die etwas Erträglichere. Anfangs.

– Ach, dann wäre es dir lieber, ich hätte mich umgebracht?

– Danke, Josephine. Ich hätte fast vergessen, wie gern du anderen das Wort im Mund umdrehst. Aber von mir aus, seufzte sie. Bis auf ein paar Schrauben in meinem Rücken geht es mir bestens. Danke der Nachfrage. Sagst du mir jetzt, weshalb du hier bist?

Was war das für ein seltsames Sofa, auf dem ich saß? Die Polster waren so unerträglich weich und ich selbst so entsetzlich schwer, dass ich mich fühlte, als würde ich tiefer und tiefer und bis in die Ritze zwischen Unter- und Rückseite hineinrutschen.

– Ich möchte das Buch zurück, hörte ich mich selbst sagen, aber meine eigene Stimme klang leise und sehr entfernt.

– Ich hab das Buch nicht, antwortete Kati, ihre Worte knirschten unter dem Bemühen, nicht zu laut und nicht zu wütend zu sprechen.

– Aber du weißt, um welches Buch es geht.

– Ihr habt überall rumerzählt, ich hätte das Buch gestohlen. Natürlich weiß ich, um welches besch… Sie brach ab, sah auf ihren Sohn. Ich weiß, um welches Buch es geht, beendete sie den Satz kalt.

– Mir ist egal, ob du es damals genommen hast oder nicht, erwiderte ich. Ich will einfach nur, dass du es mir zurückgibst. Das ist alles.

– Du bist unglaublich, Josephine. Weißt du das?

– Ja, weiß ich. Gib es mir zurück.

– Du hast vielleicht Nerven. Du kommst nach dreizehn Jahren zu mir nach Hause, sitzt auf meinem Sofa und behauptest immer noch, dass ich eine Diebin und eine Lügnerin bin. Reicht es nicht, dass ihr mir die Schulzeit mit euren Gemeinheiten zur Hölle gemacht habt? Jetzt willst du auch noch …

– Wir haben *dir* die Schulzeit zur Hölle gemacht? Darf ich dich an den Liebesbrief erinnern, den du in meinem Namen an Jaschek geschrieben hast?

– Das war ein Scherz. Und es ist ewig her.

– Und war es auch ein Scherz, dass du allen erzählt hast, ich hätte dir auf den Busen geguckt? Und dass ich lesbisch wäre?

– Wenigstens hab ich nicht behauptet, du hättest in der Grundschule Läuse gehabt und alle Kinder angesteckt. Kati, die Seuche.

– Das hast du doch selbst überall erzählt!

– Hab ich nicht!

– Natürlich hast du das!

Wir starrten einander an, wütend, fassungslos, verletzt von Dingen, an die wir uns kaum erinnerten und die wir nicht vergessen konnten.

In diesem Moment begann Katis Sohn zu weinen.

– Was denn?, fragte sie ihn. Was ist denn?

Sie bemühte sich, sich vorzubeugen, wollte die Arme nach ihm ausstrecken, er wich ihr aus, sie erreichte ihn nicht.

– Schätzchen, sagte sie leise, klang mit einem Mal sehr angestrengt. Komm zur Mama.

Er kam nicht.

– Warum weinst du? Willst du nicht, dass die Mama dich tröstet?

Noch einmal streckte sie sich so weit nach vorn, wie es ihr möglich war, drohte beinahe, vom Hocker zu fallen, versuchte, ihn etwas heranzuwinken, erfolglos.

– Soll ich vielleicht …?, fragte ich vorsichtig, machte eine ungenaue Geste.

– Nein!, gab sie scharf zurück. Engelchen, mein Engelchen, komm doch zur Mama, damit die dich auf den Arm nehmen kann.

Doch das Engelchen blieb weiter weinend auf dem Boden sitzen und rührte sich nicht.

– Das ist doch scheiße!, entfuhr es Kati.

Wir alle drei waren überrascht.

Sie fuhr sich über das Gesicht, wollte nach ihren Krücken greifen, sie fielen ihr aus der Hand. Das Geschrei wurde lauter.

– Ja, bitte, sagte sie gepresst.

– Was?

– Könntest du ihn mal eben … Sie beendete ihren Satz nicht.

– Klar. Ich meine, sicher, gern.

Ich kämpfte mich aus dem Sofa, das mich schneller freigab, als ich erwartet hatte, kniete mich auf den Teppich vor das schluchzende Kind, das mich einen Moment irritiert ansah, kurz innehielt, dann weiterweinte.

– Nicht weinen, murmelte ich, weil ich dachte, dass man das zu weinenden Kindern sagte. Nicht weinen.

Etwas nervös berührte ich seine Schultern, seinen Rücken, legte eine Hand auf seinen Kopf, gab ein hoffentlich beruhigendes Geräusch von mir und lächelte ihn an.

– Gib ihn mir einfach, sagte Kati.

Also nahm ich ihn hoch, stand auf und trug ihn zu ihr. Noch ehe wir sie erreicht hatten, streckte er bereits die Arme nach ihr aus. Er beruhigte sich in dem Moment, in dem ich ihn auf ihrem Schoß absetzte.

– Es geht schon, murmelte Kati, als ich mich vergewissern wollte, dass sie ihn richtig halten konnte.

Ich nickte, zögerte, ging dann zurück zu meinem Platz auf der Couch. Schweigend sah ich zu, wie Kati dem Jungen durch die Haare strich, die dicken, kugeligen Tränen von den Wangen, er lehnte sich an sie, das Weinen verklang.

– Hör zu, mir ist absolut egal, was damals war, sagte ich, betont ruhig. Ich bin nicht gekommen, um alte Geschichten wieder aufzuwärmen oder irgendwas. Ich will auch nicht streiten. Das ist wirklich das Letzte, was ich will. Die Schulzeit ist lange vorbei. Länger, als ich oft glauben kann. Was spielt es da noch für eine Rolle, wer was getan hat? Wir sind erwachsen, manchmal. Ich denke, wir beide wissen längst, dass wir damals aus einer Mücke einen Elefanten gemacht haben und dass das meiste davon überhaupt nicht wichtig ist. Ich für meinen Teil habe das verstanden. Deshalb lass uns das alles vergessen. Bitte. Alles, was ich will, ist das Buch, Kati. Gib es mir, und du bist mich gleich wieder los.

– Ich weiß nicht, wie oft ich dir das noch sagen soll. Ich hab es nicht. Ich hab es nicht genommen. Ich hab es einfach nicht.

– Bitte gib es mir.

– Hörst du mir nicht zu? Dringt das nicht zu dir durch? Soll ich es ganz langsam sagen, damit du es verstehst? Ich. Habe. Es. Nicht.

– Es ist wirklich wichtig. Ich meine es ernst. Es ist sehr, sehr wichtig. Du musst es mir zurückgeben.

– Kapierst du nicht, dass ich es nicht mehr habe?

– Also hattest du es mal.

– Und wenn schon.

– Ich wusste es! Inken wollte es nicht glauben. Sie hatte eine bessere Meinung von dir als ich. Aber ich habe es von Anfang an gewusst. Du hast es genommen. Du hattest es die ganze Zeit und hast uns noch frech ins Gesicht gelogen. So ist das nämlich.

– Wenn es dir damit besser geht, Josephine, antwortete Kati schulterzuckend. Ja, bitte. Ich hab es damals genommen. Who cares?

– Who cares?, äffte ich sie nach. Who cares? Ich, Kati. Ich zum Beispiel. Das war unser Buch, Inkens und mein Buch. Du hattest kein Recht, es zu nehmen.

– Jetzt krieg dich wieder ein und schrei vor meinem Sohn nicht so herum. Es stand sowieso nichts Spannendes drin.

– Du hast es gelesen?, fragte ich.

– Natürlich hab ich's gelesen. Ihr habt immer so ein Geheimnis daraus gemacht. Ich wollte wissen, was ihr euch da schreibt, was so wichtig sein soll. Und weißt du, was? Es war nicht besonders interessant.

– Dann kannst du es mir ja jetzt zurückgeben.

– Ihr habt euch immer ach so viel auf diese dämliche Freundschaftssache eingebildet. Kati gab ein abfälliges Geräusch von sich. Ständig habt ihr so getan, als wärt ihr was Besonderes, was Besseres als alle anderen. Aber weißt du, was? Das wart ihr nicht.

– Das haben wir auch nie behauptet.

– Natürlich habt ihr das. Für euch musste es immer andere Regeln geben als für alle anderen. Wir wollen aber nebeneinandersitzen. Wir möchten aber gemeinsam auf ein Zimmer. Wir müssen unbedingt in denselben Kurs. Wir machen alles nur zusammen. Blablabla. Katis Stimme bekam einen übertrieben hellen und piepsigen Ton, ihr Sohn drehte ihr mit großen, überraschten Augen das Gesicht zu.

– So ist das überhaupt nicht gewesen.

– So war das immer.

– Weißt du was, Kati? Du kannst mich mal. Ich werde mich nicht dafür entschuldigen, dass Inken und ich die besten Freundinnen sind. Waren. Sind. Was wir hatten, war etwas Besonderes. Ist es noch. Das kannst du wahrscheinlich gar nicht verstehen. Sie war die einzige Person, mit der ich über alles sprechen konnte, die immer für mich da war. Und jetzt hab ich niemanden mehr.

– Das ist echt traurig, gab Kati unbeeindruckt zurück.

– Ja, genauso ist es. Es ist verdammt scheiße traurig! Du hast keine Vorstellung davon, wie verdammt scheiße traurig das ist. Und jetzt gib mir das Buch zurück, damit ich endlich von hier weg kann und dich nie wiedersehen muss.

Kati sagte nichts, musterte mich, mühevoll hob sie ihren Sohn hoch, von ihrem Schoß und zurück auf den Boden, dann angelte sie nach den Krücken, stellte sie auf, stemmte sich auf sie und in die Luft und verließ das Zimmer. Ich hörte das Aufsetzen der Gummifüße auf dem Flurfußboden, die nachfolgenden Schritte, wie sich eine Tür öffnete. Mittlerweile war ich nach vorn gerückt, saß jetzt auf der Sofakante, die fester war als der hintere Teil, ich drohte nicht mehr, in die Ritze zu rutschen.

Als Kati nach einigen Momenten zurück ins Wohnzimmer kam, hatte sie sich das Buch unter den Arm geklemmt, sie blieb auf dem Langflorteppich zwischen den Duplosteinen stehen. Ich richtete mich auf, wir standen uns schweigend gegenüber.

– Hier, sagte sie, nahm beide Krücken in eine Hand, hielt mir das Buch hin.

Ich nahm es.

– Es ist gut, dass du gekommen bist, fügte sie hinzu. Ich hatte schon lange vor, es euch zurückzugeben.

Ich schwieg, mir klopfte das Herz, ich konnte es sogar in den Fingerspitzen fühlen, die das Gewicht der Papierseiten trugen. Ich wusste nicht, was ich erwartete, auf ihnen zu lesen, was ich finden wollte, wonach ich suchte. Alles, was dort stand, hatte ich schon gelesen, damals, als wir acht oder neun Jahre alt waren, als Inken bei Antonia wohnte, als sie zurückkam, aber ich konnte mich nicht erinnern. Weil es nichts zu erinnern gab? Weil ich es verdrängt hatte? Weil es nicht so wichtig war, wie ich glaubte?

Ich würde es erfahren. Was sich auch immer zwischen den Buchdeckeln verbarg. Ich würde es erfahren.

– Das Schloss ist weg, sagte ich.

– Ja.

– Du hast es aufgebrochen.

– Ja.

– Scheiß auf dich!
– Komm nicht wieder.
– Hab ich nicht vor.

Ich würde mich betrinken.

Das stand fest.

Ich würde mir an der nächsten Bude Bier kaufen und mich in mein Zelt setzen und eine Flasche nach der anderen öffnen, bis meine Gedanken in Watte gewickelt wären und ich sie nicht länger ertragen müsste, bis alle Worte vom Vortag so weit abgetrieben wären, dass ich sie nicht mehr hören konnte. Mein Nacken tat weh. Weil der Rucksack zu schwer war, aber nicht nur. Es zog in meinem Kopf, auch das sollte der Alkohol weich werden lassen, dieses Spitze der Schmerzen, die sich in meinem Hinterkopf einnisteten, und die Schärfe von dem, was ich hinter meiner Stirn sonst noch fühlte.

Der Tag stand mir bis unters Kinn.

Das alles musste ein Ende haben. Ich hielt es nicht mehr aus. Ich trug so viel mit mir herum. Meine Kleidung und mein Zelt und die Isomatte waren nicht das, was auf meinen Schultern lastete. Das alles zog mich in die Tiefe.

– Normal is dat nich.

Ich hatte einen Kiosk erreicht, dessen helle Fenster aus der warmen Abenddämmerung ausgeschnitten waren wie bei den Häusern, die wir früher aus schwarzer Pappe und Transparentpapier gebastelt haben, eine kleine schmale Eckbude, mit einer Fensterbank vorn, auf der zwei Männer ihre Bierflaschen abgestellt hatten, seitlich war das Weingummi, einsortiert in viereckige Plastikzellen. Auf den Regalbrettern darüber standen Dosen mit Fertigessen und

Hundefutter, die niemand wollte, seit die Supermärkte in der Gegend bis zweiundzwanzig Uhr geöffnet hatten. Die wenigsten Menschen brauchen zwischen zehn Uhr abends und sechs Uhr morgens Erasco oder Frolic. Im Inneren der Trinkhalle gab es eine große Eistruhe von Langnese, Zeitschriften und Zeitungen in Ständern rechts, Zigaretten an der Rückwand, Shampoo, Käse, Slipeinlagen, Zahnbürsten, Salz und Waschpulver quetschten sich daneben.

– Dat musse dir ma vorstellen. Ich mein ... Überleg ma. 222 Millionen. Da biste doch, da kannste, da fällt dir doch echt nix mehr zu ein. Früher is dat nochn reeller Sport gewesen. Aber damit machense alles kaputt.

– Reell is dat doch schon lange nich mehr, widersprach der eine der beiden Männer, hielt die Finger um sein Bier, tippte mit dem Ringfinger unablässig gegen das braune Glas. Er musste einige Male heftig husten, danach klang sein Atem, als würde er Wasser gurgeln.

– Deshalb sach ich ja, früher. Wie ich damals noch als Stöppken da hinten aufm Bolzplatz ...

– N Stöppken bis du doch nie gewesen. Als oller Bollerkopp bisse schon auffe Welt gekommen. Dat wusste sogar dem Herrmann seine Töle.

– Hasse gehört, dat der hoppsgegangen is?

– Dem Herrmann sein Hund? Wie hießer noch?

– Herrmann sein Hund. N andern Namen hat der nich gehabt.

– Is ja auch schon ne Million Jahre alt gewesen. Gucken konnte der nix mehr. Dann die ganzen Knubbels überall. Und hat der überhaupt nochn Zahn im Maul gehabt?

– Nee, nich dem Herrmann sein Hund. Der Herrmann selbst.

– Der auch.

– Dat is ne Schande.

– Isset wirklich.

– Der hat damals noch mittem Rahn bei Altenessen gespielt.

– Dat hatter überall rumerzählt, ja. Ich will nix Schlechtes übern Toten sagn, aber geglaubt habich dem dat nich.

– Ich auch nich.

– Und dem Sepp seine Jungs sind ja auch gedopt gewesn. Allesamt.

– Dat willich nich noch ma von dir hören. Auf die lass ich nix kommen. Hörste?, fragte der andere Mann, hochgewachsen, mit einem Rücken, bei dem ich zum ersten Mal verstand, warum man auch Kreuz sagte. Der plötzliche Ärger ließ ihn kurzatmig werden. Unser Rahn war einer vonne Guten, damit dat ma klar is.

– Auch die Guten greifen ma ins Klo. Wenn sogar einer wie der Mats dem Geld hinterherläuft …

– Hör mir auf mit dem. Der is für mich sowat von unten durch. Nich ma die Hand würdich dem noch geben, wenner mir zufällig übern Weg läuft.

– Da kanner ja froh sein, dat du aussem Viertel hier sowieso nich rauskommst.

– Und nach München würd ich schoma gar nich. Da darfste wahrscheinlich jetzt nur noch rein, wenne dein eigenes Willkommensschild dabeihast.

– Jetzt geht die Leier wieder los. Kannste nich ma ne andere Platte auflegen?

– Dat geht so lange los, wie die jeden Hinz und Kunz überde Grenze lassen.

– Red keinen Stuss.

– Für die wird doch jetzt der rote Teppich ausgerollt, fügte nun der Mann auf der anderen Seite des geöffneten Schiebefensters hinzu. Das haben sie für uns früher nicht gemacht. Da hat sich keiner gekümmert.

– Wat heißt, nich gekümmert?, wollte der Große wissen.

– Geholfen. Uns hat doch damals niemand geholfen. Wie ich hier angekommen bin, hat das keinen interessiert. Ich wusste nicht, wohin. Ich konnte die Sprache nicht.

– Dat kannste bis heute nich anständig, lachte er.

– Das sagt der Richtige. Mir hat man nichts geschenkt. Aber bei denen jetzt. Denen wird Zucker in den Hintern geblasen.

– Sach ruhig Arsch.

– Ich sag nicht Arsch.

– Wie willste ein richtiger Deutscher sein, wenne nich ma Arsch sagn kannst?

– Wer sagt, dass ich ein richtiger Deutscher sein will?

– Worauf willste denn eigentlich hinaus?, fragte der Hustende.

Seine Gesichtshaut war sehr fahl, und ich fragte mich, ob er durch das Licht kränker aussah, als er war, oder gesünder. Noch hatte mich niemand von ihnen bemerkt, und ich wagte es nicht, auf mich aufmerksam zu machen. Wenn ich wollte, hätte ich gehen können, ohne gesehen zu werden. Allerdings dann auch ohne Bier.

– Das ist ungerecht. Darauf will ich hinaus. Ich hatte es viel schwerer.

– Und wat sollenwer jetzt machn? Sollenwers allen so schwer machn wie dir, damit dus nich allein schwer gehabt has? Wärste dann zufrieden, oder wat?

– Er sacht doch nur, dat et gerecht zugehen muss, sagte

der große Mann, nahm einen Schluck Bier, stellte die Flasche etwas zu fest wieder auf der Fensterbank ab, ein ungutes Klirren warnte davor, dass Glas und Marmor sich nicht gut vertragen. Und du musst endlich ma wat gegen diese Husterei tun. Biste schon beim Arzt gewesn?

Sein Gegenüber antwortete darauf nicht, sondern fragte stattdessen: Wat heißt dat schon? Wat is gerecht? Wennich mir so die Baracken angucke, in die se die Leute stecken, dann sieht dat für mich nich wien roter Teppich aus. Dat kann ich dir aber wohl sagn. Da kommen die Menschn bei Wind und Wetter in so Zelte, in denen frierste dir im Winter den Arsch ab und im Sommer gehste in der Hitze kaputt. So is dat doch. Und dann wohnste auch noch zu sechst oder acht …

– Dat stimmt doch nich.

– Sicher stimmt dat. Zu sechst oder acht wohnste da mit vollkommen Fremden. Monatelang, Jahre, weil die beim Amt nich inne Pötte kommen.

– Aber was die alles kriegen. Die schreiben einfach einen Antrag und schon bekommen sie eine neue Küche und ein schickes Sofa. Die müssen doch denken, dass sie hier bei Wünsch-dir-was sind.

– Und weißte, wense dabei vergessen?, fragte der Große.

– Wen?

– Den kleinen Mann.

– Und wer is der kleine Mann? Du, oder wat? Wie groß biste? Fast zwei Meter?

– Haha. Unsereiner muss malochen und malochen und kommt am Ende trotzdem mit nix inner Tasche nach Hause. Und wat machn die? Liegen schön auffer faulen Haut und sackn Geld vom Staat ein.

– Wann bist du denn dat letzte Ma am Malochen gewesn? Ich seh dich immer nur hier rumstehn und Bier trinkn.

– Und dat is bei dir wat andres, oder wie?

– Nee, aber ich quatsch auch nich blöd rum und tu so, als ob.

– Wat willste denn damit sagn? Soll ich dir ma zeigen, wat et heißt …

– Jetzt ist aber mal gut, sagte eine Frau, die sich hinter dem Budenbesitzer energisch nach vorn zum Fenster drängte. Wenn ihr euch die Köpfe einhauen wollt, müsst ihr das woanders machen. Nicht vor meiner Bude. Damit das klar ist. Hier geht es anständig zu. Sonst könnt ihr euer Bier demnächst woanders trinken.

– So war dat nich …

– Nee, dat sollte nich …

– Will ich auch gemeint haben. Und eins will ich euch dazu noch sagen, und dann ist Schluss mit der Diskussion. Diese Leute kommen aus dem Krieg. Wenn einer von euch eine Ahnung hat, was das bedeutet, dann kann er gern den Mund aufreißen. So sehe ich das. Und damit das auch mal gesagt wurde: Gerade weil ihr beide hier immer so zuverlässig rumsteht und Bier trinkt – sie beugte sich nach unten, stellte zwei neue Flaschen auf die Fensterbank und hebelte die Kronkorken mit einem Feuerzeug von den Öffnungen –, können unsere beiden Töchter heute studieren. Also Prost.

– Und was darf es für dich sein?, fragte sie.

Im ersten Moment war ich zu überrascht, dass ich gesehen worden war, und konnte nicht antworten.

– Bier, sagte ich dann.

Es gibt eine Abmachung. Erst lässt Inken es drei Mal klingeln und legt wieder auf. Dann lässt sie es ein Mal klingeln und legt erneut auf. Dann ruft sie noch mal an. Jetzt wird abgehoben. Damit klar ist, dass sie es ist und nicht irgendjemand anders. Das ist wichtig. Besonders in den schlechten Zeiten. Bei Antonia gibt es viele schlechte Zeiten. Sie pressen die guten aus.

Aber heute ist niemand drangegangen.

So wie gestern niemand drangegangen ist.

Mehrmals hat Inken es versucht, abends, heute Morgen vor der Schule, gleich nachdem sie nach Hause gekommen ist, hat nicht die Jacke ausgezogen, nicht die Schuhe, nicht den Rucksack abgesetzt, stand mit schnellem Atem und zitternden Fingern vor dem Telefon, weil sie den ganzen Weg gerannt ist, beim Aufschließen den Schlüssel hat fallen lassen, ihn aufheben musste, das hat Zeit gekostet und Sauerstoff, den sie nicht hatte. Als sie dann im Wohnzimmer vor dem Apparat stand, lief ihr seitlich am Ohr eine kleine schwere Schweißperle hinab in Richtung Hals. Sie hat die Luft angehalten. Es ist nicht das erste Mal.

Sie kennt das. Manchmal hilft auch die Abmachung nichts. Manchmal ist ja auch einfach niemand da. Natürlich.

Der Gedanke hilft nicht.

Gestern hat sie sich bemüht, ruhig zu bleiben, das Fingertippspiel gemacht, Zeigefinger, Mittelfinger, Ringfinger, kleiner Finger, kleiner Finger, Ringfinger, Mittelfinger, Zeigefinger, ist sehr früh ins Bett gegangen, mit einem komischen Gefühl, das sich hart und heiß in ihrem Bauch und in ihrer Brust angefühlt hat, als läge eine zu große Wärmflasche auf ihr. Geht es dir nicht gut?, hat ihre Mutter gefragt. Nicht dass du was ausbrütest.

Sie hat den Kopf geschüttelt und sich von ihrer Mutter küssen lassen, weil sie nichts sagen konnte.

Drei Mal hat sie es an diesem Nachmittag versucht, drei mal drei macht neun Anrufe, und jedes Mal beim zweiten Schellen hat sie sich beeilt, wieder aufzulegen, damit es nicht zu oft läutet und alles umsonst wäre. Trotzdem blieb es in der Leitung still.

Und die Angst kam mit ersten Bildern.

Ein letztes Mal hat sie Antonias Nummer gewählt, sich dabei bereits wieder Jacke und Schuhe und eine Mütze angezogen, weil es November und draußen kalt ist. Niemand hat sich gemeldet, deshalb ist sie los.

Drei Busse muss sie nehmen, erst von Duissern aus zum Bahnhof, dann auf die andere Rheinseite, dann weiter nach Krefeld, zwanzig Minuten steht sie an der zugigen Bushaltestelle, während die Reifen der vorbeifahrenden Autos Wasser über den Bordstein spritzen. Sie hat ein Ticket, aber das gilt nur für Duisburg, für das Zusatzticket muss sie ihr Taschengeld opfern. Es drücken sich graue schwere Wolken auf die Hausdächer, die sie an Brotdosendeckel erinnern, sehr waagerecht und sehr verschließend, ein Himmel ohne Höhe. Es ist kalt, weil der Wind auf der langen Straße, die weiter oben eine leichte Biegung macht, an Kraft gewinnen kann und seinen Weg selbst durch Jackennähte findet. Sie fröstelt und schwitzt, läuft sehr schnell, weil sie keine Zeit zu verlieren hat. Das ist der Gedanke. Wer weiß, was passiert ist. Wer weiß, was getan wurde.

Die anderen Menschen auf dem Gehweg sieht sie nicht.

Fünfzehn Minuten sind es von der Bushaltestelle bis zur Haustür, sie läuft sie heute in zehn.

Sie hat mal gesagt, dass ihr die Häuser in dieser Straße wie ein Daumenkino vorkommen, von Reihe zu Reihe werden sie schäbiger, als könnte man dem Putz beim Abfallen, der Farbe beim Blättern zusehen, was zu Beginn noch ordentlich und schön aussieht, wird zum Ende hin schmutzig und baufällig. Sie weiß noch nichts von den Grenzen, die eine Stadt durchziehen wie Fäden, und dass diese Fäden oft einzelne Straßen sind, am Anfang fest und dick, nach unten hin fusseln sie aus.

Als sie mit einem ihrer schnellen Schritte in eine Pfütze tritt, merkt sie es nicht. Weil ihr die Angst bis zum Hals steht. Sie versucht, an ihr vorbeizuatmen, was genauso aussichtslos ist wie damals, als sie in Frankreich am Meer von einer Welle erfasst wurde, nicht wusste, wo oben und unten war, und mit dem Kopf nicht mehr über Wasser kam. Es hat nicht lange gedauert, dann war ihre Mutter da und hat sie gepackt und festgehalten, und eigentlich war es auch nicht schlimm, aber seitdem weiß sie, dass man an Wasser nicht vorbeiatmen kann.

Angst ist wie Wasser.

Jetzt hat sie es fast erreicht, das Haus mit der braunen Tür, in die ein quadratisches Fenster geschlagen ist, die einzige Tür mit einem Fenster auf der gesamten Straße, sie hat es überprüft, weil es wichtig für sie ist, weil dieses Haus irgendetwas Besonderes haben musste, sonst hätte sie es nicht ausgehalten. Sie wird jetzt langsamer, das passiert ihr oft. Erst treibt die Angst sie den ganzen Weg hierher, peitscht sie vorwärts, dass sie mit dem Laufen kaum nachkommt, bis sie die andere Angst erreicht, die immer irgendwo in der Nähe der Eingangstür wartet, hochgezogen wie eine Wand, die niemand außer ihr sehen kann. Die erste Angst ist die Angst, zu spät zu kommen, die zweite Angst ist die Angst, zu spät gekommen zu sein.

Ihre Schritte werden so kurz, dass sie beinahe stehen bleibt.

Den Kopf in den Nacken gelegt blickt sie die gräuliche Fassade hinauf zu den Fenstern ohne Gardinen. In der Küche hatte der Vormieter einen Vorhang zurückgelassen, vielleicht aus Faulheit oder Unachtsamkeit, aber sie hatte sich darüber gefreut, es hatte sie sogar erleichtert, als würde die Wohnung durch dieses eine Stoffstück plötzlich zu einem Ort, an dem ein Mensch gut leben oder überhaupt leben kann.

Hinter ihr geht jemand vorbei, sie hört die Schritte, hört, dass sie einen kleinen Bogen um sie machen, einen Moment innezuhalten scheinen, nur ganz kurz, wie es Leute tun, die auf der Straße einem Kind begegnen, das nach oben sieht, und selbst nach oben sehen, um herauszufinden, warum. Sie weiß, dass die zweite Angst nur eine Zwischenangst ist, bevor die erste wiederkommt, und wenn es so weit ist, wird sie klingeln, wieder und wieder und wieder, weil sie das schon oft getan hat. Würde sie versuchen, die Male an den Fingern abzuzählen, käme sie mit einer Hand nicht aus. Es ist schon vorgekommen, dass niemand zu Hause war, manchmal hat sie Stunden vor der Tür gewartet, bis Antonia endlich gekommen ist, ihrer Mutter hat sie dann gesagt, dass sie draußen gewesen sei, zum Spielen, weil sie sich nicht getraut hat, die Wahrheit zu sagen. Und es ist schon vorgekommen, dass Antonia nach dem vierten oder fünften Schellen geöffnet hat, manchmal sogar schon nach dem ersten oder zweiten. Jedes Mal war Inken so wütend wie erleichtert gewesen, tat aber so, als wäre sie nur erleichtert, sonst nichts.

Nie wieder war es das, was sie gefürchtet hat. Aber das macht der Furcht nichts aus.

Einige Momente bleibt sie noch stehen und guckt nach oben. Sie überlegt, was die anderen aus ihrer Klasse jetzt machen, von einigen weiß sie, dass sie zum Judo gehen, zum Fußball, zum Flötenunterricht, manche spielen Geige, Meli lernt Schlagzeug. Bestimmt liegen viele faul auf ihren Betten, hören Musik, lesen die *Bravo*, Chitra macht Hausaufgaben für morgen, Hatice für die ganze Woche. Auf Inken wartet zu Hause eigentlich Mathe, und für Latein müsste sie die Vokabeln durchgehen, Herr Matthies sucht sich jede Stunde jemanden aus, dann muss man aufstehen, was ihr vorkommt wie aus einer anderen Zeit, und die Worte aufsagen, deklinieren und konjugieren, erst danach darf man sich wieder setzen und bekommt entweder ein Häkchen in das kleine rote Buch oder einen Strich. Ein Strich wird von hochgezogenen Augenbrauen und einem abschätzigen Schnauben begleitet (das kann nur Herr Matthies), zwei Striche sind übel, bei dreien müssen die Eltern in die Schule kommen, selbst die, die arbeiten und keine Zeit haben, um für drei Striche in einem kleinen roten Buch in die Schule zu kommen.

Wenn sie morgen an die Reihe käme, wüsste sie kaum eins der Worte, aber was sollte sie sagen? Dass sie vor Angst zwei Stunden auf einer Straße in Krefeld gestanden und an einer braunen Tür geklingelt hat, in die ein quadratisches Fenster geschlagen ist, die einzige Tür mit einem Fenster auf der gesamten Straße? Dass sie nicht aufhören konnte, auf die Schelle zu drücken, und auch nicht umdrehen und gehen, weil die Angst zu groß war?

Sie sieht weiter nach oben.

– Sie hat gedacht, ich wüsste es nicht.

– Aber du wusstest es.

– Vielleicht nicht alles, sagte Maggie, nahm ihre Brille ab und rieb sich in einer erschöpften Geste über den Nasenrücken, auf dem das Gestell Abdrücke hinterlassen hatte, ihre Augen wirkten kleiner als früher, doch vielleicht bildete ich mir das ein.

– Aber das meiste, fügte sie hinzu.

Wir saßen in ihrem Zwischenzimmer, sie auf dem Boden, umgeben von deinen Bildern wie von einem Blättermeer, auf dem sie, den Eindruck wurde ich nicht los, hinausgetrieben und auf dem sie in Seenot geraten war, ich auf ihrem Bett, zu dem ich mich von der Tür aus durchgeschlagen hatte, sorgfältig darauf bedacht, nichts zu berühren und nichts zu lange anzusehen. Nach deinem Auszug ist dein altes Zimmer Stück für Stück ihr Zimmer geworden. Es war einer von diesen schleichenden Verwandlungsprozessen, wie er in den meisten Familien vor sich geht, wenn die Kinder das Elternhaus verlassen und ein Ringen um Ende und Neuanfang, um Festhalten und Loslassen auf allen Seiten beginnt, das niemand richtig durchschaut, von einer ersten achtlos über den Stuhl gelegten Strickjacke über zaghafte, noch unsichere Versuche der Vereinnahmung durch Kissen und dazu passende, frisch gewaschene Gardinen bis zu neuen Möbeln und einer kräftigen Wandfarbe in Blau oder Grün, die Hoffnung machen soll.

Für mich war es schwierig, zu Hause auszuziehen. So

kompliziert die Beziehung auch war, ich war das Einzelkind, das seine alleinstehende Mutter zurückließ, und ich glaube nicht, dass Kinder mit jüngeren Geschwistern oder beiden Elternteilen das jemals richtig verstehen können. Ich wollte von dieser Mutter weg, die nicht einmal für sich selbst sorgen konnte, und wollte es gleichzeitig nicht. Wir waren wie ein zu oft gebrauchter Klettverschluss, dessen Widerhäkchen und Schlaufen sich so fest ineinandergekrallt haben, dass man sie nur mit viel Kraft trennen kann. Und dann muss man immer Angst haben, ihn kaputt zu machen. Trotz allem war sie meine Familie. Erst später habe ich verstanden, dass es für uns einfacher gewesen wäre, wenn wir uns nicht so ähnlich gewesen wären, uns nicht so nahegestanden und uns nicht so verzweifelt geliebt hätten.

Du dagegen hattest Maggie und Richard und Robin und höchstens mal Mahnungen, endlich deine Schulsachen und Uniunterlagen auszumisten und überflüssigen Krempel wegzuwerfen und endlich Platz zu schaffen. Während meine Mutter viel länger in meinem Kram gelebt hat, als gut für sie war, was ich überraschend und so schön wie schrecklich fand und erst heute richtig sehe, habe ich nur die Augen verdreht, wenn du über Maggie geschimpft hast.

Wir haben es beide nicht verstanden. Gut möglich, dass Kinder es nicht verstehen können.

Jetzt wurde dein Zimmer wieder dein Zimmer.

Ich war lange nicht mehr hier gewesen. Wieso auch? Das erste und einzige Mal hatte ich Maggies Zimmer gesehen, als wir ihr beim Einräumen geholfen haben. Ein Jahr nachdem du ausgezogen bist, hat sie den Raum neu tapezieren lassen in einem Sandton, dazu durchsichtige Vorhänge, weiße Holzrollos und Bilder vom Meer aufgehängt. Sie hat sich einen neuen Schreibtisch gekauft, ein Bett, weil Richard so stark schnarchte (auch wenn das nicht der einzige Grund war), und einen schönen wuchtigen Ohrensessel mit ausladenden Armlehnen. Deinen Schrank hat sie behalten, auch weil noch so viele deiner Sachen darin waren.

Die meisten von ihnen lagen jetzt im Zimmer verstreut.

Schon beim Reinkommen hatte ich halb ausgepackte Kartons gesehen, Kinderkleidung über dem Stuhl, handgemalte Bilder aus verschiedenen Schaffensphasen, die Maggie auf dem Fußboden ausgebreitet hatte. Ich konnte nicht sagen, ob sie nach etwas gesucht hatte oder ob es hier immer so aussah.

Es war, als hätte sie die schattenhaften, gruseligen Monster aus dem Schrank gelassen, vor denen ich mich als kleines Mädchen gefürchtet hatte.

Aber das wollte ich ja so. Deshalb war ich hier. Und unterwegs. Um den Monstern ins Gesicht zu blicken.

Ich hielt es kaum aus.

Maggie sah älter aus, nicht als früher, natürlich auch, aber vor allem älter als noch vor ein paar Wochen. Meine Mutter war immer etwas neidisch, weil Maggie erst spät graue Haare bekommen, lange eine sehr glatte Haut und kaum Falten um die Augen gehabt hatte, während man meiner Mutter die vielen Spätschichten im Krankenhaus früh ansehen konnte. Jetzt schienen sich die Jahre im Zeitraffer über Maggies Gesicht zu bewegen, als hätte jemand auf Vorspulen gedrückt, Minuten verdoppelten, verdreifachten, vervierfachten sich, wurden zu Stunden, zu Tagen, zu Wochen und Monaten, ein kurzer Blick zur Seite reichte, ein schnelles Augenblinzeln, schon waren Jahre auf Maggies Haut vergangen. Die Zeit hatte Fahrt aufgenommen. Ich hatte Richard unten kurz gesehen, er wollte Kaffee kochen. Robin, der mich überredet hatte, zu kommen, nachdem wir gemeinsam den Vormittag vertrödelt hatten, um uns von der schlechten Nacht zu erholen, war bei Richard geblieben, ihn hatte die Traurigkeit dünn werden lassen, Maggie machte sie dicker, das überraschte mich. Die beiden waren mir immer so ähnlich vorgekommen, auch wenn du davon nie etwas hast wissen wollen.

Du hast keine Ahnung.

– Manchmal kann ich nicht aufstehen, sagte Maggie plötzlich. Wenn ich hier drin sitze, in all ihren Sachen, und das tue ich oft, viel zu oft. Dann kann ich manchmal einfach nicht mehr aufstehen.

Zwei Armlängen waren wir voneinander getrennt, weniger, wenn ich mich vorgebeugt hätte. Oft hatte mich Maggie als Kind getröstet, einmal übernachtete ich bei euch, obwohl du nicht da warst (habe ich dir je davon erzählt?), weil ich mich mit meiner Mutter so schlimm gestritten hatte, dass ich nicht zu Hause schlafen wollte, und als ich das erste Mal Liebeskummer hatte, hat sie das Schokoladeneis geholt. Ich hätte jetzt etwas tun müssen, weil offensichtlich war, dass sie vor mir unterzugehen drohte und einen Rettungsring brauchte, irgendetwas.

Ich konnte es nicht.

In deinem Zimmer hat sich in all den Jahren so wenig verändert, als wären die Dinge auf ihrem Platz festgenagelt. In dieser Sicherheit konnten wir Pläne schmieden, Träumen nachhängen, uns immer wieder selbst anprobieren, um zu sehen, was passt. Wir haben für den Ernstfall geprobt, um später zu erkennen, dass niemand auf den Ernstfall vorbereitet ist.

Es war gut. Es war schön. Es hat nicht geholfen.

Ich probe immer noch.

Da vorn in der Ecke habe ich dich mal Arschloch genannt, von der Tür aus hast du dreimal durch den Gully gezogene Breitarschantilope zu mir gesagt, unter deinem Bett haben wir gelacht, als Robin reingekommen ist und dachte, wir wären nicht da, an deinem Fenster habe ich gesessen und geweint, nachdem meine Oma gestorben ist. Einmal haben wir alle deine Kleidungsstücke ausgeräumt und uns in deinen Schrank gesetzt, weil du kurz zuvor *Die Chroniken von Narnia* gelesen hattest und dachtest, wir könnten so in eine fremde Welt reisen, und ich es einfach schön fand, in einem Schrank zu sitzen und die Backstreet Boys zu hören. Rücken an Rücken sind wir von deinem Zimmer aus in die Zukunft aufgebrochen, haben uns vorgestellt, wie wir als junge Frauen, erwachsene Frauen, alte Frauen sein würden.

Unvorstellbar viele Momente haben sich unter der Decke und an den Wänden abgelagert. Die vergangene Zeit ließ den Raum schrumpfen, er wurde zu eng zum Atmen. Wenn Maggie hier zu lange sitzen bliebe, würde sie erdrückt.

– Ich habe es immer gewusst, sagte sie.

– Was gewusst?

– Ich hatte immer Angst, man würde sie mir wegnehmen. Seit sie zu uns gekommen ist. Das Gefühl war ständig da. Ich hab gedacht, wenn wir sie adoptieren könnten, wenn sicher wäre, dass sie für immer bei uns bleiben darf, dann würde es besser. Aber dann konnten wir sie adoptieren und dann durfte sie für immer bleiben und ich hatte noch dieselbe Angst. Sie ist geblieben. Richard dachte, ich spinne.

– Hat er das gesagt?

– Nein, aber er hat es gedacht. Ich dachte ja selbst, mit

mir würde was nicht stimmen. Ich hab mich für bekloppt gehalten, dass ich diese Panik nicht losgeworden bin. Ich dachte sogar, ich müsste vielleicht in die Klapse. Weil das einfach immer da war. Aber jetzt glaube ich, dass ich es gewusst habe. Die ganze Zeit. Ich war nicht verrückt. Ich habe es die ganze Zeit gewusst.

Ich konnte nichts sagen, aber Maggie schien auch nichts zu erwarten. Wir beide ließen unsere Blicke durch den Raum wandern, sorgfältig darauf bedacht, dass sie einander nicht begegneten.

– Ich bin nicht weiß, sagte Maggie.

– Was meinst du? Überrascht richtete ich die Augen auf sie.

Maggie änderte ihre Sitzposition, hockte sich auf ihre Fersen, strich mit den Händen über ihre Oberschenkel.

– Ich war ein schwarzes Kind in einer weißen Familie, sagte sie, im weißen Deutschland, das in den Sechzigern noch sehr viel weißer war als heute. Ich glaube nicht, dass ich mich jemals an die Blicke gewöhnt habe. Du störst einfach ständig das Bild, wenn du nicht wie alle anderen aussiehst. Ich denke, das kann man wahrscheinlich gar nicht richtig nachvollziehen, wenn man es nicht kennt, wenn man ganz selbstverständlich in der Masse untergehen kann, wenn es für einen vollkommen natürlich ist hineinzupassen, dazuzugehören. Aber meine Haare – sie fuhr sich durch die Locken –, meine Haut, manchmal glaube ich, ich könnte nicht mehr auffallen, wenn ich Rot leuchten und blinken würde.

Maggie lachte zitternd.

– Kannst du dir vorstellen, wie oft ich von der Polizei angehalten wurde, mit euch Mädchen im Auto? Richard nie.

– Meine Mutter hat sich viel damit beschäftigt, wie es ist, ein Kind mit einer anderen Hautfarbe zu adoptieren, erzählte sie weiter. Sie ist nicht naiv an die Sache herangegangen. Sie wollte alles richtig machen. Sie wollte mir die Chance geben, meine Wurzeln zu entdecken. Was immer das auch heißt. Ich wusste doch gar nicht, was meine Wurzeln sind. Sie hat mit mir christliche Gemeinden besucht, die überwiegend aus schwarzen Menschen bestanden, dabei konnte sie nichts mit Gott anfangen oder mit Religion. Und ich auch nicht. Und ich glaube, einige Male waren da auch seltsame Sekten dabei. Jedenfalls hat mir meine Mutter später erklärt, dass die Leute natürlich ihre Meinung haben dürfen, aber dass wir da nie wieder hingehen würden, und sollte mich einer von ihnen noch mal ansprechen, sollte ich ihr das sofort sagen. Maggie verzog das Gesicht, leicht amüsiert, was trotzdem traurig aussah. Wir sind zu afrikanischen Festen gegangen, zu Tanzaufführungen, multikulturellen Theaterprojekten, wir haben gemeinsam Französisch gelernt, sie wollte auch immer mal mit mir nach Burundi, damit ich mein Heimatland (sie hob die Finger zu Anführungszeichen in die Luft) kennenlernen kann, aber die Lage war natürlich lange nicht so, dass man das wirklich hätte machen können … und irgendwie ist es dann auch nie dazu gekommen. Ich glaube, das hat sie sich ein bisschen vorgeworfen. Ihr war es einfach sehr wichtig, dass ich mein Anderssein ausleben kann und darf. Und das weiß ich zu schätzen. Sie war sehr bemüht. Sie wollte nicht so tun, als wäre ich nicht anders. Aber im Grunde wollte ich nur das, weißt du? Ich wollte nicht anders sein. Sie und mein Vater waren meine Wurzeln, auch wenn man uns das nicht im Gesicht ansehen konnte, ich kannte gar keine anderen und ich wollte auch keine. Ich wollte wie sie sein. Ein ganz normales Kind wie alle anderen Kinder. In einer ganz normalen Familie. Ich weiß, meine Mutter hat es nur gut gemeint. Aber ich war immer das andere Kind. Sogar für sie. Für meine eigene Mutter. Ich glaube, das hat immer zwischen uns gestanden.

Einige Augenblicke schwieg Maggie, ließ den Blick über die vielen Fotos schweifen, die sich um sie ausbreiteten wie Wasser, einige dicht an dicht, in feinen Wellen, andere mit mehr Abstand. Sie nahm eins der Bilder auf, fuhr mit der Zeigefingerkuppe die geraden Kanten entlang, drehte es, drehte es wieder und legte es zurück.

– Das wollte ich für meine eigene Tochter nicht, sagte sie. Ich wollte, dass wir in der Familie alle gleich sind. Wir alle. Aber ich glaube, das war genauso falsch, fügte sie nach kurzem Zögern hinzu. Ich habe ihr aufgezwungen, was ich wollte, was ich mir gewünscht hätte, was mein Bedürfnis war. Niemand ist gleich. Wir sind alle verschieden. Und das ist nicht schlimm. Im Gegenteil. Aber irgendwie ... Es macht auch Angst. Das ist es wahrscheinlich. Es macht schrecklich Angst. Und ich denke manchmal, wenn ich Inken etwas mehr die Möglichkeit gegeben hätte, sie selbst zu sein, wenn ich sie nicht so sehr unter Druck gesetzt hätte, wie ich, wie wir alle zu sein, wenn ich nur ...

Sie brach ab, atmete laut ein, es klang wie ein Japsen nach Luft, wenn man verzweifelt versucht, den Kopf über Wasser zu halten.

– Ich weiß, dass es nichts bringt, ich weiß, es führt zu nichts. Aber wenn ich nur etwas weniger, wenn ich nur ein bisschen mehr ... Verstehst du? Dann wäre vielleicht alles anders gekommen. Dann hätte sie nicht ... Maggie wischte sich die Tränen von den Wangen. Sie war doch immer unser Sonnenschein. Sie war so unkompliziert. Fröhlich. Nett. Warum habe ich ihr das Gefühl gegeben, sie dürfte nicht zeigen, dass sie auch kompliziert war und wütend und unendlich traurig? Warum habe ich nicht gesehen, wie unglücklich sie gewesen ist? Warum habe ich es nicht sehen wollen? Warum habe ich es gesehen und trotzdem nichts getan? Warum habe ich nichts gesagt? Warum habe ich es nicht verhindert? Irgendwie?

Deine Mutter wollte keine Antwort auf ihre Fragen, das verstand ich. Trotzdem konnte ich es nicht ertragen, dass ich keine hatte. Es waren auch meine Fragen.

– Sie fehlt mir so!

– Ja, sagte ich, mehr brachte ich nicht heraus und presste die Lippen aufeinander, weil ich das Gefühl hatte, unter diesem Ja läge so viel, was herausbrechen würde, wenn ich nicht aufpasste.

– Ich weiß nicht, was ich tun soll. Sie fehlt mir so unglaublich.

Und Maggie weinte.

Und ich weinte nicht.

Ich sah zu, wie sie sich die Hände einen Moment über die Augen und unter die Brillengläser legte, als könnte sie die Tränen dadurch daran hindern weiterzufließen, es half nicht, deine Mutter weinte, sie schluchzte so heftig, dass es mir wie eine Welle vorkam, die auf mich zuschwappte. Jetzt ertrank ich auch. Genau wie sie.

Endlich konnte ich mich bewegen, lehnte mich vor, stand auf, trat auf die wenigen freien Stellen auf dem Teppich, blieb unbeholfen bei Maggie stehen, sie sah zu mir hoch, schlang die Arme um mich, ich sank neben ihr auf den Boden, sie drückte sich an mich, und ich ließ mich drücken, ohne zurückdrücken zu können. Maggie sah vielleicht dicker aus, aber sie fühlte sich dünner an.

– Es tut mir leid, flüsterte ich und war mir nicht sicher, ob ich die Worte überhaupt ausgesprochen hatte. Ich habe auch nichts getan. Ich habe auch nichts gesagt.

Eine Weile saßen wir so, bis wir Schritte hörten, erst auf der Treppe, dann im Flur, zögerlicher, als sie näher kamen. Richard erschien in der Tür, blieb halb hinter dem Rahmen verborgen, wodurch er noch schmaler wirkte, als wäre ihm eine Hälfte verloren gegangen, er sah zu uns herein, machte den Hals unnötig lang, kam nicht näher. Er hatte die Hände in den Hosentaschen vergraben, die Schultern waren ihm leicht nach vorn gerutscht. Schon bei unserer kurzen Begrüßung war mir aufgefallen, dass sich die Proportionen in seinem Gesicht verschoben, wie bei den meisten Leuten, wenn sie älter werden. Ohren und Nase wurden größer, Mund und Augen begannen, sich zu verstecken. Ich hatte Richard für jünger gehalten, aber ich habe auch dich und mich für jünger gehalten.

Ich dachte, wir würden auf ewig Kinderfreundinnen bleiben. Vielleicht kamen wir deshalb mit den Erwachsenenproblemen nicht zurecht.

– Der Kaffee ist fertig, sagte er. Er klang wie er selbst und hörte sich kein bisschen so an.

– Wir kommen gleich, erwiderte Maggie.

– Soll ich ihn in eine Thermoskanne umfüllen?

– Ich hab doch gesagt, dass wir gleich kommen.

Richard nickte langsam, kratzte sich den Bart, drehte sich um, und wir hörten, wie er den Flur, schließlich die Treppe hinabging, leicht schlurfend, die Sohle immer sehr knapp über die Teppichfasern und die Holzoberfläche ziehend, was mir früher nie an ihm aufgefallen war.

– Er kommt nicht rein, sagte Maggie, während wir ihm nachblickten.

Ich verstand nicht.

– Ins Zimmer, fügte sie deshalb hinzu. Er kommt nicht rein.

– Nie?

– Nicht mehr.

– Oh, machte ich und hätte mir das lieber verkniffen. Warum nicht?

– Weiß ich nicht.

– Hast du ihn nicht mal gefragt?

– Nein. Wir reden nicht. Wir reden nur noch über solche Dinge. Die Thermoskanne.

Maggie hob die Schultern, ich spürte es mehr, als dass ich es sah, weil wir so dicht nebeneinandersaßen. Sie hielt mich fest, und ich hatte Schwierigkeiten, deshalb nicht in Panik zu geraten. Ich versuchte, mich auf deine Sachen zu konzentrieren, die um uns herum ausgebreitet waren, die Fotos von uns, die Zeichnungen von dir, die Postkarten von mir, die du aufgehoben hattest. Ich fühlte mich von ihnen umzingelt, auf eine erleichternde Art, und verstand plötzlich, warum Maggie nicht aufstehen konnte, wenn sie einmal hier saß. Es war wie eine Umarmung, zu eng und zu fest, aber man konnte und wollte sich daraus nicht lösen.

– Richard und ich haben früher viel gestritten, sagte Maggie.

– Das wusste ich nicht.

– Wir sind sehr verschieden.

– Das kam mir nie so vor.

– Aber das sind wir. Manchmal habe ich ihn kaum ausgehalten. Und manchmal gar nicht. Deshalb haben wir uns damals getrennt, weil wir uns gegenseitig nicht mehr ertragen konnten. Wir haben uns gehasst. Und geliebt. Manchmal beides gleichzeitig. Aber jetzt …

– Was ist jetzt?

– Er ist mir egal, antwortete deine Mutter. Das klingt schrecklich, oder?

Ich wusste nicht, was ich sagen sollte.

– Aber ich bin mir auch egal, fügte sie hinzu.

Ich betrachtete deine Mutter und stellte fest, wie schnell Menschen schrumpfen können. Eben war sie noch genauso groß wie ich gewesen. Jetzt nicht mehr.

– Kann ich ein Foto haben?, fragte ich.

– Welches?

– Weiß ich nicht.

Maggie streckte die Hand nach einem Bild aus, sie strich darüber, um es von unsichtbarem Staub zu befreien. Sorgfältig legte sie es zurück, griff stattdessen nach einem der Fotobücher, die links neben ihr aufgestapelt waren. Es schien ihr schwerzufallen, es mir zu geben, trotzdem reichte sie es mir, und ich nahm es.

– Der Kaffee, sagte ich.

– Der Kaffee, bestätigte Maggie.

Es vergingen noch einige Augenblicke, ehe wir uns überwinden konnten aufzustehen, wir fassten uns an den Händen, sie stützte mich, ich hielt sie, gemeinsam wankten wir, als wir uns endlich aufgerichtet hatten, mir schmerzten die Finger, das Buch hing an mir.

Robin schien erleichtert, als Maggie und ich in die Küche kamen. Er saß am Tisch, der Raum war auf eine Art still, die keinen Zweifel daran ließ, dass er länger kein Wort gehört hatte. Dabei war eure Küche eine von diesen lebendigen Küchen, in denen immer gekocht und gegessen und gelacht wurde.

– Möchtest du deinen Kaffee mit ganz viel Zucker?, fragte mich Richard, er wusste, wie ich meinen Kaffee trank, und freute sich darüber fast mehr als ich.

– Ich will gar keinen Kaffee, sagte Maggie.

– Aber du, oder? Richard lächelte mich an.

Ich zwang mich zurückzulächeln, setzte mich zu Robin an den Küchentisch, er sah mich an, als wollte er mir sagen: Siehst du?

Ich strich ihm über den Oberarm, legte meine Wange an seine Schulter, er küsste meine Schläfe. Maggie kam zu uns, wirkte nicht, als wollte sie sich setzen, tat es doch und fiel beinahe auf ihren Stuhl, so schwer war sie sich geworden. Sie sah Richard nicht an, als er mir die Kaffeetasse reichte, neben Robin Platz nahm. Es war schön, die Finger um etwas Warmes legen zu können, und es war schön, dass Robin meinen Kopf trug.

– Da hast du aber schon eine ziemliche Strecke hinter dir, sagte Richard. Wir haben das ein wenig verfolgt. In dieser Familie kann man nichts geheim halten, fügte er hinzu.

Maggie gab ein Geräusch von sich.

– Was?, fragte er.

– Nichts, sagte sie.

– Deine Mutter ruft auch hin und wieder an, um zu sagen, wo du gerade bist, wandte sich Richard wieder an mich.

– Hab ich mir gedacht.

– Ist es gut? Das Laufen?

– Weiß ich noch nicht. Mir tun jedenfalls ordentlich die Füße weh.

– Was trägst du für Schuhe? Er beugte sich unter den Tisch, um einen Blick auf meine Füße zu werfen. Das ist aber eine interessante Konstruktion, fügte er hinzu.

Die Sohle hatte angefangen, sich vom restlichen Teil des Schuhs zu lösen, an einigen Stellen gab sie bereits ein deutliches Schlappgeräusch von sich, wenn ich lief. Robin hatte sie deshalb großzügig mit Klebeband umwickelt, eine Lage über der anderen.

– Robin konnte das Elend nicht mehr ertragen, erwiderte ich.

– Sie sind ziemlich mitgenommen, was?

– Sind sie. Bin ich.

– Wie schlimm ist es?

– Ich hab blaue Flecken und Blasen und Muskelkater an Stellen, an denen ich nicht wusste, dass man da blaue Flecken und Blasen und Muskelkater haben kann, antwortete ich.

– Ich finde es gut, dass du das machst, sagte Richard. Irgendwie muss es weitergehen.

– Keine Ahnung. Ich laufe, ja, aber ich hab nicht das Gefühl, von der Stelle zu kommen.

– Wie kommst du darauf?

– Es fühlt sich nicht so an. Müsste sich sonst nicht irgendwas verändern? Aber eigentlich will ich das auch gar nicht. Ich glaube, ich will nicht von der Stelle kommen.

Um nicht weiter erklären zu müssen, was ich nicht erklären konnte, nahm ich einen Schluck Kaffee, der schön süß und heiß war. Ich überlegte, ob ich mich wieder bei Robin anlehnen sollte, aber ich musste meine Frage stellen, dafür musste ich aufrecht sitzen und meinen Kopf selbst tragen.

Ich nippte noch einmal an der Kaffeetasse, behielt die Süße und Wärme etwas länger auf der Zunge.

– Kann ich was fragen?, setzte ich schließlich an.

– Sicher, antwortete Richard, Maggie schien abwartender.

– Wieso …? Ich strich mit dem Finger über den Tassenrand, der feucht vom Kaffee und meinen Lippen war. Die Worte kamen mir so schwer vor, als müsste ich sie aus meiner Brust nach oben ziehen.

– Wieso was?, fragte Maggie, plötzlich ungeduldig.

Wusste sie, was ich fragen wollte?

– Wieso ist Inken damals zurückgekommen? Zu euch, meine ich. Von Antonia. Wieso durfte sie bleiben?

Maggie und Richard sahen sich an, und es schien mir der erste Blick zu sein, den sie heute, vielleicht seit Tagen gewechselt hatten. Ich schaute kurz zu Robin. Ich wusste nicht, was er wusste. Er ließ es sich nicht anmerken. Ich wartete, dass Richard antworten würde, stattdessen war es Maggie.

– Das hat sie dir nie erzählt, sagte sie, und obwohl es nicht wie eine Frage klang, schüttelte ich den Kopf.

– Antonia hat versucht, sich umzubringen.

Ich dachte, ich hätte darüber erschrockener sein müssen, als ich es war. Insgeheim hatte ich es wahrscheinlich geahnt. Warum hatten wir nie darüber geredet? Wolltest du nicht darüber sprechen? Oder ich nicht? Wer hat das entschieden? Wer hätte das entscheiden können? Und wie sollte ich jemals glauben, dass nicht alles anders gekommen wäre, wenn wir darüber gesprochen hätten?

Was waren wir für Freundinnen? Waren wir das überhaupt?

– Inken hat sie gefunden, erzählte Richard weiter.

Natürlich tat er das. Ich hatte darum gebeten. Ich hatte gefragt. Aber ich wollte es nicht hören. Trotzdem fragte ich weiter.

– Wie?

Maggie und er hätten so tun können, als spielte das keine Rolle, sie taten es nicht.

– Sie hat sich die Pulsadern aufgeschnitten, sagte Maggie. Inken hat sie gefunden. Als wir Inken im Krankenhaus abgeholt haben, waren ihre Sachen voller Blut, ihr Pullover, ihre Hose an den Knien. An den Knien, wiederholte Maggie, als hätte sie beim ersten Mal nicht deutlich genug gesprochen und ich sie nicht verstehen können. Sie hat im Blut ihrer Mutter gekniet, sagte sie und hätte es nicht sagen müssen.

Mir wurde schlecht. Mein Herz hämmerte. Ich hätte den Kaffee nicht trinken dürfen. Mir rauschte es in den Ohren. Wenn ich nur den Kaffee nicht getrunken hätte.

– Wir haben ihr alles ausgezogen und die Sachen in die Waschmaschine gestopft.

– Du hast das gemacht, widersprach Maggie. Ich hätte das nicht gekonnt.

– Bestimmt drei oder vier Mal hab ich die Maschine angestellt, und dann hab ich die Sachen doch in den Müll geworfen.

– Hast du?

– Ja, ich konnte es nicht aushalten. Ich wollte sie nicht im Haus haben.

Maggie sah dankbar aus, sagte es jedoch nicht.

– Wir waren danach noch mal in der Wohnung, um Inkens Sachen zu holen. Da war das Blut schon festgetrocknet und …

Ich hörte nichts mehr.

Maggie bewegte die Lippen, Richard auch, der Ton war abgestellt.

Ich wartete. So lange, bis ich das Gefühl hatte, lang genug gewartet zu haben, um gehen zu können. Irgendetwas musste ich gesagt haben, ich wusste nicht, was es war, an Maggies und Richards und Robins Gesichtern konnte ich erkennen, dass ich für sie nicht verständlicher war als für mich selbst, vielleicht waren es nicht einmal richtige Worte, Sätze bestimmt nicht. Trotzdem erhob ich mich, streifte Robins Hand von mir ab, mehrmals, weil er mehrmals nach mir fassen wollte, schüttelte den Kopf, obwohl mich Richards und Maggies Stimmen nicht erreichten.

Wie hatte ich glauben können, dass ich hier drin, im Haus deiner und meiner Kindheit, bei deiner Familie, auch nur einen Moment hätte bleiben können?

Ich merkte, dass mir Robin zur Tür folgte, an der ich meinen Rucksack und mein Zelt abgestellt hatte, wieder versuchte er, mich festzuhalten, vielleicht wollte er mich auch nur umarmen, aber auch davor fürchtete ich mich, ließ es nicht zu, schlüpfte in euren Vorgarten, bevor mich jemand kriegen konnte, das Fotobuch an mich gedrückt, und lief so schnell ich konnte nach draußen, wo das Gewitter grollte.

Meine Haare waren nass.

Ich saß im Inneren des Zelts, hatte die Plane aufgeschlagen, damit ich den Morgen sehen konnte, den hellblauen

Schimmer. Es war frisch, aber bald würde es warm werden. Ich war auf die Pferdeweide meiner ersten Nacht zurückgekehrt und würde bald aufbrechen müssen, bevor man mich entdeckte. Noch spät war ich gestern weitergelaufen, hatte danach nicht schlafen können, war unglaublich müde.

Mein Handy blinkte, weil ich meiner Mutter geschrieben und sie mir geantwortet hatte.

Ich versuchte, mich an die verschiedenen Stationen meines Wegs zurückzuerinnern, an jeden Ort, an dem ich vorbeigekommen war, jeden Garten, in dem ich mein Zelt aufgeschlagen hatte, an jeden Menschen, dem ich begegnet war. Längst gerieten mir die Details und die Reihenfolge durcheinander. Hatte ich in Oberhausen mit einem Mann auf der Parkbank gesessen, dessen Habseligkeiten in Plastiktüten neben ihm standen, wie meine Habseligkeiten in meinem Rucksack neben mir, der so selbstverständlich mit sich geredet hatte, dass ich nicht wusste, ob ihn das weniger einsam machte als die meisten von uns oder mehr? Oder war das Wattenscheid gewesen? War das Haus des alten Ehepaares mit den vielen Katzen beigefarben gewesen oder verklinkert? Hatte ich bei Opa Schmitti Ravioli oder Tortelloni gegessen? War mir dieser Hund am Rhein oder an der Ruhr nachgelaufen? Hatte es in der Nacht, als ich bei der Familie mit den fünf Kindern neben dem Sandkasten gezeltet hatte, wirklich geregnet, oder verwechselte ich die verschiedenen Geräuschkulissen?

Ich war mir bei vielen Dingen nicht mehr sicher.

War das ein Zeichen dafür, dass ich weit genug gelaufen war? Zu weit? Nicht weit genug? Konnte ich mich auf den Rückweg machen? Gab es überhaupt einen Rückweg für mich? Ich konnte es nicht sagen. Aber bald würde ich mich entscheiden müssen. Meinen Schuhen konnte inzwischen auch Klebeband nicht mehr helfen. Ich würde mir neue kaufen müssen, wenn ich weitergehen wollte. Wovon sollte ich sie bezahlen?

Ich hatte deine Dinge vor mir ausgebreitet, die ich in den letzten vier Wochen zusammengesammelt hatte wie ein Eichhörnchen, Gegenstände, Geschichten, Gedanken, Gefühle, einige lagen vor mir – dein Pullover, das Fotobuch, Alisahs Steiff-Pferd, das sie mir mit kindlichem Mitgefühl geliehen hatte, der Mühlestein, mit dem du Opa Schmittis Mühlemeisterschaft gewonnen hast, weil du dich mit Zwickmühlen schon immer besser ausgekannt hast als wir alle, Robins Überraschungseifigur, der Zettel, der aus unserem Buch herausgefallen ist, als ich zum ersten Mal gewagt habe, es zu öffnen. Ich war mir nicht sicher, ob es genug war, ob ich mich dir jetzt näher fühlte oder mich dir jemals nicht nah fühlen könnte. An so vieles wollte ich mich erinnern. So vieles hätte ich gern vergessen.

Neue Schuhe konnten nicht schaden.

Nach dem Abitur nahmen Inken und Josephine ein Studium auf, Inken mit der klaren Vorstellung, Lehrerin zu werden, Josephine, um etwas anderes zu machen. Inken studierte konsequent, Josephine mit Begeisterung, Inken besuchte alle Kurse, die sie musste, Josephine die, die sie wollte, Inken hielt sich an den Studienplan, Josephine an ihren eigenen und verbrachte ihre Zeit in der Kunstsammlung, dem Theater, der Bibliothek, in Forschungslaboren und auf Exkursionen, Inken hatte das Ende im Blick, Josephine konnte nicht hinsehen.

Während es Inken anfangs schwerfiel, sich in der Anonymität der Uni zurechtzufinden, in der es keinen Klassenverbund wie in der Schule gab, man nicht selbstverständlich seinen Platz hatte, dasselbe lernte und gemeinsam die verschiedenen Schritte machte, empfand ihre beste Freundin all das als Erleichterung. Sie mochte es, in einer Vorlesung zu sitzen mit hundert oder zweihundert anderen Studierenden, die sie nicht kannte und die sie nicht kannten und von denen sie einige wahrscheinlich niemals wiedersehen würde, es half ihr, in der Masse unterzugehen, wie es bei den anderen in ihrer Klasse nicht möglich gewesen war, und es fühlte sich an, als könnte sie die Person, die sie bisher gewesen war, abstreifen wie eine Übergangsjacke, die sie im Frühjahr in den Schrank verbannte, ohne zu wissen, ob sie im Herbst noch einmal zum Einsatz kommen oder in die Altkleidersammlung wandern würde.

Unverhofft hatte sie eine neue Chance bekommen, zu entscheiden, wer sie sein und was für ein Leben sie führen wollte.

Zu ihrer Überraschung verbesserte sich in dieser Zeit auch die Beziehung zu ihrer Mutter, die an allen Einzelheiten des Unialltags ihrer Tochter interessiert war und das Gefühl von Eifersucht auf diese ihr vorenthaltenen Erfahrungen durch Neugier in Schach halten konnte. Dass Josephine später keine Stelle fand und stattdessen eine Ausbildung zur Optikerin machte, nahm Elisa dem Leben so übel, als hätte es sie ein weiteres Mal um eine Zukunft betrogen, die ihr zugestanden hatte. Josephines Lehramtsstudium machte es nicht besser, weil Elisa der Überzeugung war, dass Lehrerinnen und Lehrer vielleicht, wenn sie Glück hatten, besondere Menschen unterrichteten, aber selbst keine besonderen Menschen waren. Ein solches Leben mochte für

Inken reichen, für Josephine hatte sich Elisa etwas anderes, Größeres vorgestellt. Sie sagte es ihrer Tochter nie, aber die Tatsache, dass aus Josephine keine berühmte Dramatikerin oder Theaterkritikerin wurde, empfand Elisa als weitere große Enttäuschung, doch gleichzeitig fühlte sie sich ihrer Tochter dadurch näher, weil sie beide vom Leben hinters Licht geführt worden waren.

Nach außen wirkte es, als würde Inken alles mit Leichtigkeit meistern. Während Josephine versuchte, den Abschluss noch weiter hinauszuzögern, hatte Inken das Studium in der Regelstudienzeit beendet und das Referendariat begonnen, hospitierte bei Kolleginnen und Kollegen, entwickelte Unterrichtskonzepte, leitete ihre ersten eigenen Stunden. Wie hätte sie sagen sollen, dass sie oft keine Ahnung hatte, was sie tat und ob es überhaupt das Richtige für sie war? Und vor allem, wem? Ihren Eltern, die nicht verbergen konnten, wie sehr sie sich freuten, dass Inken in ihre Fußstapfen trat, die mit ihr fachsimpeln und sie bei allem unterstützen wollten? Lars, den sie im schulpraktischen Seminar kennengelernt hatte und der schon ein Beamter war, bevor er verbeamtet wurde? Josephine, die von Praktikum zu Praktikum stolperte und ihr gesamtes Studium und damit – das wurde selbstverständlich zusammengedacht – sich selbst für wertlos hielt?

Manchmal saß Inken morgens leise weinend im Badezimmer, weil sie sich nicht vorstellen konnte, einen weiteren Tag in der Schule zu verbringen, und manchmal behauptete sie im Unterricht, die Luft sei so stickig, sie müsse das Fenster öffnen, nur um einen Moment länger davor zu stehen, während sie so tun konnte, als gäbe es die Kinder in ihrem Rücken nicht.

Das Fürchten war nicht das Einzige, was die Fantasie Josephine lehrte. Sie linderte auch das Fehlen. Seit sie ein Kind gewesen war, hatte Josephine weniger einen Blick für die Dinge, die sie hatte, und für den Menschen, der sie war, als eine sehr ausgeprägte Wahrnehmung für alles, was sie nicht haben und nicht sein konnte.

Obwohl Josephine schon einige Jahre mit Tareq befreundet war, lernte Inken ihn erst auf einem Konzert kennen. Von Anfang an passten sie zusammen, das sah auch Josephine, und gern hätte sie sich einfach nur für die beiden gefreut, aber sie hatte sich gerade wieder einmal von Sebastian getrennt, mit dem sie siebenunddreißig Monate lang zusammen gewesen war und wieder nicht und wieder zusammen und wieder nicht. Es drängten sich so viele andere Gefühle dazwischen, dass es ihr nicht gelingen wollte, sich für Inken und Tareq zu freuen, weshalb sie sich noch schlechter fühlte. Als einfacher Freund hatte Tareq kleine Schwächen haben dürfen, als fester Freund ihrer besten Freundin sah Josephine nur noch Schwächen. Sie mochte nicht, wie er manchmal mit Inken sprach, als wäre seine Meinung etwas Festes, Solides und ihre die Verhandlungsbasis, sie konnte es nicht ausstehen, wie er beim Kochen ständig bis ins Detail erklärte, was er tat, als hätte noch nie jemand vor ihm Rührei gemacht, sie fand es schrecklich, wie er aus einem harmlosen Kinoabend eine großkotzige Grundsatzdiskussion über den Einsatz von Special Effects und Filmmusik machen konnte. Aber am meisten ärgerte Josephine, dass Inken das alles nicht sah und manches sogar liebenswert fand.

Nach ihrem großen Streit sprachen Inken und Josephine zwei Wochen kaum ein Wort miteinander und gingen sich in ihrer Wohnung aus dem Weg, Inken schlief in dieser Zeit meist bei Tareq, was Josephine ihr zusätzlich verübelte. Irgendwann hielten sie es nicht mehr aus, an einem Morgen, der die dritte Woche des Schweigens eingeläutet hätte und an dem Inken frische Unterwäsche holen wollte. Sie entschuldigten sich für ihre Worte, weinten, umarmten sich, weinten noch mehr, sprachen aber nicht noch einmal über das, was gesagt worden war. Um sich gegenseitig zu versichern, dass nichts mehr zwischen ihnen stand, reihten sie gemeinsame Samstagsserienmarathons aneinander und frühstückten zusammen, wann immer es sich einrichten ließ. Inken brachte den Müll runter, selbst wenn die Tüte nur halb voll war, Josephine putzte das Bad mit einer Verbissenheit, dass sie die Schwämme danach wegwerfen musste, sie gingen zusammen spazieren oder ins Theater, sie suchten die Nähe der anderen, weil sie die Gewissheit brauchten, dass sich nichts geändert hatte.

Und schließlich half Josephine Inken beim Auszug.

Doch genauso, wie Josephine nicht sagte, dass Tareqs Wohnung auch noch nach Tareqs Wohnung aussah, nachdem Inken ihre Dekosachen auf die Fensterbretter und ihre Bücher ins Regal gestellt hatte, schwieg Inken über das fremde Gefühl, das sie in seiner Wohnung empfand, den Eindruck, nur auf Besuch und nicht zu Hause zu sein. Das war natürlich normal, es war eine große Umstellung, sie sagte sich das immer wieder, trotzdem hätte Inken gern mit ihrer besten Freundin darüber gesprochen. Wie sie Antonia eine gute Tochter sein wollte, wollte sie jedoch auch Tareq eine gute Freundin sein, deshalb wagte sie es nicht, Josephine davon zu erzählen, dass sie sich manchmal dabei erwischte, wie sie ihre Bücher und Fotos und Dekosachen wegräumte und in Schränken verstaute, damit sie sich einreden konnte, sie bliebe nur über Nacht und würde nicht bei ihm wohnen.

An manchen Tagen wurde das Gefühl so schlimm, dass sie nicht essen konnte.

Einige Monate später wurde Inken schwanger, und Josephine bemühte sich so sehr, sich zu freuen, dass sie selbst nicht genau wusste, ob sie sich nur bemühte oder nicht eigentlich doch freute. Inken verlor das Kind im dritten Monat, aber weil alle zu wissen schienen, was sie empfand und durchmachte, kam niemand auf die Idee, sie zu fragen. Nur ein Mal sprach sie mit ihrer besten Freundin darüber, an einem Frühlingstag am See, nachdem Josephine sie abgeholt hatte. Sie saßen am Wasser, das sanft gegen den Steg schlug.

– Denkst du, es ist meine Schuld?

– Warum sollte es deine Schuld sein?

– Ich hätte besser essen müssen. Aber ich konnte nicht. Ich habe nichts runterbekommen.

– Das hat damit nichts zu tun.

– Ich hätte mehr schlafen müssen.

– Du hast nichts falsch gemacht.

– Hätte ich öfter an die frische Luft gehen müssen? Ich konnte manchmal gar nicht aufstehen.

– Es ist nicht deine Schuld, Inken.

– Oder meinst du, dass es das gespürt hat?

– Was gespürt?

– Dass ich erleichtert sein würde.

Ich wate in die Finsternis hinein. Ich höre einen sanften Wind in den Bäumen, Wellen am Ufer, die Geräusche vertäuter Boote, die sich auf dem See bewegen, das vorsichtige

Zerren an den Seilen, das leise Klingeln in den Halterungen, Holzknarzen und dumpfes Aneinanderprallen zweier Bootskörper, das Schlagen der Leinen gegen den Mast, rhythmisches Wasserklatschen. Meine Kleidung liegt im Gras.

Es ist dunkel und kalt.

Angst ist ein Monster der Widersprüche. Ich müsste mich davor fürchten, nachts allein an einem See zu sein, wenn kein Licht mehr da ist und keine Menschen. Ich müsste mich davor fürchten, Schritte hinein in ein finsteres Gewässer zu machen, dessen Größe ich nicht einmal bei Tag ermessen kann und das die Dunkelheit unendlich tief werden lässt. Ich müsste mich davor fürchten, nackt in der Nacht zu schwimmen. Ich kann kaum sehen. Ich könnte ertrinken. Das ist eine sehr reale Gefahr. Stattdessen fürchte ich mich vor dem nächsten Morgen, der nächsten Woche, dem nächsten Monat, dem nächsten Jahr, ich fürchte mich vor dem Verlieren, vor dem Finden, vor dem Niemalsgefundenwerden, vor zu vielen Menschen, vor zu wenig Menschen in meinem Leben, davor, der einzige Mensch auf der Welt zu sein, vor dem, was war, vor dem, was kommt, vor dem, was ist, und davor, dass ich nicht weiß, was war und kommt und ist, ich fürchte mich vor der Zeit, vor zu langen Tagen und zu kurzen Jahren, vor dem, was sie mit uns macht, und vor dem, was sie nicht machen kann, ich fürchte mich vor dem Sterben und dem Leben, und ich fürchte mich vor der Furcht selbst.

Die Knie sind eine heikle Stelle.

Nirgendwo fühlt sich Wasser kälter an als am Übergang zum Oberschenkel, wenn die kühlen Wellen die zarte Haut an der Innenseite berühren, ein Temperaturschreck durch den Körper fährt und ihm die Luft wegbleibt. Der nächste

Schritt kostet Überwindung, der übernächste auch und der danach. Ich gleite in die Dunkelheit, jetzt ist das Ufer unsichtbar. Ein weiteres Japsen, als der See den Bauch berührt.

Dann bin ich drin.

Im ersten Moment friere ich zu sehr, um zu schwimmen. Meine Arme und Beine sind wie erstarrt, vor Kälte und vor Angst, trotzdem muss ich mich nicht zwingen, sie zu bewegen, sie tun es von selbst, weil ich keinen Boden mehr unter den Füßen habe.

Stattdessen ist da nur Dunkelheit. Ich könnte untergehen. Oder auf ihr schwimmen. Wenn es mir gelingt, den Kopf über Wasser zu halten.

Als ich wieder näher zum Ufer komme, die Beine ausstrecke, spüre ich den Grund unter den Zehen.

– Sei nicht schüchtern, sagte der Mann, der sich mir als Heribert vorgestellt hatte, ein untersetzter, dicklicher Mann mit einem Weihnachtsmannrauschebart und einer speckigen Lederweste. Er machte mit einer Hand eine einladende Geste, mit der anderen eine Bewegung, die mich an Hühnertreiben erinnerte.

Ich trat schnell aus der Tür.

Bis ins Haus hatte ich die lauten Stimmen gehört, dazu Geschirrgeklapper, Gläserklirren, Grillzischen und Musik. Als ich nun ins Freie kam, prasselte all das auf mich nieder wie Regen, ich war viel allein gewesen in letzter Zeit und so viele Menschen und ihren Lärm nicht mehr gewohnt, fühlte mich innerhalb weniger Momente nass bis auf die Haut.

Läuferisch lag ein guter Tag hinter mir. Nachdem es mir gestern und vorgestern vorgekommen war, als würden sich meine Beine seltsam unrund bewegen wie ein eierndes Rad und meine Arme gegen den Takt an meinen Seiten schlackern und mich aus der Balance bringen, hatte ich heute gleich morgens mein Tempo gefunden. Der Rucksack schien leichter, die Schuhe weniger durchgelaufen und trocken, auch wenn ich mir objektiv eingestehen musste, dass sie weder das eine noch das andere waren, sogar meine neuen Blasen hatten weniger wehgetan als letzte Woche die alten. Vielleicht hatte sich mein Körper an den Schmerz gewöhnt. Ich war mir nicht sicher, was ich anders gemacht hatte, aber während ich bei den letzten Malen wieder begonnen hatte, Schritte zu zählen, um mich überhaupt auf dem Weg zu halten, war ich den Vormittag durchgelaufen und bemerkte erst zur Mittagszeit, dass ich keine einzige Pause gemacht hatte. Ich war durch Dortmund gekommen und hatte einen großen Bogen um das trubelige Kreuzviertel gemacht, mich schließlich in Richtung Westfalenhallen und Phoenix-West orientiert und es genossen, dass es um mich herum mit der Zeit etwas ruhiger und einsamer wurde. Noch in der Altstadt hatte ich mich mit Proviant eingedeckt, einigen Streifen Spinatbörek für mittags und einem süßen Teilchen für die Kuchenzeit, und mich für eine Flasche Limonade entschieden; so viel Luxus hatte ich mir schon länger nicht gegönnt. In der Nähe des Hengsteysees hatte ich schließlich, die Sommersonne im Gesicht, eine längere Pause gemacht, den gefüllten Blätterteig gegessen, das Zuckergetränk getrunken und mir anschließend die fettigen Finger abgeleckt. Anders als in den Tagen zuvor war es mir nicht einmal danach schwergefallen weiterzugehen, im Gegenteil, es war schön, mich in einer gleichmäßigen, selbst gewählten Geschwindigkeit zu bewegen und ganz für mich zu gehen, kaum gestört durch die Leute, die den Samstag zu einem Ausflug nutzten.

Ich hatte so lange nicht gesprochen und war auf eine angenehme Weise von meinem Weg und dem zurückliegenden Tag erschöpft gewesen, dass ich, als es gegen Abend ging, nichts weiter wollte als einen Platz zum Zelten, mich noch ein wenig hinzusetzen und dann schlafen zu gehen.

Doch als mir Heribert die Tür geöffnet hatte, war klar gewesen, dass aus diesem Plan nichts werden würde.

Die Sommerabenddämmerung war in den Hinterhof hinabgesunken und hatte ihn gefüllt wie einen Kanister. Die umliegenden Häuser, die schmiedeeiserne Balkone vor sich hielten, waren dicht zusammengerückt und blickten gemeinsam hinab auf einen quadratischen asphaltierten Platz, den breite Pflanzenkübel und niedrige Kletterzäune gliederten, Flächen und Wege schufen. Darüber spannte sich ein Himmel aus Lichtern, die heller zu werden schienen, je dunkler es wurde. Biertische und Bänke waren aufgestellt, daran saßen Leute, die lachten und riefen und lauter lachten, man reichte sich Essen, Wein, Bier, Limo, ließ Soßen, Gewürze, Brot an die äußerste Ecke und wieder zurück wandern. In einer Ecke standen zwei Grills, es roch würzig nach garendem Fleisch. Aus einer Anlage klang Musik, mit jedem Lied wechselten die Rhythmen, und zu meiner rechten Seite saß ein junger Mann, der ein Instrument stimmte, das weniger wie eine Gitarre, mehr wie eine Laute aussah. Ich betrachtete ihn genauer, wie er konzentriert mit den Händen über den hölzernen, nach hinten abgeknickten Hals strich, als würde das Instrument seinen Kopf in den Nacken legen, und mit den Fingern die Saiten verfolgte, ehe er sie hinten mit kleinen Schrauben festzog.

– Du hast schon ein Auge auf Arif geworfen, sagte Heribert, deutete auf den Musiker, legte mir eine kräftige Hand um die Taille, unterhalb meines Rucksacks, und lachte.

Ich war bemüht, mich möglichst unauffällig von seiner Berührung zu befreien.

– Was ist das für ein Instrument?, fragte ich, um meine Verlegenheit zu überspielen, die Heribert gar nicht zu bemerken schien.

– Eine Oud, erwiderte er im Plauderton, schob mich entschlossen in Arifs Richtung. Sieh mal, Arif, mein Freund, er klopfte dem Angesprochenen auf die Schulter, du hast schon einen Fan.

Der junge Mann hob den Kopf, sah mich an, sah Heribert an, hielt die Laute auf eine sehr sanfte Art in den Händen, als läge ein Baby in seinen Armen.

– Das ist ... Wie war noch dein Name?, wandte sich Heribert an mich.

– Inken, erwiderte ich, das kam mir sicherer vor. Er merkte nicht, dass ich ihm wenige Minuten zuvor einen anderen Namen genannt hatte.

– Arif, das ist Inken. Inken, das ist Arif. Er wird heute für uns spielen, richtig, Arif?

– I will do my best, antwortete Arif und reichte mir die Hand, eine kleine Hand mit schmalen Fingern und Hornhaut auf den Fingerspitzen. Nice to meet you, fügte er hinzu.

– Nice to meet you, too, murmelte ich in unbeholfenem Englisch.

– Mal sehen, vielleicht hole ich auch noch meine Gitarre. Ich bin kein Virtuose wie Arif, nicht wahr, mein Freund? Heribert erwartete keine Antwort, sprach einfach weiter. Aber ich gebe mein Bestes. Und Tyron da hinten, er wies zu einem großen Mann, an dem Kinder hingen wie Äpfel an einem Baum, wird dazu trommeln. Mal sehen, was das gibt. Wir experimentieren gern. Aber Arif ist ein Perfektionist. Er wird uns schon sagen, wenn das alles nach Mist klingt. Er lachte.

– Wir machen das jedes Jahr, erklärte mir Heribert. Ein Nachbarschaftsfest. Weil man seine Nachbarn doch kaum noch kennt, oder? Ist es nicht schrecklich, wie alle nur noch nebeneinanderher leben wie Fremde?

– Ja, sagte ich und sagte nicht, dass ich manchmal von innen an der geschlossenen Wohnungstür lauschte, ob jemand im Hausflur war.

– Einmal im Jahr kommen wir hier alle zusammen, bringen Essen und Musik mit und machen uns einfach eine gute Zeit. Willst du nicht auch die Menschen kennen, mit denen du zusammenlebst?

Ich musste schlucken, bevor ich nicken und antworten konnte: Doch.

– Geh, setz dich dazu, nimm dir was zu essen und zu trinken, sagte Heribert mit einer großzügig einladenden Geste, trat so dicht an mich heran, dass ich unwillkürlich einen Schritt zurück machte, mich dafür schämte und wieder leicht vortrat, um so zu tun, als wäre ich nicht ausgewichen, sondern selbstverständlich stehen geblieben. Mir wurde heiß.

– Nimm vor allem diesen riesigen Rucksack mal ab, sagte er. Was trägst du da mit dir rum? Steine? Mit einem breiten Grinsen legte er eine Hand unter den Rucksackboden und hob ihn einige Male schwungvoll an.

– Etwas in der Art, erwiderte ich und wusste nicht, ob Heribert mich durch den Lärm nicht hatte verstehen können oder ob er auch von mir keine Antwort hören wollte. Ich war froh, als er den Arm zurückzog.

– Na los, Mädchen. Misch dich unter die Leute. Es wird dich schon niemand beißen. Er machte wieder seine Hühnerscheuchbewegung. Außer ich vielleicht. Ein dröhnendes Lachen folgte.

– Und wo kann ich mein Zelt später aufschlagen?, fragte ich.

Er hatte sich bereits umgewandt und tat, als würde er jemandem zuprosten, drehte sich aber wieder zu mir. Mit seiner sehr aufrechten Haltung, dem langsamen Gang, dem kugeligen Bauch, den er vor sich herschob, und den Schultern, die mit jedem Schritt vor und zurück gingen, den Händen, die an den Oberschenkeln entlangstreiften, hatte er etwas Löwenhaftes, fast Majestätisches, was in einem einfach geschmückten Hinterhof, in dem es nach Grillwürsten roch, etwas unpassend schien.

– Was sagst du?

– Wo kann ich mein Zelt aufbauen?

– Du brauchst kein Zelt. Du kannst im Haus schlafen. Wir finden schon ein Plätzchen für dich. Bei mir ist immer was frei. Mach dir keine Sorgen. Väterlich lächelte er mich an.

– Ich mach mir keine Sorgen, erwiderte ich, gegen mein Schrumpfgefühl ankämpfend, das mich ärgerte, denn es machte mich einen Kopf kleiner, obwohl ich eigentlich größer war als Heribert.

– Aber ich brauche einen Platz für mein Zelt.

Er sah mich an.

– Ich brauche wirklich einen Platz für mein Zelt, wiederholte ich.

– Den finden wir dann schon, sagte Heribert, tätschelte mir die Schulter wie einem unruhigen Pferd und fügte hinzu: Entspann dich. Alles wird gut. Iss erst mal was. Dann sieht die Welt schon ganz anders aus.

Damit ging er einige Schritte weiter und begrüßte einen anderen Mann mit den Worten: Hassan, mein Freund, wie schön, dich zu sehen.

Ich blieb einen Augenblick unschlüssig stehen. Sollte ich gehen? Es war offensichtlich, dass es hier keinen geeigneten Platz zum Zelten für mich geben würde, und selbst wenn, konnte ich kaum in aller Ruhe in meinen Schlafsack klettern, während um mich herum gefeiert und getrunken wurde. War es da nicht besser, jetzt zu gehen und nach einer anderen Möglichkeit zu suchen? Wahrscheinlich, aber ich war mittlerweile zu lang unterwegs, um ein Gratisessen abzulehnen, und es grauste mir davor, mich vor Heribert zu rechtfertigen, was ich mir natürlich übel nahm, schließlich war ich eine erwachsene Frau und sollte gehen, wann ich gehen wollte. Ich entschied mich, zu bleiben, mich satt zu essen und anschließend auf einen passenden Moment zur Flucht zu warten.

Zögerlich ging ich in Richtung des Büfetts, drei Biertische waren bestückt mit unzähligen Schüsseln und Tellern und Platten, ich sah Salate, Falafelberge, gefüllte Weinblätter und Teigtaschen, Käseplatten, Couscous in Rot und Beige, mit Rosinen und Mandeln und Hähnchenfleisch, gegrilltes Gemüse, Frikadellen, Würstchen, Koteletts, Zucchinireibekuchen, Glasschalen mit Humus und Auberginen-Dip und Tomaten-Mozzarella-Creme, Flaschen mit Ketchup, Mayonnaise, Currysoße, Apfelkuchen, Baklava, Muffins, Muhallabia und Brownies, atmete den Geruch von

Kräutern und Gewürzen ein, dazu die unterschiedlichen Stimmen, Musikfetzen, Kinderrufe.

Ich war nach wenigen Augenblicken völlig erschöpft.

Den ganzen Tag war ich für mich gewesen, hatte kaum gesprochen, und wenn, dann mit mir selbst, ein Gespräch, das wortkarg ausgefallen war, mir aber gereicht hatte. Die Fülle an Eindrücken kribbelte unter meiner Haut, meine Wangen wurden heiß und rot, ich fühlte mich unfähig, darauf zu reagieren, alles für mich halbwegs zu sortieren, spürte die Angst, war überfordert und verärgert über mich selbst. Es war mehr als zwei Wochen her, dass ich aufgebrochen war, nicht, um irgendwo anzukommen, nein, das hatte ich mir selbst und allen anderen oft genug gesagt, sondern weil ich keine andere Wahl gehabt hatte, ich musste gehen, weil ich nicht bleiben konnte.

Aber es änderte sich nichts.

Noch immer packte mich die Angst mit Riesenpranken.

Nichts wurde besser. Ich drehte mich im Kreis. Nichts wurde besser.

– Wie soll man sich entscheiden?, sagte eine Stimme neben mir. Sie klang dumpf, weit weg, ich hörte sie wie durch Wasser.

– Was?, fragte ich beinahe erschrocken, sah auf, merkte erst beim Aufsehen, dass ich den Blick auf meine Schuhe gerichtet haben musste.

– So viel zu essen. Die Frau, zu der die Stimme gehörte, lächelte.

– Ja, erwiderte ich, ein einziges Wort, das wackelte wie auf einer Brücke.

– Was soll man da nehmen? Ich weiß es nicht. Schweres Rucksack. Sie deutete hinter mich.

– Ja, sagte ich, rang mir, weil sie mich so freundlich und wartend anschaute, zwei weitere Silben ab: sehr schwer.

– Was magst du?

– Was?

– Was isst du gern?

Die Frau war näher an den vorderen Büfetttisch herangetreten und hatte damit die Lücke zwischen mir und der Tischkante geschlossen, die sich breit und tief angefühlt hatte. Sie nahm zwei Teller, einen reichte sie mir, den anderen behielt sie, sie wartete, bis ich einen Schritt auf sie zu machen konnte, deutete dann fragend auf die erste Schüssel mit Kartoffelsalat, griff bereits nach dem Löffel, nahm sich selbst eine Portion und gab mir eine zweite, als ich nickte. So arbeiteten wir uns Stück für Stück durch die Essensberge und drängelnden Leute, ich musste nur nicken oder den Kopf schütteln, und sie sorgte dafür, dass sich mein Teller füllte, bis wir schließlich das Ende der Tischreihen erreicht hatten, mein Teller voll und schwer war und wir uns gemeinsam einen Platz suchten.

Wir unterhielten uns vorsichtig, beide schienen wir bewusst oder unbewusst abzuwägen, was wir fragen und was wir erzählen konnten, ohne die andere zu verschrecken. Sie hieß Malla, und ich stellte mich diesmal als Josephine vor. Sie fragte Dinge zu meinem Rucksack und meiner Reise, und ich antwortete gewissenhaft, was schwierig war, weil ich zwischen den vielen Worten um uns herum ihre nicht immer verstand, aber sich auch erleichternd anfühlte, weil ich mich nicht zu kompliziert ausdrücken durfte und mich dadurch auch nicht so kompliziert fühlte. Ich zeigte ihr meine Füße, die schlimm aussahen, aber nicht so schlimm wehtaten, und ich musste Malla ausreden, mir ihr Fahrrad zu schenken, was mir kaum gelingen wollte. Ich war mir nicht sicher, welchen Eindruck ich auf sie machte, aber ich rechtfertigte mich nicht und entschuldigte mich nicht und erzählte auch nichts von dir.

Das Essen war großartig, und ich genoss es, mir den Magen so vollzuschlagen, dass mir am Ende beinahe übel war und meine Haut am Bauch spannte. Irgendwann begann Arif zu spielen, erst allein, dann mit Heribert und Tyron, der sich von den Apfelkindern befreit hatte und auf der Trommel mitreißende Rhythmen schlug. Einige tanzten, andere sangen, die meisten klatschten, ich auch. Beim dritten oder vierten Lied zog mich Malla an den Händen von meinem Platz auf der Bank in die Höhe, wir tanzten und verloren uns kurz in der Menge aus den Augen und fanden dann wieder zusammen. Irgendwann tanzte Heribert mit mir, mit meinen Hüften und meiner Taille und meinem Hintern, sein Gesicht kam mir viel zu nah, und wieder war es Malla, die mich rettete und mich fröhlich lachend und entschlossen und geübt seinen Berührungen entwendete, damit wir wieder gemeinsam tanzen konnten, wie zwei unbeholfene Bojen auf unruhigem Wasser, leicht taumelnd, leicht torkelnd, aber wie gemacht für die See und ohne Gefahr unterzugehen.

Als Arifs Finger und die Musik eine Pause machten, standen Malla und ich einige Augenblicke voreinander, schwitzend und lachend, die Wangen rot, meine Haare klebten mir an den Schläfen, Perlen liefen am Rand ihres Kopftuchs hinab. Mein Herz klopfte. Ich war erschöpft. So unglaublich erschöpft. Es fühlte sich gut an, dass es zum ersten Mal nicht vom Laufen, nicht vom Weinen, nicht vom Daliegen und Angsthaben war.

Irgendwann verabschiedete ich mich von Malla, was mir schwerfiel. Wir umarmten uns herzlich und eng, dann war sie zwischen den Menschen verschwunden, und ich verließ, erleichtert, dass Heribert nirgendwo zu sehen war, den Hinterhof, während mir die erneut einsetzende Musik bei jedem Schritt die Füße umspülte.

Weil es zu spät war, um an einer weiteren Tür zu klingeln, entschied ich mich, mein Zelt im Vorgarten aufzuschlagen, in dem gerade genug Platz war, um das Dach zu wölben. Eine der Schnüre befestigte ich am Gartenzaun, einen Hering drückte ich in die Erde direkt neben dem Hauseingang, das musste reichen. Ich kletterte in mein Zelt, verschloss es sorgfältig und konnte nichts dagegen tun, dass ich die ganze Nacht über lauschte und wachsam blieb.

Als ich mich am anderen Morgen wieder auf den Weg machen wollte, stand vor meinem Zelt ein Fahrrad.

Es ist ein kleiner Zettel, verfärbt durch das Alter und das Bügeleisen, das gelbliche und bräunliche Flecken hinterlassen hat. Das Blatt stammt aus einem Ringbuch und hätte auch links eine gerade Kante haben können, wenn es an der Perforierung sorgfältiger und vorsichtiger abgerissen worden wäre. Das wurde es nicht. Und an einer Ecke ist es richtig verbrannt. Es ist eine Geheimbotschaft, mit einem Pinsel und Zitronensaft eher gemalt als geschrieben, große Buchstaben, ein bisschen krakelig, ein bisschen undeutlich, obwohl Inken sonst eine sehr schöne Handschrift hat. Aber der Zettel und die Nachricht waren nie dafür bestimmt, die Jahre und

Jahrzehnte zu überdauern. Eigentlich sollten die beiden Worte nichts Besonderes sein. Eigentlich sollten sie nie viel bedeuten. Hallo du. Das steht da. Hallo du.

Danksagung

Dass aus meiner kleinen Zeltgeschichte tatsächlich ein Buch geworden ist, wäre ohne einige Menschen undenkbar gewesen. Ihnen möchte ich hier sehr herzlich danken.

Allen voran bin ich Anabelle Assaf und der connACT lit.-agency dafür dankbar, dass sie so früh an meine Geschichte und mich geglaubt haben. Ich danke euch von Herzen für die wunderbare Unterstützung und Begleitung, die Geduld und aufbauenden Worte zur richtigen Zeit – und dir, liebe Anabelle, noch einmal in besonderer Weise für so viele Dinge, aber vor allem dafür, dass du mein spontanes »Wer hätte das gedacht?«, als das Arche-Angebot da war, ohne zu zögern mit »Ich« beantwortet hast.

Sehr herzlich danke ich Frauke Schneider und allen Mitarbeiterinnen und Mitarbeitern des Arche Literatur Verlags für ihre großartige Arbeit und ihren Einsatz für Bücher – nicht nur für meins, sondern auch ganz grundsätzlich. Es ist für mich eine Erleichterung, dass es Büchermenschen wie Sie und euch gibt. Ich bin froh und glücklich, dass meine Geschichte und ich bei euch ein Zuhause gefunden haben, und hatte von Anfang an das Gefühl, dass wir hier genau richtig sind. Dafür bin ich unendlich dankbar.

Da alles ohne Julia Heinen wahrscheinlich ganz anders gekommen wäre, möchte ich dir, liebe Julia, von Herzen für so viel mehr danken, als ich hier aufschreiben kann. Ohne deine kluge Kritik und deine wertschätzenden Anregungen hätte sich die Geschichte nicht so entwickelt, wie sie es getan hat. Ich danke dir für deine Offenheit und Klarheit, aber auch deine Zuversicht und Gelassenheit.

Ich danke darüber hinaus Politycki & Partner und hier vor allem Stefanie Endres für ihre Unterstützung und für all das, was sie für meine Geschichte möglich gemacht haben.

Und ich möchte von ganzem Herzen den besonderen Menschen in meinem Leben für ihre Liebe und Freundschaft danken, ohne die diese Geschichte nicht so wäre, wie sie jetzt ist – und ich auch nicht.